tableau vivant

jean pierre enjalbert

tableau vivant

roman

verticales

ISBN 2-84335-102-2

À la lionne

Un tableau ne vit que par celui qui le regarde.
Picasso

I

ÉBAUCHE DU SUJET

J'ai mis longtemps à devenir invisible. Aujourd'hui c'est fait. J'ai disparu, je suis seul, on ne me retrouvera jamais. L'île sur laquelle je vis et où sans doute je finirai mes jours pourrait passer inaperçue. Absence presque totale de reliefs, à peine quatre-vingts kilomètres carrés de blanc et de bleu pastel qui, de loin, semblent se confondre avec l'horizon. Au sud du sud. Quatre heures pour en faire tranquillement le tour en bateau. Solitude et silence. Affaire de rédemption. Jules Verne y fait une allusion dans *Hector Servadac*, mais on comprendra que je ne puisse ici dire son nom pas plus que le mien. Mon prénom suffira : Milan. On ne sait jamais, on donne son adresse, on décline son identité, et le pire contre-attaque. L'île, c'est mon pré-carré, ma zone libre ; la Méditerranée, ma ligne de démarcation ; la couleur de la mer, mon blason. Quand on me cherche, on ne me trouve pas. Incognito ergo sum.

De la fenêtre de la grange où se trouve ma bibliothèque, je peux voir l'île d'en face, et le rocher qui dans la brume du matin ressemble à une illustration des éditions Hetzel, et les goélands, qui lorsqu'ils se posent sur la mer, la blanchissent comme s'il avait neigé, les pins centenaires, les oliviers, les figuiers, les bougainvilliers, et les bateaux de pêche quand ils ont contourné le cap pour regagner le port. J'ai échappé à l'assignation publique, je m'assigne à résidence privée. Non-lieu définitif, stratégie défensive. Position insulaire.

Déserter exige une discipline de fer, une attention de tous les instants. Visez haut, là où il n'y a plus personne. Effacez toute trace du monde que vous avez quitté. N'emportez que vos livres, les seules valeurs refuges – c'est le seul domaine, nonobstant celui des femmes, où la pénurie soit insupportable –, n'oubliez pas quelques traités de botanique, un guide de pêche, un catalogue complet d'outillage, un manuel de réparation des moteurs de bateau.

De la musique, c'est bon pour le ventre. De l'électricité mais uniquement solaire. Ni radio, ni télé, ni téléphone. Pas de journaux, sauf de très vieux pour allumer le feu dans la cheminée. Ni montre ni réveil, le soleil et le bruit de la mer sont ici des horloges garanties pour l'éternité. Méprisez le temps qui passe, consacrez-vous au temps qu'il fait.

J'ai trouvé du travail. De quoi vivre dans l'entre-deux de la survivance. Je m'occupe de quelques maisons appartenant à des continentaux qui ne viennent que l'été. J'assure l'entretien des jardins, je nettoie les citernes, je blanchis à la chaux des murs attaqués par des pluies de terre rouge venues d'Afrique. J'atténue les blessures superficielles des choses, je répare les dégâts de l'usure du temps.

Je recherche la compagnie des pierres. Sur les falaises du cap que j'arpente comme un chemin de ronde, règne toute une colonie vitrifiée depuis des siècles, unie par la grande conspiration du silence. Il n'y a pas de pierres précieuses, des agates ou des jaspes, mais des pierres curieuses, étranges par l'anomalie de leurs formes, leurs profils insolites. Leur inutilité m'enchante, leur cynisme m'attire. Les jours de chance, je découvre un dessin, une image, la beauté d'un mirage, la perfection d'un simulacre n'ayant d'autre valeur que son immobilité. Une pierre, ramassée parmi des milliers d'autres, reproduit la forme de l'île. Je la prends dans ma main, je la caresse, elle s'en fout. En m'ignorant, elle me comble. Souverainement méprisante des lois de l'échange, elle sera ma compagne muette pour les jours à venir.

J'entretiens d'excellentes relations avec les habitants

de l'île. Des confrères, des clandestins, des personnages de cinéma muet. En apparence, visages fermés comme des coquillages, regards voilés, carapaces tournées vers elles-mêmes. En vérité, fiers et riants sous cape. Résistants. Une silhouette incertaine à la démarche chaplinesque apparaît au détour d'un chemin puis s'évanouit à l'instant où je crois l'avoir aperçue. Comme si nous nous comprenions, eux et moi, au moyen d'un vieux dialecte, d'une même langue oubliée, celle des espèces en voie de disparition.

Quelquefois, la serveuse du bar de la station-service. Pendant l'amour, elle hurle des choses incompréhensibles. Là-bas, j'aurais tout de suite eu la curiosité de savoir l'étrangeté de sa languc étrangère, maintenant ça m'est égal. Elle m'accompagne à la pêche, elle connaît tout des poissons de l'île, elle y est née. Il arrive qu'on ne se voie pas pendant plusieurs semaines... *Hasta luego*, me dit-elle... oui c'est ça *guapa... hasta luego... más tarde... hombre, la proxima vez...* Elle a un beau prénom, Lucrecia.

Au mois d'août, les touristes ou les étrangers prétendent que j'ai l'air absent. Un dinosaure, disent-ils, un sauvage qui déteste le monde. Diagnostic bien léger ou trop convenu. Il n'est pas faux, simplement incomplet. Je ne déteste pas le monde, je m'en déleste. J'ai surtout l'impression de laisser glisser sur mon visage un sourire d'une noble indifférence. Pourtant, même si je suis devenu imputrescible au commerce des autres, il serait injuste d'affirmer que je ne prends plus part ou bien que je ne réponds pas lorsqu'on m'adresse la parole. Je suis d'une grande sociabilité avec la douceur des choses. J'écoute l'île. J'apprends la langue du ciel et de la mer. Et puis celle de l'eau. Rare, difficile, précieuse comme une langue morte. Pour le prix de quelques gouttes, elle vous donne droit à de longues conversations secrètes avec les plantes et les fleurs qui ont sous ce climat l'humilité et la générosité des pauvres.

J'ai désappris le temps ordinaire, je peux m'élancer sans crainte vers la grande aventure de l'immobilité. Je suis mon dernier témoin, le dernier à m'être vu. Je me suis tué à ne rien dire, je n'aurais plus jamais rien à déclarer. Enfin, je ressemble à ceux dont on dit qu'ils gagnent à être inconnus et c'est aussi magique que ces moments de l'enfance quand il me suffisait de fermer les yeux pour devenir invisible.

Je ne pouvais pas prévoir que ce programme de lente extinction serait aussi rapidement bouleversé. Les battements du cœur qui s'accélèrent, le silence qui change brusquement de couleur, un mouvement de l'air différent et je sais que je viens de ramasser le pactole à la tombola des disparus. J'aperçois mon visage, mon regard, mais il y a quelqu'un d'autre à l'intérieur : depuis cette nuit, je suis avec Léo.

Elle se tient debout, hanchée à gauche. La colonne vertébrale trace une courbe parfaite sur l'immense étendue du dos. Elle est nue, plus que nue puisqu'elle ne porte qu'un chapeau et des bas qui s'arrêtent à mi-cuisses. Elle pose devant une glace qui la renvoie en intégralité, et d'abord un regard ne contemplant que lui-même, un regard sûr de lui et de son pouvoir sur les hommes. La saillie de l'épaule gauche qui se reflète dans le miroir et se dresse à hauteur des cils accentue la superbe. Le sexe sombre, arachnéen, est en évidence, on sent un accord profond entre la chair et l'être, la sérénité affichée d'un visage et d'un corps. Elle s'aime, elle s'admire, elle ignore tout ce qui n'est pas elle. Elle est sa propre vitrine. Exactement comme la première fois.

Ça s'est passé hier soir. J'étais en train de parcourir un livre consacré aux peintres viennois. Et j'ai vu : *Schiele dessinant un modèle nu devant la glace*. Alors le cœur d'un inconnu s'est mis à battre en moi. À quarante ans de distance, j'ai immédiatement reconnu le modèle. Même forme du visage d'une incroyable beauté, même expression, même regard charbonneux dont la mine de crayon accentue la noirceur et semble d'un autre temps ainsi que le chapeau. Tout sur le livre me rappelle que ce ne peut être Léo – le dessin original date de 1910, il est exposé à Vienne, Graphische Sammlung Albertina – mais cette femme lui ressemble tellement que pour moi, en une seconde, elle l'est devenue.

Le modèle s'appelle Moa. Clin d'œil pour un autoportrait. D'autant que le jeu entre le réel et son reflet fait qu'il y a deux Moa, les deux moitiés d'une même femme nue, la réelle vue de dos, la reflétée vue de face. De même qu'il y a deux chapeaux, une sorte de capuchon ou de bonnet phrygien d'un côté, un élégant chapeau cloche de l'autre. Quant à l'artiste en jeune homme, il est assis, fixe d'un air concentré et d'un œil mauvais sa maîtresse qu'il voit de dos. Un cahier d'esquisses est posé sur ses genoux. En fait, il est là sans être là puisque seul son reflet nous apparaît. L'autre Schiele, le vrai, se cache, protégé par sa propre représentation. Il a vingt ans. Je m'envisage en lui. Plus rien n'existera dans ma vie tant que je n'aurai pas fait toute la lumière sur ce tableau.

La mémoire c'est comme la maffia, ça vous retrouve à l'autre bout du temps. Je n'avais jamais repensé à Léo. Elle était rangée dans un coin de mon cerveau, une sorte de zone interdite que j'avais mis des années à construire, et où personne, surtout pas moi, n'était autorisé à pénétrer. Mais elles demeurent en nous ces femmes, elles sont l'empreinte des jours où nous sommes passés, du livre à peine achevé, du refrain qui s'entête, elles laissent longtemps dans leur sillage l'écume de leur frénésie.

Commencent à défiler des images d'archives, des balises que le temps a posées. J'aperçois une flore étrange, incompréhensible pour le commun des botanistes, mais familière à ceux qui attirés par le rouge et l'obscurité, savent reconnaître sur un trottoir, une brutale éclosion d'aloès, un bouquet de pavots noirs, un champ de garance. Je repense à ces filles qui poussaient en une nuit comme la fleur de l'hibiscus, à certains soirs d'été quand l'air était très doux, quand on ne respirait que le parfum des femmes.

J'ai découpé le dessin d'Egon Schiele – format 30x40 – je l'ai collé sur du Canson blanc puis placé en évidence sur mon bureau. Ensuite je suis allé au village acheter des carnets. Dès qu'il fait nuit, je me mets à écrire. Un traité du temps mort en réveillant les mots. Quelqu'un de plus fort que moi, de moins malléable, combattrait, ferait barrage à ce fluide mystérieux. J'en suis incapable. L'idée de Léo me subjugue. C'est une idée qui s'installe, s'empare de moi, s'accroche. M'envahit. Je deviens le scribe, le greffier d'une idée fixe.

Je me vois comme un huissier qui viendrait saisir un temps dilapidé. Je cherche une fille perdue, des jeux égarés, un enfant que j'ai arraché à ma garde et dont je me demande où j'ai bien pu le mettre. Ma mémoire bute sur les choses proches, j'ai du mal à me reconnaître dans l'image vieillissante que me renvoient les miroirs. Je ne peux m'empêcher de penser à moi comme on pense à un autre, quelqu'un, quelque part, décliné à la troisième personne, de l'autre côté de la vie. Soudain, je l'aperçois. Revenant sur mes pas, j'ai enfin l'impression d'avancer. Mais comment peut-on être aussi jeune ? Il vient à peine de quitter ses pantalons de golf et ses galoches, les yeux sont gris, le nez camus, les cils féminins, le regard frondeur, le visage décalqué sur celui de l'ange du péché. Ça se passe un samedi vers quinze heures dans la première moitié des années cinquante, il arrive du petit séminaire de Saint-Germain-en-Laye, le collège Saint-Erembert où il a été envoyé en pension après la mort de son père. Je le regarde aller et venir dans les rues d'une ville étrangère : on saute en marche sur les plates-formes des autobus, les agents de police portent des pèlerines, les passages cloutés le sont avec de vrais clous que rivent les talons des filles, les curés se promènent en soutane et barrette. Je l'aperçois en train de lire. La ville est pleine de livres. « Mieux qu'un cadeau, un livre », s'enflamme Gérard Philipe sur des affiches dans les couloirs du métro. Impossible d'imaginer que des télécanthropes puissent un jour envahir le monde. Il lit *L'éducation sentimentale, Albertine disparue, Mort à crédit.* Flaubert, Proust, Céline. Ses dieux. Dans quelques semaines, il aura quinze ans. Il est vraiment très loin le salaud. Je fais l'effort pour me rejoindre.

La rue Saint-Denis parcourue d'un murmure chaleureux, relève ses jupes, dégrafe ses corsages qui regorgent d'optimisme. Des caresses longent les murs, le ciel est d'un bleu sincère, la lune se déclare avec timidité. Chargé d'exprimer la couleur locale, un nuage rouge, isolé, flotte à la manière d'une lingerie fine séchant au soleil. Des robes frémissent comme des feuilles, des chevelures volent comme des herbes folles, le cliquetis des talons aiguilles résonne comme une psalmodie. Le péché court les rues, le désir bat son plein, les bars, les entrées d'hôtels sont remplis d'insinuations. Le jour prend de la lenteur, les ombres s'allongent. On est dans les heures substantielles de la vie, les heures du coup de feu de l'amour, lorsque la ville affranchit ses esclaves. Au printemps, un vent invisible les détourne des régions continentales, les aimante vers les îles et le sud. Rien à voir avec le sirocco, le fœhn, ou le mistral, plutôt un air de famille avec le simoun, ce vent très chaud dont les tourbillons lubriques affolent le bédouin. Ils se mettent en grève du temps et pour se faire du bien viennent se prescrire ce mal qui, quoi qu'on dise, répand le bonheur : les femmes.

Le jour où j'ai compris que même sans leur donner de l'argent, on pouvait venir les contempler et se constituer des provisions d'images pour améliorer l'ordinaire du collège, je me suis nommé commissaire général de cette exposition et j'ai fait de ce quartier mon lieu unique de villégiature.

Ouvert au nord par deux arcs de triomphe, délimité à l'ouest par l'ancienne voie sacrée qu'est la rue Saint-Denis, à l'est par la rue Saint-Martin, coupé en son mitan par la rue Réaumur, le quartier des femmes s'enfonce vers le sud jusqu'aux Halles. Interminable comme le désir. Un quadrillage que l'amour a mis en place, un rectangle d'or rempli de triangles de feu. Enclave située sur le même méridien que l'enfer ou le paradis, naguère fréquentée par Villon, Nerval, Lacenaire...

Le quartier des femmes, je l'appelais le côté des ferventes. Ou l'île d'elles, ou l'île aux fées. Ça dépendait des jours. J'habitais cette île, j'ai tout maté, tout respiré, son microclimat, le mensonge des réverbères, des vêtements et des poses, les blasons et les signaux, les feintes, les simulacres, les faux-semblants et les arrière-pensées, les visages scellés dans l'épaisseur de l'ombre, les chuchotements en embuscade amorçant la courbe d'une obscénité, les palpitations du cœur, les odeurs de cannelle et d'encens, de tabac et de brillantine, les relents d'ail et de menthe, de sueur et d'angoisse, les promesses entrebâillées, les vues plongeantes, les fanions de dentelles, le tintamarre des bijoux. Le siège social du plaisir, permettez, je l'ai pratiqué de l'intérieur.

Paris était alors un mouvement de couleurs, une danse, une fête. Un sang impur circulait dans ses artères chaudes. Rue Saint-Denis, rue Sainte-Apolline, rue Sainte-Foy, enfilade de rues sanctifiées. Rue Blondel, rue du Caire, rue du Ponceau, rue de Tracy, rue de Palestro, rue Quincampoix, rue des Lombards, rues déhanchées, rues giboyeuses, rues qui sentaient la femme, rues obscènes, passages, venelles, impasses et passes, pièges à ruts, cours et porches, pont des premières, soutes en chaleur. Devant vous, pour vous, le grand magasin du vice, le staff du stupre en réunion au sommet, un bazar de la chair avec tous les articles des outrages aux bonnes mœurs en rayon, les seins à l'encan, les croupes en promotion, les ventres aux enchères, à la criée, les cuisses en vrac, les mollets comme s'il en pleuvait, le tout dans un moutonnement de hanches.

Médina du plaisir des yeux, souk aux épices, muraille aux mille meurtrières. Salamalecs. Les yeux qui n'ont pas froid aux yeux, les baudelairiens qui « vous inspirent des pensées qui ne sont pas du tout funèbres », les canailles à faire tomber les gouvernements, les assassins dissimulés sous le mystère d'une voilette pour tuer le temps qui passe. Les frémissants et les frôleurs, et les furieux comme un *Dies irae.* Les rentre-dedans, les vade-mecum, les par ici la monnaie, les yeux qui font les poches, les faites chauffer la colle, les viens ici si t'es un homme, les ceci est mon corps, les que votre volonté soit faite. Gerbes de regards qui vous ajustent, vous épinglent, vous dévorent le ventre ou vous laissent froid. Les yeux qui mettent la main aux fesses, les yeux qui écartent les cuisses et qui montrent leurs seins. Les yeux qui clignent du sexe, les yeux t'as pas vu le plus beau, les yeux j'ai pas de culotte, les yeux je suce à fond, les yeux je suis très vicieuse. Et puis les trop lointains, les éphémères, les invendus, les revenus de tout, les nécessaires et les contingents.

Universalité, métissage, fraternité du plaisir. Harem-sur-Scène. Bal nègre. Marché d'esclaves. Flopées de brunes. Cargaison de blondes. Orgies de platinées, d'oxygénées, de cendrées. Beautés mousseuses. Les Beaux-Arts sur le trottoir. Collection de chairs roses. Débauche de couleurs, couleurs de la débauche. Faux Boucher, faux Courbet, faux Manet, Rubens au rabais, reproductions de Delacroix et d'Ingres, charnues de Renoir, triomphe de l'art pompier, cariatides baroques, plantureuses de Chassériau, *Thaïs* de Tanoux, *Tantalides* de Lucas, originaux de Pascin, chefs-d'œuvre pornographiques d'Otto Dix et de Georges Grosz. Filles du second rayon de Frantz von Bayros, de Félicien Rops. Croupes surréalistes de Clovis Trouille. Femmes d'Alger, demoiselles d'Avignon, reines de Saba, baigneuses, fleurs du mal, pièces condamnées, trésors de Satan, filles du feu, études aux bas noirs, céliniennes, sadiennes, milleriennes, sardanapalesques, quarteronnes, barbaresques, magdaléennes, malabaraises. Ô tempora, ô mauresques !

Je connais bien les putes.

Paris. Été 1946. Un petit garçon de sept ans. Sa grand-mère vient de l'emmener à la Gaieté Lyrique voir *Les Cloches de Corneville.* Ils rentrent à pied chez ses parents. Il est environ minuit, l'air est très doux, ils ont traversé le boulevard de Sébastopol, emprunté la rue du Ponceau, aperçu de loin les lumières rouquines de la rue de Palestro avant de se retrouver dans la rue Saint-Denis.

Que voit-il ? Des milliers de passantes garées en double file, des maquillages de Mardi gras qui font parler la poudre. Les hommes slaloment, stationnent, s'entretiennent avec des œillades rimmelisées. Poules et coqs, bêtes qui se flairent, cascades d'éclats de rires, de sourires et d'invites, bruits de talons, sabots dondaine.

Que retient-il ? D'abord que le monde appartient aux femmes. Partout des femmes, la grande marée des femmes, leurs robes se résumant à peu de choses, légères comme des nuages. Ensuite qu'une ville n'est riche que des jambes de ses femmes. Jambes faites au tour, jambes longues à la perversité soyeuse, jambes gainées de bas nylon qui rutilent dans la nuit comme des vers luisants, vision cutanée du monde, sous-jacente, chairs ondoyantes sous la pureté des jupes blanches, jambes intrépides naviguant entre les regards des hommes, traversant les rues comme des mers en de louvoyantes dérives. À hauteur de jambes, surtout quand on est petit, il flotte de la caresse dans l'air.

Que croit-il ? Qu'elles sortent de partout. Qu'il est en présence d'un véritable essaim d'abeilles entourées de bourdons, qu'elles tombent des nues, qu'elles sont sans doute capables de naître de la dernière pluie, qu'elles déferlent et qu'elles coulent, fleuve intarissable charriant des fruits défendus, magiques comme des moments perdus, qu'elles transportent avec elles tout l'attirail fabuleux des fées, qu'il y a des Marraine, des Morgane, des Clochette, qu'elles sont le lot d'une rumeur qui monte de la nuit des temps, naît du regard, s'amplifie à la poitrine, éclate par la peau, se propage par les cuisses, qu'elles existent, que c'est un émerveillement, une miséricorde divine.

Ils sont à peine à la hauteur de la rue du Caire que le petit garçon pose la question des questions : Qu'est-ce qu'elles font toutes les dames, mémé ? La réponse de sa grand-mère, effectuée sur le ton assuré de ceux qui savent, il ne l'oubliera jamais : mais sacré petit artiste, tu ne vois pas que ce sont des actrices qui attendent leurs fiancés ? A-t-elle improvisé cette phrase, est-elle influencée par le spectacle qu'ils viennent de voir, l'a-t-elle préparée depuis quelques instants ? Il n'en sait rien. Mais cette réponse lui plaît. Fiancé d'une actrice, ça le fait hurler de rire, *l'artiste.* Quand il sera grand, il fera fiancé.

Printemps 1954. Un an déjà que le petit père des peuples est mort. L'armée française vient de faire une sacrée chute, l'inénarrable Joseph Laniel est président du conseil, Mezz Mezzrow et Guy Lafitte passent au Vieux Colombier. Tout va bien. Ce samedi-là, le temps, aimable et bien élevé, se déplace à la vitesse d'un escargot. Comme d'habitude, le faubourg descend jusqu'à la mer. Une escadre de femmes peintes mouille à l'est de la rue du Ponceau.

Plus au sud, en plein soleil, le vaisseau amiral, étroitement surveillé par d'honnêtes citoyens accoudés au bordage de la station de métro Réaumur Sébastopol, est à l'ancre devant l'hôtel de Palestro.

Stabat mater. Pas du tout douloureuse. Brune, crinière d'actrice italienne. L'arrogance de Milady de Winter. Un regard de cendre comme une citation en exergue d'un visage presque austère tant le noir domine, mais la bouche éclatante, mais le corps gainé de magenta, les jambes au ton cuivré, le cou scapularisé par un boa de plumes vertes. Perchée sur ses talons, une fille haute en couleurs. Détentrice du pouvoir absolu, celui du mauvais genre, déléguée plénipotentiaire du vice en tenue de bureau, elle met tous les mateurs de son côté.

On dit que le désir est singulier. Il n'existe pourtant rien de plus œcuménique qu'une procession de pèlerins que le commerce des femmes fait sortir de chez eux. Face à elle qui prêchait pour son sein mais pas dans le désert, se tenait un corps à cent têtes, un monstre à deux cents yeux : Ulysse des grands boulevards à la recherche de Circé, navigateurs en chambre qui venaient s'engraver dans son anse, sexes sans emploi précis à la recherche des invitations du hasard, érections en situation irrégulière, libidos bitumineuses, illégaux de l'illico presto, désarçonnés de la vie en quête d'une monture, affamés sexuels à la recherche d'un en-cas, étalons dans le pré en période de monte quand ils flairent l'alcôve, tisseurs du Nord et soyeux lyonnais en quête des nouveautés parisiennes, cégétistes en grève, militaires en rut, prélats mi-carêmisés en bourgeois, dévots de la chair à l'heure de l'orémus, harpagons s'offrant du rince-l'œil en détaxe, vieillards au bord du trottoir et de la crise cardiaque qui reluquaient Suzanne et caressaient leur passé dans les lignes de ses seins, contrôleurs des poids et mesures de son indécence, bagarreurs venant relever le défi de cette fille qui semblait vouloir se battre tant elle bombait le torse et jouait des muscles, hétéroïnomanes en manque qui sortaient de la bouche du métro pour entrer dans la sienne, esclaves immigrés, remisiers *Cote Desfossés* à la main, prolétaires du pays qu'elle appelait de tout son corps à descendre dans la rue pour se mesurer à elle en un combat qui n'était pas douteux.

« Le con d'Hélène fut la cause la plus terrible de la guerre », a écrit Horace. Le sien faisait surgir l'insurrection. La conspiration se formait à la hauteur de la station Strasbourg Saint-Denis ; sans se connaître, des hommes se regroupaient qui débarquaient de Croix-Rouge, de Corentin-Celton, de Télégraphe, de Picpus et même de Robespierre ; les plus fanatiques s'engouffraient dans sa rue, le bruit de leur respiration recouvrait la musique des bars. Elle élevait ses jambes comme on lève le poing, ses hanches faisaient de l'agit-prop, et c'était la révolution, une révolution soyeuse et parfumée qui s'enroulait autour de la lumière du jour, une levée de barricades, la liberté en marche, la fée lubricité éclairant et guidant le peuple, descendant la rue seins nus, suivie par des centaines de Gavroche. Je l'avais tout de suite trouvée aimable.

Elle n'avait pas encore de nom : elle s'appelait elle ou la rouge et noire. Parfois, par dérision, la duchesse des Ferventes. C'est le regard des hommes se hissant vers elle comme une oraison jaculatoire qui l'avait miraculeusement fait tomber dans le domaine public avant de la porter au pinacle du bitume. Dans cette mise aux enchères, elle agissait comme son propre commissaire priseur ; de ses grands yeux noirs qui encourageaient l'inflation, elle étudiait l'enchérisseur, entamait un conciliabule comme si elle négociait une offre supérieure à sa mise à prix, et l'on comprenait qu'elle l'avait obtenue rien qu'en observant ses paupières sombres s'abaisser comme le maillet de l'officier ministériel dans la salle des ventes quand il s'écrie *Adjugé, vendu* ! Elle emboîtait alors le pas de l'adjudicataire tout heureux d'aller couvrir son enchère et de satisfaire aux conditions qu'elle venait de lui offrir. Illustration parfaite de la *Pornocratès* de Félicien Rops qui, bras et jambes voilés de noir, suit, les yeux bandés, un porc qu'elle tient en laisse. Comme j'aurais voulu être son pourceau pour me rouler dans sa fange. Mais paralysé par la trouille, je me contentais de crever de jalousie à regarder tous ses clients, les animaux de compagnie de cette femme dont je rêvais d'être le familier.

Fille fleuve, fille culte, elle n'avait que des fidèles. Il faut dire que c'était une pièce de collection, un chef-d'œuvre baroque qui n'abusait pas la galerie, et grâce à elle, l'hypocrisie en prenait pour son grade. Contrairement aux manières de certaines de ses collègues qui, portées sur la litote, faisaient le vide autour d'elles, les siennes, en maniant l'hyperbole, potentialisaient l'énergie des prospects. Elle offrait son décolleté exclamatif à la mitraille des mateurs, arborant ses seins comme des décorations.

Tout en elle était haut placé, même le subalterne : des escarpins à talons aiguilles, vernis comme les souliers que l'on dépose devant la cheminée à Noël, étaient remplis du cadeau de ses jambes. N'eût-elle été putain qu'on l'aurait décrétée imprenable tant leur hauteur présumée – plus d'un mètre au-dessus du niveau de la Seine – semblait l'éloigner du commun des mirmidons. Des jambes à vous mettre à genoux, aucun équivalent au monde, une coulée de jambes, aussi longues que celles des femmes de Giacometti. D'une ambition démesurée, respirant le narcissisme et la mégalomanie. Des pics, des abîmes, l'Himalaya, la cordillère des jambes.

En position d'attente, sa croupe aussi majestueuse que celle de l'esclave de Sardanapale était une insulte aux autres pourtant surnuméraires dans le quartier. Jument de Troie du péché qu'un maréchal-ferrant et lubrique aurait parée et cloutée, elle eut été capable de susciter des vocations de jockey. Parfois, le spectacle était si prenant et l'ambiance si lourde, que l'on sentait dans l'air un souffle de cravaches.

Jarrets tendus, drapée dans son indignité, elle appareillait. Haussait son cou comme on hausse le ton, balançait son sac, se souriait à elle-même, fredonnait sa vie. La démarche des femmes, ce défi aux lois de la pesanteur, c'est bien le seul mouvement dont on ne déteste pas qu'il déplace les lignes. Danseuse effectuant ses demi-pointes ou femme sandwich promenant l'affiche de ses charmes, elle lançait des œillades, appels à témoins, phares de poursuite, éclairs de magnésium qui peuvent vous traquer le soir jusque dans votre lit, véritables paparazzi de votre scélératesse. Elle allait et venait sur le trottoir qui était son estrade, arrêtait sa course, s'appuyait contre un *changement de propriétaire*, œuvre d'un peintre en lettres qu'elle élevait tout à coup à la célébrité, s'y ancrait en de longues stations, hanchée à bâbord puis à tribord, exposant la situation, développant des arguments qui éclaboussaient de rouge et de noir le blanc d'Espagne passé sur la devanture, cherchait à provoquer le stimulus décisif chez l'un des processionnaires, repartait si elle n'avait pas conclu l'affaire.

Après avoir comparé ses options à celles de ses concurrentes, les spectateurs arrière pensaient en suivant la ola de ses reins et la subtile lutte d'influence à laquelle se livraient ses fesses ; fesses, qui loin de constituer des pommes de discorde, chantaient un hymne au rassemblement des hommes, mais fesses aussi, qui par leur seul mouvement, avouaient tout de leurs criminels projets. La regarder marcher, c'était se donner la chance de découvrir le mouvement pendulaire à la manière de Galilée observant le balancement d'un lustre dans la cathédrale de Pise. Nul ingénieur n'aurait pu cependant expliquer le procédé anaglyptique selon lequel elle avait été construite.

On pouvait voir des hommes qui se touchaient l'entrejambe, mais ils n'y mettaient aucune vulgarité, leur geste n'avait rien d'obscène, c'était un geste technique comme celui du commandant de bord qui s'assure que tout est à poste avant de larguer les amarres. Car sous l'occurrence callipyge on devinait la mer. La mer furieuse et déchaînée derrière les élancements pervers de ses cuisses gréées haut, toutes choses dont nous nous bornerons à constater qu'elles tiennent les hommes éloignés des préoccupations ménagères, les invitent à enterrer leurs vies d'adultes et à retrouver l'écho de leurs jeux d'enfants. Des mains de Dieu, des mains du diable, des mains de Moscou et du Vatican, des mains de noyés et d'appel au secours, se glissaient sous ses jupes. Chacun se jurait en lui-même qu'un jour, il serait l'amant de cette vague extravagante, le commandant de ses jambes, le navigateur solitaire de ses cuisses. On pensait gabier et fanal, on calculait des hauteurs de mâture. Certains, le cogito mal assuré, soupesaient son pour et son contre. D'autres, plus déterminés, plus staliniens sans doute, allaient jusqu'à envisager la répression de sa révolution pelvienne. Elle les rendait tous fous.

Mais il faudrait un Bossuet pour dire l'abîme dans lequel elle les précipitait.

Depuis que je l'avais découverte, j'allais le plus souvent possible tâter de son quartier. (J'ai tout de suite su que ce serait elle et aucune autre qui se présenterait la première au rapport. Une intuition, une certitude.)

J'attendais que son corps – lorsqu'il était de garde – prît son service. Dissimulé dans l'ombre d'une porte cochère, j'effectuais mon quart en surveillant celle qui un jour deviendrait ma moitié, me préparant à la probation majeure, hésitant comme lorsqu'on fait du lèche-vitrines, caressant des projets qui ne se laissaient pas facilement émouvoir, libidinant puis reculant le moment béni de toucher l'Intouchable, de mourir avec elle. Mais on ne connaît ni le jour ni l'heure ! J'aurais voulu être transformé en plaque de goudron juste le temps de voir ce qu'il y avait sous sa robe. Naturellement, la fée ne m'exauçait pas et tandis qu'un vautour en talons aiguille me rongeait le ventre, je finissais par rentrer chez moi. Je voguais à l'âme dans ma chambre ; mes pensées, mémorisant ses poses, ondulaient au souvenir de la déambulante ; de drôles d'idées me proposaient leurs services, j'avais les joues en feu, au moins 40 de désir quand je l'imaginais nue *in extenso* vaguant à l'homme. Je m'en voulais de n'avoir rien tenté. Dommage, ça doit être une sacrée cochonne, murmurait mon ombre derrière mon dos. Piqué au vif, je n'hésitais pas à me livrer à une sérieuse empoignade avec moi-même. Je laissais parler mon cœur et finissais par sangloter de joie. C'était la seule chose qu'en bon chrétien et en attendant des jours meilleurs je pouvais faire : m'aimer comme ma prochaine.

Qu'est-ce que j'ai pu bander d'hésitations au cours de ces haltes interminables. M'adresserait-elle un jour un signal comme Oriane de Guermantes au narrateur ? Une fois franchie la porte de l'hôtel, ressentait-on comme au Châtelet, cette impression de faste et d'insouciance où le monde ne semblait habité que par des femmes splendides dans leurs calices de soie, où les fenêtres des maisons ouvraient sur une toile colorée de rose et de bleu avec des forêts enchantées qui s'en détachaient et où l'on ne pensait qu'à l'amour ? Mais qu'y avait-il derrière les coulisses ? Et comment franchir de façon naturelle le foyer des artistes ? J'imaginais un long couloir, un rideau rouge, des parfums violents, et puis soudain, poussé dans la lumière des projecteurs, le début d'une scène de bataille d'une audace incroyable. Partagé entre l'envie de jouer un jeu dont j'ignorais les règles et la peur de me battre, je me disais qu'il me faudrait au moins le courage du capitaine Fracasse pour espérer monter un jour sur ces planches mystérieuses et me montrer à la hauteur de ma partenaire. S'agissait-il d'un club très fermé où pour devenir membre et profiter de tous ses avantages, on étudie longuement votre candidature en vous soumettant à toute une série d'épreuves ? Apercevrais-je, comme Frédéric Moreau en visite chez la Turque, les fameuses « demoiselles en camisole blanche, avec du fard aux pommettes et de longues boucles d'oreille… » qui souvent m'empêchaient de dormir ? Passait-on une audition devant un tribunal secret ? Entendait-on, comme dans *Sodome et Gomorrhe*, le « bruit de criées et d'adjudications que faisait une sous-maîtresse brune, au visage où craquelait la gravité d'un notaire ou d'un prêtre espagnol, et qui lançait à toutes minutes avec un bruit de tonnerre, en laissant alternativement ouvrir et refermer les portes, comme on règle la circulation des voitures : mettez Monsieur au 28 dans la chambre espagnole... » ? Elle était comment la chambre espagnole de l'Hôtel de Palestro ? Et d'ailleurs, existait-elle ?

Pour connaître enfin la réponse, le premier dimanche du mois de juin 1954, à dix-sept heures trente précises, l'heure où les hommes aiment se coucher avec les poules et avant de prendre le train à Saint-Lazare pour regagner le petit séminaire de Saint-Germain-en-Laye, je m'étais pour la centième fois retrouvé devant celle qui carmélisait au Palestro avec la ferme intention de choisir le noir et le rouge pour échelle de grandeur du monde. Dans cette loterie du temps suspendu, j'ignorais à cet instant que j'allais avoir la chance de tirer le numéro gagnant.

Aujourd'hui, en avançant à reculons, je n'oublie pas que ce jour-là ma boussole perdit son nord et n'indiqua plus que le sud. Dans quelques instants j'allais signer ma feuille de route pour prendre à tout jamais mes quartiers d'été.

Je me revois, jeune Priape en quête d'une mère prieure, pantin pantois appâté par une pute, tenaillé par le trac de mes quinze ans et l'envie d'aller pêcher dans les eaux troubles où elle a posé sa nasse, quitter l'affût, m'approcher d'elle, aspiré par son effroyable beauté, le cœur en état de tapage nocturne comme le monte-en-l'air que je rêve d'être, plus pâle qu'un bourgeois de Calais se livrant à Edouard III, terrorisé par la fragilité de mon ombre et l'idée de me voir refouler à l'entrée du théâtre. Ma minorité me bloque. Pour me vieillir, j'allume une *High life*, je relève le col de mon imperméable – j'ai lu ça dans Peter Cheyney –, j'essaie, comme toujours, de m'abriter derrière des personnages... c'est ainsi que l'on fait quand on a peur... Et puis comment, à cet instant, aurais-je pu trahir mes livres, moi qui avais fait le serment que l'amour serait littéraire ou ne serait pas ?

Je rameute tous mes héros. J'implore Don Juan de me donner des conseils, je m'imagine en Christian suppliant Cyrano, en Mâtho au pied de Salammbô. Et si je lui disais que je suis moi aussi de la race des Houyhbhnms ! Par paresse naturelle, je choisis la facilité en me mettant dans la peau de Julien Sorel, avec cependant l'espoir secret que, pour une fois, ce soit Madame de Rénal qui lui prenne la main.

Mais à cet instant – j'aimerais tant, ne fusse qu'une seconde, prendre la place de ce petit pédant et revivre l'instant vibrant de toutes ses promesses – tandis qu'une silhouette satanique au masque de fière semble fondre sur moi à la vitesse du Saint-Esprit et que j'ai l'impression d'être à l'opéra comique avec ma mère et d'entendre un Offenbach inédit... pute qui s'avance, pute qui s'avance, c'est Agamemnon... je manque de références, j'ai les phrases qui bégaient, les images nouées, les mots coupés, et même Julien Sorel me laisse seul devant la rouge et noire. Mon ombre me souffle : combien de petites morts a-t-elle déjà sur la conscience ? Combien de marins, combien de capitaines se sont perdus en elle ! Ton sentiment pour elle a-t-il la taille réglementaire ? Je t'en conjure, n'y va pas, passe ton chemin, elle attend Gogo ! Plus prosaïque, elle ajoute : tu vas te faire plomber ! Et en ombre qui ne lâche pas son homme, elle insiste et me fait remarquer l'erreur qui pend au bout de mon bras : ma mallette de pensionnaire, grotesque, misérable. Tu n'as pas l'air con, observe-t-elle, comme ça, le genre moi à ta place. Je l'avais oubliée ma mallette. Je voudrais me soustraire aux regards des autres, qu'on m'apporte un cordial puisque je monte à l'échafaud, ou bien avoir la force de Jésus, le jour des noces de Cana en face de sa mère : « Que me veux-tu, femme ? Mon heure n'est pas encore arrivée. » Hélas il est trop tard pour accorder un moratoire à ma morbide curiosité. Je traverse la rue comme on traverse une longue période de doutes. Nécessiteux de cette contingente, analphabète devant une encyclopédiste du sexe, je vais me faire coller, pire, elle va me renvoyer dans mes foyers !

D'un seul coup, au garde à vous sur le pavé de ses noires intentions, l'enfer me fait de l'œil et claque des talons. Le corps d'élite, sanglé dans son troublant uniforme, effectue les sommations d'usage, machinalement, ce qui me paraît de bon augure et me laisse espérer que l'on me prendra pour un autre. Mais un contre-ordre éclate. Halte au feu ! L'enfer met un talon en touche.

– Eh minute papillon… tu vas où comme ça ma beauté ?... t'as pas seize ans toi...

Je feins l'étonnement et tente le grand bluff en affirmant que j'ai seize ans et demi. Ses yeux me mettent en délibéré.

– Oh le menteur ! T'es prêt à me montrer tes papiers ? Bon t'as l'air bien comme y faut et puis t'es mimi comme un cœur… t'as de quoi payer ? C'est trois mille mon biquet… cinq mille entièrement déshabillée plus la chambre... (in petto, j'avais choisi le menu à cinq mille) on y va ?... allez magne-toi le train avant que les poulets m'embarquent.

Un prix de beauté, rien à dire, une femme de grand prix dont la voix publique et son chant sépulcral étaient capables de vous faire signer votre propre condamnation à mort, une voix noire et cassée, la voix de son regard, hiérarchique, fatale et sans issue, une voix de fée à laquelle il était impossible de résister, qui avait cependant prononcé ces mots avec un sourire attendri – de près, elle faisait un peu plus vieille bien qu'il y eût dans ses yeux quelque chose qui ne s'accordait pas à sa tenue, un éclat qui n'était pas frauduleux, un éclair d'inattention pendant lequel elle semblait échapper à son statut – mais quand même, qu'on se rassure, un sourire à gorge déployée qui m'avait confirmé dans mes propres démons. Alléluia ! Elle n'interdisait pas sa débauche aux moins de seize ans, elle m'y embauchait... La disette était finie ! Ferré par sa voix et oubliant ma peur, je me souviens avoir franchi le tambour de l'hôtel avec l'enthousiasme d'un jeune conscrit suivant son sergent recruteur ! J'avais versé le droit de péage à la sous-maîtresse – en l'occurrence un sous-maître soupçonneux qui ne sortait certainement pas de l'École hôtelière. Chéri tu laisses un petit pourboire, m'avait dit la voix. Puis son corps m'avait précédé ainsi qu'une ouvreuse au théâtre, moi collé à sa jupe, faisant de mon mieux pour soutenir les regards assassins que me décochait la croupe à la montée des marches – spectacle grandiose d'une grue qui s'élève vers le ciel. Une cariatide ébréchée montée en lampe distrayait le palier du troisième étage. J'avais suivi la jupe dans la chambre 13.

Entrée des artistes ! L'impression de monter sur scène, de franchir le seuil d'une chapelle, de pénétrer dans l'antichambre de son corps. Putain, j'y croyais dur comme fer.

Quinze ans auparavant, presque jour pour jour et dans le même quartier, un voyeur attentif aurait pu distinguer à travers la vapeur d'une maison de bains, des masseuses qui se vautraient sur un corps de sexe masculin. La plus jeune qui avait dix-neuf ans lui offrait dans l'eau frémissante son sein gonflé d'orgueil et la chaleur de son ventre. Les deux autres échangeaient des œillades. Elles l'avaient séché, frotté, étendu nu sur un divan recouvert de velours tout en ne cessant de l'appeler Amour, l'avaient baisé l'une après l'autre, recouvert de fous rires. Au loin le canon tonnait. Sa vacance était totale, sa défense entièrement passive, il ne leur opposa aucune résistance.

Le corps en question était un planqué de l'arrière, un profiteur de guerre, un homme à femmes. Il en avait trois pour lui tout seul. L'orgie de leur ménage à quatre allait durer cinq ans.

Ce corps avait un mois.

En décembre 39, la guerre n'ayant pas déjoué les désespoirs que l'on plaçait en elle, son père fut mobilisé, puis rapidement prisonnier. Aussi l'enfant n'eut-il d'autres ressources que de se livrer à lui-même, s'adonnant à son propre reflet, c'est-à-dire à l'image que lui renvoyaient les femmes au moment précis où le seul homme encore vivant dans la famille les quittait. Premier signe du destin : il ne serait jamais là où le mâle prolifère, éternel fuyard quand il sentirait de la virilité dans l'air. On n'est pas impunément élevé dans le murmure des étoffes.

Subjugué par ces puissances venues d'ailleurs, le petit garçon allait s'en remettre entre leurs mains, fraterniser, acquérir des manières de vil courtisan. Avec une ardeur de néophyte, il s'engagea dans cette légion étrange. Bacchanales nous voilà, c'est au berceau qu'il devint un collaborateur notoire. Jamais reddition ne fut plus facilement obtenue, jamais vaincu n'eut le visage plus rayonnant, jamais défaite ne fut plus aimablement fêtée dans les bras des vainqueurs.

L'enfant descend du songe, c'est pourquoi il est plus léger que l'homme. Lui avait la foi : les femmes étaient des fées. Pas très étonnant quand on passe son temps devant des miroirs : les yeux d'une mère, d'une grand-mère et d'une arrière grand-mère. Planté devant cette étrange psyché qui avait la grâce de réfléchir trois fois avant de lui renvoyer l'image parfaite, il ne devait plus jamais se quitter des yeux. La dévotion qu'elles lui portaient avait un goût d'éternité. Il découvrait le monde dans le regard des femmes, il allait confondre les femmes avec le monde.

Personne ne peut imaginer la manière dont elles l'avaient accueilli. Les hautbois jouaient, les musettes résonnaient, il était né le divin enfant ! Bethléem-sur-Seine ! Narcisse au pays des merveilles ! Trois mages le saluaient, s'agenouillaient, lui rendaient grâce, déposaient leurs hommages et leurs offrandes : câlins, baisers, caresses, parfums. L'artiste n'avait pas raté son entrée, il remporta immédiatement un vif succès auprès des femmes.

Sa mère, c'était Melchior, sa grand-mère, Balthazar, son arrière-grand-mère, Gaspard. Sa crèche maternelle se trouvait tout près de la porte Saint-Denis. Sa résidence secondaire, chez ses grands-mères, était une maison à deux étages située place du Guatemala, derrière l'église Saint-Augustin. Poussé dans son landau par l'une de ses déesses tutélaires, c'est à cette époque qu'on l'aperçoit pour la première fois bourlinguer entre un quartier bruyant de perdition et un quartier d'église aussi tranquille qu'un dimanche de Pentecôte, dans des rues aussi sinistres qu'elles en ont l'air. Au sud de la porte Saint-Denis, les Marie Madeleine. Au nord-ouest, les enfants de Marie. L'hôtel et la chair ne se trouvaient qu'à quelques dizaines de grains de chapelet de l'autel et de la chaire, les lieux de recueillement des âmes étaient tout proches de ceux de la communion des corps. Même attachement au cérémonial et aux linges liturgiques, même croyance à la primauté du sacré.

« L'idée du plaisir fut à mon entrée dans la vie la seule qui m'occupa », fait dire Crébillon fils au jeune Meilcour. Il suivrait ses traces et il aurait la chance d'acquérir une formation comme on n'en voit plus guère de nos jours. Une véritable propédeutique de la volupté. Féminisé dès son apparition, il allait être divinisé pendant toute son enfance.

Côté Saint-Augustin, l'oratoire ; ses balbutiements y étaient des prophéties, ses mots d'enfant, des paroles évangéliques, ses premiers pas, le miracle de la marche sur le lac de Tibériade. Côté porte Saint-Denis, l'alcôve ; il y découvrit le doux, le moelleux, le salé, le brûlant. Il apprit le creux, le galbé et la courbe. On l'initia aux grains de peaux, aux duvets, aux chevelures ; déjà il jouait sur du velours. Il travaillait surtout son toucher et sa vue, excellait dans toutes les matières sensuelles, entraînait sa mémoire à la chair. Ces femmes impeccables lui avaient donné le goût du plus beau des péchés capiteux.

Il habitait chez sa mère, mais il passait le plus clair de son temps chez ses grands-mères. Il avait deux maisons, deux chambres, trois femmes, quatre lits. Ce n'était pas une famille, c'était un temple dionysiaque dans lequel il fut littéralement enjuponné. L'ordinaire des jours était réglé comme un office au rituel sacré. On lui faisait ses ablutions, on l'aspergeait : il était la bénédiction. On couvrait son corps potelé et rose de sent-bon, on l'encensait : il entrait dans le monde en odeur de sainteté. *Odor di femine...* Elles le prenaient dans leurs bras : c'était l'élévation. Elles allaient jusqu'à se mettre à trois pour le concélébrer. Lui roucoulait d'aise dans le tableau : Bacchus enfant, peint par Poussin, ne s'y serait pas senti dépaysé.

Le soir, elles sentaient la violette et le musc ; le vin de messe, le péché et l'encens quand elles revenaient de l'église. Elles lui tatouèrent du bonheur sur la peau. Plus tard, sorti de leur école, élevé au sein, à la soie et aux bas nylon, à la douce, aux rires et au minuit chrétiens, allergique à la haine de soi et aux voyages au bout de l'ennui, donc, dépisté positif à tous les contrôles, il éprouverait les pires difficultés avec ceux qui ont été taillés à l'homme et à la dure, au bric et au broc, au laïc et au toc, à la mort. Les fées étant un luxe que les grands ne peuvent plus se permettre, mais son enfance en poche et trois femmes sur la conscience, il refuserait alors de se commettre dans l'âge adulte, ce premier adultère.

Il avait commencé sa vie contre elles, il rempilerait.

Maintenant, sur l'île, dans l'immobilité fuyante des journées d'automne, c'est exactement comme si j'écoutais derrière une porte d'où s'échapperaient les rumeurs incertaines d'une salle de théâtre à l'instant où le rideau se lève, quand les projecteurs ne rendent encore qu'un éclat assourdi et que les acteurs principaux viennent à peine de faire leur entrée. Tout à coup, les mots, les voix qui les prononcent, parviennent jusqu'à moi. Enfermés depuis une éternité dans un décor minable de chambre d'hôtel, ils sont restés intacts, protégés par la couche de poussière qui les recouvre.

Elle s'appelle Léo, elle est de Juvisy. Léo, c'est son nom de retraite depuis qu'elle a pris le voile régulier, c'est monsieur Ange le taulier qui m'a appelé comme ça because je chante tout le temps un jour y m'a dit que j'avais la voix de Léo Marjane rapport à la chanteuse d'avant-guerre et voilà je suis restée Léo. (Elle avait un tic, elle ne ponctuait pas ses phrases, ignorant le plus souvent la virgule, le point ou simplement le blanc, parfois au bord de la rupture à la manière de certaines cantatrices dans l'aria final.) En vérité, son prénom c'est Rachel, mais tu comprends Rachel c'est mon nom de jeune fille alors tu vois l'embrouille déloque-toi mon chou fais comme chez toi et puis tu sais pour la clientèle Léo ça fait plus mystérieux...

Léo, qui l'eût dit ? Rachel, qui l'eût cru ? Aveuglé par cet aveu, convaincu que le destin me l'envoie, je laisse tomber Oriane et je lui distribue le rôle de « Rachel quand du Seigneur » – en beaucoup plus belle cependant – « qui souriait d'un air plein d'impertinence aux michés », et immédiatement, je suis Saint-Loup, amoureux de la catin juive.

– Et toi c'est quoi ton petit nom ?

– Milan Madame.

J'aurais beau lui répéter cent fois mon prénom, pour elle je serais toujours Milou, le Milou à Vénus comme elle disait. Ça la faisait rire, d'un beau rire d'enfant qui lui bridait les yeux. Son rire était son sexe. Un rire de quartier chaud. Un gloussement et on savait qu'elle écartait les jambes. Elle riait tout le temps Léo. Elle avait le cœur léger.

Je lui dis que je la trouve très sympathique. Ce qui était vrai, mais la trousser de compliments me permettait de retarder le moment où j'imaginais que j'aurais à lui trousser les jupes, à forcer sa sympathie.

– Oh note que j'ai pas de mal j'aime le contact avec la clientèle je suis ta première mon Milou ça c'est chouette paraît que les puceaux ça porte bonheur allez sois pas timide enlève aussi ton calebard que je voie ton genre de beauté mais dis donc t'es raide amoureux ! Et d'ajouter en s'adressant à ma verge effarouchée : regardez-moi ça cette petite vicieuse est d'une arrogance elle doit se tripoter souvent la vilaine elle est à croquer la jolie un vrai bonbon c'est beau quand c'est tout neuf c'est pas des poils ça c'est du duvet si elle est bien sage Léo va lui faire des gros câlins tu vas voir ma petite gueule je vais être très gentille on va pas se bousculer je vais te faire ça aux petits oignons et puis arrête de m'appeler Madame. À la fin du récitatif et à bout de souffle, elle avait déposé un baiser maternel sur le bonbon fondant de reconnaissance.

Professionnelle dans l'attaque ! D'instinct, je fis confiance au cartésianisme de cette femme car je savais que ses sens étaient la chose au monde la mieux partagée.

On aura noté que cette fille publique n'était pas concussionnaire puisque après avoir reçu le fruit de son labeur qui ne semblait pas exorbitant au regard de la qualité de l'étal et en vertu du principe qui veut que la petite vertu soit toujours récompensée – Éros est onéreux, mais je m'en foutais, c'est le diable qui payait l'addition car j'avais volé le produit de la quête après une messe où la chapelle du collège avait accueilli les parents des élèves –, elle se contenta de la prise en charge annoncée, ne demandant pas son « petit cadeau », cette taxe additionnelle de l'amour tarifé, contrairement aux usages en cour et bien que le stupre fut son lucre, sans doute parce qu'elle avait senti que pour elle j'avais joué mon tapis.

Était-ce à moi de prendre les devants ? Je mourais d'envie qu'elle se déshabillât, je tremblais de peur qu'elle s'exécutât. Troublées à l'idée de ce qu'elles allaient rencontrer, mes mains se mirent à rougir. Depuis longtemps j'avais le diable au corps, mais « je n'avais jamais déshabillé de femmes ; j'avais plutôt été déshabillé par elles ». Quant à mes liaisons, elles n'étaient dangereuses que dans mes livres. Jusque-là, le jeu se déroulait sur un terrain neutre, enfantin, celui des préaux, des cours de récréation, des salles de cinéma, celui, sans risque, des versions latines et des thèmes grecs, un beau domaine que l'on croit lisse d'arrière-pensées. Mais tout était allé si vite…

Il a douze ans, il vient d'entrer au petit séminaire. C'est un adolescent solitaire et silencieux aux cheveux châtains, longs, mordant sur le chandail à col roulé – l'été, il porte des chemises blanches, des boutons de manchettes aux poignets, et un foulard qui dépasse du col.

Respectueusement insolent, il dispose d'une panoplie complète de sourires, d'une collection de sentiments et de mensonges sincères qu'il affiche avec la même adresse à la surface de son visage. Il peut être sublime dans l'indifférence. Et puis se foutre du monde, ne pas jouer le jeu, déranger l'équilibre des choses en place, détraquer les mécanismes laborieusement huilés par les besogneux de l'institution, est une telle jouissance…

Il rit de tout. Prend la vie au comique. D'ailleurs il n'aime les anguilles que sous roche et foncer tête levée dans la grande mascarade. Il est surtout animé d'une passion dévorante : celle qu'il éprouve à son endroit, comme si la contemplation de son nombril ne pouvait supporter un seul jour de relâche. Les amabilités, il les décerne à sa propre personne, n'admettant dans son intimité que ceux qui s'intéressent à lui, trouvant toujours le moyen de se faire allusion. On contemple mieux le monde à partir de soi-même, réplique-t-il à ceux qui se moquent de lui. Dans son cas, aimer n'est pas un verbe irréfléchi.

Afin d'échapper aux autres – à moins que ce soit pour le plaisir de se regarder passer – il médite un jour l'idée de s'éditer en double exemplaire. Un passage dans une version de Tacite lui apporte les clefs de sa double identité : selon son humeur ou la situation, il sera *nec* ou *ultra*.

On l'admire, c'est ce qu'il cherche ; on le craint, il s'en étonne ; on veut le mettre à la porte, sa mère reçoit un carnet scolaire avec cet avertissement sous lequel il pressent l'encouragement : « Tempérament frondeur, esprit voltairien. Attention mauvaise graine ! » Mais il obtient les meilleures notes en instruction religieuse, en latin et en grec, en histoire et en lettres modernes et vient de marquer deux buts contre Saint-Jean-de-Béthune. Mieux, il connaît par cœur le *Tantum Ergo* et le *Salve Regina.* Toujours jouer le jeu de l'adversaire pour lui être supérieur sur son propre terrain, dit-il. Il sert la messe, il communie chaque matin. On le garde.

En vérité, il est porté par le « plaisir aristocratique de déplaire » dans lequel il réussira toujours à la perfection et qui, en subjuguant le tiers-état des salles d'études, irrite le clergé dirigeant et lui permet d'obtenir ses particules de noblesse pour pénétrer, avant l'âge légal, dans la cour des grands, là où l'on parle des filles. Il apprend. À se taire pour se faire écouter.

À imposer sa présence par l'absence. À séduire sans se damner. Ne jamais transiger ? C'est évident. Se prêter ? Peut-être. Se faire désirer ? Assurément.

Le jour de ses treize ans, il est invité en voisin à la fête de fin d'année à Notre-Dame-des-Ursulines, l'institution proche du petit séminaire, là où l'on élève les fées. Il appartient à la même famille, l'apostolique et la romaine. La vie est formidable : il vient d'être admis à passer en quatrième. Ça se passe un samedi de juin. Il y a de la cornette dans l'air, des bonnes sœurs qui rosissent de plaisir en dégustant des saucisses, des stands où l'on tire avec des balles de chiffon, des décolletés qui donnent aux jeunes gens qui les surplombent des regards de population affamée, des robes blanches à pois noirs que des hommes serviables écosseraient volontiers, des mères de famille mystérieuses sous leur capeline, et que des prélats, extrêmement onctueux, tentent de confesser en leur offrant des rafraîchissements. D'un seul coup, la pelouse se remplit de jeunes diaconesses en uniforme conduites par des abbesses en noir. Elles portent des corsages pieux, des socquettes blanches, exhibent des taches de rousseur et des cuisses dorées comme les tranches des missels, adoptent une démarche témoignant de la pureté de leurs intentions et de la qualité des cours de maintien. Certaines, en qui la femme semble plus imminente, avancent comme un bateau ivre quand il s'éloigne du port, avec ce roulis de hanches si propice aux envies d'embarquer, une sorte de bonheur insolent dans les reins qui, dans ces cérémonies de pince-messe estival, donne aux hommes de foi des visages d'enfant de chœur contemplant un édifice votif.

Les guiches, collées sur les tempes, vous accrochent le cœur. Leurs rires sonnent comme des clochettes, elles pacifient le monde, arrondissent les angles de la vie, elles sont le cercle et la sphère, la courbe et la demi-circonférence. Tout en elles est rond, les boucles des cheveux, le lobe des oreilles, et même le bout de la langue quand elles vous la tirent. Elles forment une vague qui se reconstitue sans cesse, une vague naissant de celle qui la précède.

L'irrésistible attirance qu'il éprouve pour les filles commence à l'instant où il renifle l'ennui dans la compagnie de ses condisciples. Accablé par la vulgarité de leur commerce, il se met à les fuir par les ailes. Et s'il aime tant le football à cette époque, ce n'est certainement pas pour l'odeur des vestiaires.

Au petit séminaire, Otto Tamponneur n'apprécie pas ses manières. Otto Tamponneur, c'est le père Otto, l'entraîneur qu'il a ainsi baptisé parce qu'il ne cesse de crier pendant les matches : rentrez-leur dedans ! Il explique au jeune garçon qu'il possède des dons mais qu'il faut participer aux séances de footing avec ses camarades, faire des passes, se battre, c'est un sport collectif, mon fils, Jésus est venu sur la terre pour te montrer le chemin...

Le tutoiement, cette avance que l'on fait à la promiscuité, lui est déjà insupportable. De plus, il a horreur du footing, il n'aime que le dribble puis s'envoyer en l'air sur son aile droite. Enfin, il déteste qu'un autre que Dieu – je veux dire son père qui était son Dieu avant de se faire renvoyer très jeune de la vie – l'appelle son fils. Il aggrave son cas en manifestant son aversion pour le coudoiement viril des troisièmes mi-temps. Le mâle n'est décidément pas son type, encore moins le masculin pluriel, et s'il aime jouer, il ne supporte pas de hurler : on a gagné ! Enfer et damnation, il n'a pas le sens de l'équipe. C'est ainsi qu'il passe maître dans l'art de l'esquive, évaluant, contournant, s'isolant. Galeuse, la brebis s'égare. Dans les pas de côté, il devient un fort en thème, sa mise sur la touche le place sous le coup de la loi des suspects, ses silences prolongés le désignent comme un émigré de l'intérieur : à treize ans, c'est un adolescent véreux.

Naturellement, il s'en moque éperdument. Soldat inconnu au bataillon de la pesanteur, tout juste bon à cachetonner dans l'existence, il décide de s'inscrire au parti pris de la légèreté et de ne se présenter qu'aux concours de circonstances. Il s'installe définitivement à son compte.

Dès la rentrée, il abandonne les entraînements d'Otto Tamponneur pour suivre celui des filles.

Elle s'appelle Irène ou Sylvie, Camille ou Maud, Solange, Xavière... Il a croisé son regard au moment de l'*Ite*, touché sa main en lui tendant l'eau bénite, l'a revue le jour de promenade dans la forêt quand elles viennent voir les garçons jouer au foot et que lui se met à dribbler comme son idole, Yeso Amalfi, le Brésilien moustachu du Racing.

Il l'emmène au Caméo, au Helder ou au Cinéac-Italiens. En ce temps-là, les salles de cinéma servent assez souvent de salles d'entraînement érotique pour les meilleurs espoirs de la jeunesse française. D'ailleurs, au début, c'est exactement comme au football, lorsqu'à peine sorties des vestiaires, les deux équipes s'observent. À son âge, quoique de formation petit diable, il n'a disputé que quelques rencontres avec des filles ; amicales, trop fair-play, duels sans pression avec un manque évident d'engagement physique. Il ne connaît leur corps que par ouï-dire et surtout par ses visites prolongées au Louvre où il peut passer des journées entières à contempler des nus et des tableaux *osés*. C'est ainsi qu'au début des années cinquante, il fait partie des visiteurs les plus attentifs d'un certain nombre de salles et que *La Mort de Sardanapale, Bethsabée au bain, La Mort de Cléopâtre* ou l'admirable *Gabrielle d'Estrées et une de ses sœurs* n'ont aucun secret pour lui. Et ne parlons pas de tous ces Titien, Fragonard et Watteau qui, tout en réussissant à le mettre dans un état d'élévation proche de l'extase mystique, lui permettront plus tard de ne jamais confondre la peinture et le spectacle de sa représentation.

Le début du film marque le coup d'envoi. La fille joue en robe vichy ou en jupe écossaise. Dès que la salle fond au noir, juste après Balzac 0001, il essaie d'aller au fond des choses. Hélas, la sainte immaculée des Ursulines joue défensif. Ce n'est pas une fée, plutôt une pucelle bon genre qui lui reproche de ne penser qu'à *ça.* Mais il a pressenti le plaisir comme on pressent la mer. Un jour, il s'achètera une mauvaise conduite avec vue imprenable sur le mauvais genre. Il s'offrira *ça.*

Au Palestro, le mauvais genre avait du talent et de la bonne volonté ; il se déshabilla tout seul – je souffris cependant pour Léo quand elle n'hésita pas à s'écorcher vive pour retirer sa robe rouge tellement celle-ci, comme une croûte de sang, lui collait à la peau –, installa sa dramaturgie avec toute la délicatesse que l'on se doit d'apporter à un baptême, approche je vais pas te manger.

Très cher et très nu le mauvais genre. Belle comme le péché ma femme originelle – même si l'on peut penser que les corps de hasard ont toujours la beauté de leur nécessité. Superficie impressionnante mais surface non corrigée de quelques adventices car elle avait gardé en réserve le strict maximum des images défendues, toutes les pièces du harnais, son brevet de crédibilité en somme. (Rappelons que la libido en carte est régie par son propre droit canon.) Six bracelets en fer, trois par poignet, huit bagues, quatre par main, quintuple rangée de fausses perles noires enserrant son cou et lui donnant un port de tête royal, créoles en argent, lingerie liturgique, pourpre cardinalice du porte-jarretelles éclairant son sexe aussi sombre qu'une nef de cathédrale et aussi mystérieux qu'un cryptogramme, cuisses capitonnées de bas à couture, escarpins garance tenant en bride la partie supérieure de la cheville, talons de plus de dix centimètres qui cambrent les pieds comme ceux d'un coureur de cent mètres aligné dans les starting-blocks et démontrent que leur propriétaire n'est pas sujet au vertige, paupières alourdies par un khôl mauve s'abaissant paresseusement à la façon des rideaux de velours, jeu des cils fardés au mascara de chez *Ricil's* rappelant le battement d'éventail des Andalouses, noirceur perverse d'un grain de beauté situé à l'ouest de la lèvre supérieure qui faisait fonction d'astérisque et renvoyait au *Rouge baiser*, peau longtemps marinée dans *Narcisse noir* de chez Caron – à moins, j'ai oublié, que ce fût *Soir de Paris* de chez Bourjois « avec un J comme joie » – posture d'esclave des Maures, obscure clarté qui tombait de son regard et semblait dire comme Héloïse : « Je serai ta fille de joie. » Un sommet de l'art bordélique Léo. Une pute à l'ancienne, flagrante, délibérée, kantienne en fait, grâce à sa maîtrise des impératifs catégoriques de la volupté. Une catin d'anthologie comme on devrait en voir plus souvent dans toutes les écoles de jeunes filles. Attigeait pour attiser. Une artiste peinte, le sexe en édition princeps, un incunable sur le trottoir, un tableau qui avait d'emblée imposé son auteur auprès du public à défaut de le faire auprès de la critique des bien-pensants. *Messaline* si l'on aime Gustave Moreau, *Lysistrata d'Aristophane* si l'on préfère Beardsley, *Femme fatale* pour les inconditionnels de Van Dongen, un Picasso dernière période, insolent, flamboyant, « un soleil dans le ventre », si l'on pense qu'elle relevait du plus grand. Pour moi, aujourd'hui, la Moa de Schiele.

En vérité je vous le dis, Léo appartenait à la catégorie des divas du divan tarifé. Femmes péplum, femmes à grand spectacle, costumées pour le carnaval du plaisir – la polissonnerie de leur production ne s'adresse qu'à des mateurs éclairés –, elles adorent se faire mettre en scène, portent leur présomption d'indécence sur le visage et leurs principes chevillés au corps, font de leur lieu commun le plus beau des clichés. Car la chambre 13 du maître-hôtel de Palestro n'était pas une chambre : c'était un lit immense dans une galerie des glaces comme celle du Jardin d'acclimatation où j'allais si souvent avec ma mère. Le grand côté était placé contre le mur à la manière des lits en chaire à prêcher, avec cette différence toutefois que, point n° 1, il avait pris de la flèche sous la poussée des charges et que, point n° 2, le mur et le plafond étaient tendus de miroirs de courtoisie, véritables tapisseries que deux tulipes couleur tango encastrées et commandées par une poire électrique, transformaient en cintres de théâtre dès qu'elles étaient allumées. Un dessus-de-lit qui avait dû être bleu, permettait d'apercevoir un ciel nuageux juste en levant la tête.

Paradoxalement, cette surface glacée surchauffait l'atmosphère. Sans doute parce que « les désirs se reproduisent par leurs images ». Les glaces au bordel, c'est la toile du peintre se livrant à son autoportrait, le terrain du double jeu, l'idéal pour une ombre et son propriétaire, la meilleure place d'où l'on s'observe, spectateur de soi-même s'adressant des rappels.

Au commencement était la Chair. La jubilation. La première femme nue. Après avoir procédé à ses propres ablutions à cheval sur son bidet, elle me conduit à son autel, ce qui est normal quand on est vierge et catholique. Elle prend la pose de *La Femme au chat* et zèbre le drap blanc de son ombre noiraude. Pour l'instant, j'ai surtout l'impression d'être un prématuré dans une couveuse attendant d'être ausculté par une nourrice attendrie me surveillant d'un sexe attentif. Suis-je le personnage ?

Tiens-toi bien y'a du monde qui nous regarde. Prenant la chambre à témoin d'un clin d'œil complice, Léo me désigne les murs et le plafond. Elle voit juste : une vraie bande-annonce là-haut, *Vénus et Cupidon, la Madone et l'Enfant,* du monde au balcon, des spectateurs dans les tribunes, aucun risque d'être inauguré dans la plus stricte intimité.

Mon cœur aujourd'hui bat encore plus fort que celui du jeune garçon que j'étais. C'est exactement comme si tout se passait dans la pièce à côté. Je peux même entendre le bruit de mes pensées d'époque. Je me reflète dans le papier, je reprends la place qui fut longtemps la mienne.

La fée se penche sur mon berceau. D'abord, il y a l'angoisse de qui n'a pas des manières d'habitué, celui à qui la patronne lance : et pour m'sieur Milou ce sera comme d'habitude ?

Heureusement qu'il y a dans tout enfant un ivre de géographie, un sculpteur qui sommeille, capable d'effectuer le premier geste qui désigne un objet en le montrant du doigt et lui donner un nom. Et tandis que de sa main droite elle continue de me mettre à la hauteur des troubles circonstances qui m'entourent – *Noli me tangere*, tu parles, j'étais trop ému par ses gestes touchants –, je retrouve très vite l'inspiration sous l'influence de la cambrure comminatoire. La reine est nue, vive le dauphin.

Ma situation cependant n'est pas simple. Emmétrope confirmé, je me trouve dans un bordel dont le plafond expose *L'instant désiré* de Fragonard. Donc, j'observe, je veille au grain, au moindre grain d'une peau de qualité supérieure, réfléchissant à deux fois avant de me prononcer, essayant seulement de ne pas perdre la main. Malheureusement ce sont mes yeux qui perdent la tête, ils deviennent plus gros que le ventre magnifiquement bombé, se placent en orbite géostationnaire au-dessus de la méditerranéenne, procèdent aux relevés de son continent, étudient ses globes et ses cratères, analysent l'écorce, évaluent des profondeurs, des failles et des fractures, jouissent d'une vue magnifique, lèchent le galbe soyeux des cuisses, zooment sur les fesses. Je suis comme un buvard qui s'imprègne de l'élémentaire beauté du monde. Je joue n'importe comment, je fais n'importe quoi. Par la chair appâté, je flatte, je flagorne, je tente de démêler sa ténébreuse affaire, tout son imbroglio, je pelote ses tenants, je tripote ses aboutissants. Au même moment, dans les glaces, se déroule une orgie de tableaux de maîtres : un jeune homme branlé par la Vénus de Vélasquez, un autre mettant la main au cul d'une baigneuse de Cézanne !

Émerveillé par l'arrivage de ces friandises de première nécessité, je voudrais tout saisir, comme font les ménagères, au début de l'été, sur les éventaires des marchandes des quatre-saisons du faubourg Saint-Denis, quand elles palpent les figues, les fraises et les melons et tous les beaux fruits mûrs, lourds et juteux, gorgés de soleil. Là, on peut même goûter... enfin pas tout... non pas sur la bouche mon Milou. Et puis, au rayon supérieur, il y a ses seins troublants qu'elle a l'amabilité de porter à ma connaissance.

Ça tient du miracle. Posant mes pattes de mouche sur le souvenir d'un corps de guêpe, je revis la scène. De mon stylo, je peux lui caresser les seins, comme si les mots qui se forment étaient encore capable de les dessiner. Et de même que nous envions quelqu'un qui va découvrir un chef-d'œuvre que nous avons lu et relu, je suis immédiatement jaloux de mon jeune et fringuant héros quand il avait quinze ans et s'appelait Milou.

Léo me nimbe de ses nibards, elle me nourrit aux seins mais c'est moi qui halète tant leur opulence attise ma gloutonnerie de nouveau-né. (Contrairement à celui de Moa, le corps de Léo ne chipotait pas sur les portions. Pour se rendre compte de l'ampleur du sujet, on consultera avantageusement le tableau de Van Dongen, *Madame G, dite « l'Artiste »*.) Comacs ses seins... Sphériques ses globes… Quelle prétention... Telle paire, telle fille... Des gémeaux, un beau doublé... Des pêches miraculeuses… je m'encanaille sur des seins à matelots et des seins à soldats… des seins qu'elle ne m'ôte pas des lèvres... pas du picrate ses seins... rien à voir avec le sein ordinaire ou les seins présumés des jeunes filles... pas des factices comme ceux des mannequins dans les vitrines... les gros bonnets de la prostitution... fichés au grand banditisme de la dépravation… des seins de mauvaise vie mais haut placés… des débauchés, pas de moralité, ostentatoires et emphatiques... gouleyants... fruités... longs en bouche... des seins comme à la campagne, le pis boursouflé d'importance... boit du petit-lait Milou… C'était pas une limande ou un pis-aller

Léo… Des seins du XVIIe, madame Guyon vue par Bossuet « pleine de grâce à ras bord »… Je l'ausculte la poitrinaire… Bergère montre tes blancs tétons… pourquoi tes beaux lolos, Léo, font-ils des vagues… Si elle savait comme j'en pince pour eux… Pointés vers le ciel ses obus de canon, insolents comme des anges qui se moquent des lois de la gravité terrestre… Ah pas de sein à la Satie avec elle, pas de morceaux en forme de poire, de préludes flasques ou d'embryons desséchés… Du Debussy… *Children's corner*…

Tu es propret, tu présentes bien, jubile sa grand-mère. Il vient de passer *au* coiffeur. Plus exactement, *à* la coiffeuse. Quel âge peut-il avoir ce jour-là ? Cinq ans, peut-être six ? Sa mère a donné ses consignes à madame Jean : bien dégagé derrière les oreilles. Il va s'asseoir dans le fauteuil, le beau biquet, et sa Jeannette va lui faire une belle coupe à la Bressant. À nous deux, jeune homme ! C'est la première femme qui lui lance un *à nous deux* prometteur. Il est à ses ordres, comme on est aux anges. Intimidé. Obéissant. Jusque-là, c'est sa mère qui lui coupait les cheveux, et c'est donc son premier rendez-vous dans un salon avec une professionnelle de trente ans.

Ça commence par des préliminaires bruyants : le cliquetis des ciseaux dont le métal glacé donne la chair de poule à ses jambes culottées de court, collées comme des chewing-gums à la moleskine du siège. On sent qu'elle tient son pouvoir de sa paire de ciseaux. Elle en joue, comme d'une arme blanche, le regard fiévreux, obsédée par les pointes, fascinée par leurs entrechats qui titillent l'épi. Elle les aime, les prend entre ses doigts volatils, les agite, leur donne de la vitesse, les fait briller de mille éclairs dans la grisaille du salon. Puis, sa tondeuse le caresse, les mâchoires le broutent, son rasoir qu'elle dégaine d'un étui de cuir noir et qu'elle affûte d'une main experte, vient lui lécher les pattes, le pouce et l'index font de leur mieux pour mater l'érection continue de son épi de jeunesse. Madame Jean mouille alors le tour de ses oreilles, frictionne sa calotte crânienne, provoquant d'humides frissons derrière la nuque soumise. Patchouli, œillet, violette, elle l'inonde de toute son effusion figaresque. À la fin, elle le sèche, le peigne avec lenteur, le présente à la glace, brosse les pollutions capillaires répandues sur ses épaules. Il a été bien sage et madame Jean commande des gâteries pour « le jeune homme » qui trône depuis une heure dans son fauteuil, au milieu d'un régiment de femmes attendries et voyeuses, le gave de boudoirs, lui sert une grenadine. Comblé par cette orgie, ses paupières s'alourdissent et il se sent prêt à s'endormir. Mais il n'en a pas le temps, car madame Jean, survoltée, les yeux plus brillants que jamais, se vautre brutalement sur lui quand elle constate la rébellion persistante de son épi gominé. C'est alors que la précipitation de la coiffeuse échancre sa blouse jusqu'à la taille et qu'il est l'objet d'une nouvelle effusion débordante : celle de ses seins nus, énormes et généreux, impétueux, renversants. Des rouleaux d'océan.

Exactement comme au Palestro où la poitrine de Léo est une telle affaire d'importance qu'elle me monte trop vite à la tête. Ma curiosité hystérique pour les pointes érectiles, l'accueil chaleureux que ce corps de louage réserve aux mains qui en tracent les lignes et mon intérêt grandissant pour *La Tempête* de Giorgione exposée au plafond, vont avoir raison de ma voracité.

Attaque *ad hominem*... J'ai eu tort de m'en remettre entre les mains d'une manieuse d'hommes. À peine ai-je été alpagué par cette femme à poigne dont le doigté diabolique a entamé son divin va-et-vient en une sorte de mouvement brownien, que je vois arriver la mort au galop... Précoce, Thanatos... Micheton de ses miches, les polissant sans cesse et les repolissant, petit mitron passant inlassablement de la croupe aux lèvres, c'est moi qui vais périr, pétri par la belle boulangère, pétrifié de mourir entre ses doigts de fée sans avoir livré bataille. Je ne peux retenir plus longtemps mes sentiments. Touché, coulé, Milou... Fauché par un coup de lame qui me laisse petit et pantois... Coït coi... même pas commencé et déjà interrompu... Moi qui rêvais de *bis repetita...* Blême d'avoir rendu une copie blanche entre les mains de mon institutrice, je ne suis en réalité qu'un petit morveux stendhalien élevé au-dessus de sa condition.

On attendait Julien, ce fut Fabrice, celui de Waterloo qui avait tout raté de la plus belle bataille de sa vie attendue. Palestro, morne plaine !

– Sois pas triste mon bébé t'étais trop excité c'est souvent comme ça la première fois, dit-elle en essuyant mon grain d'une serviette énergique.

Elle a le sourire de la Guadalupe la pute à l'enfant.

L'affaire est entendue : au bordel on règle les consommations à l'entrée, on ne passe pas à la caisse des sentiments et l'amour qu'on y achète tout prêt repasse rarement les plats. Sauf que, non mais attendez la suite, sur ce champ désolé, sur ce lit de noces devenu catafalque, c'est la petite mort qui va transformer votre vie en destin. Non ? Si.

J'aurais pu jouer les fiers à bras qui en ont vu d'autres, exiger d'être remboursé ou hurler à l'erreur judiciaire. Je choisis de m'effondrer en sanglots. Là-haut, l'ombre était dans la glace et regardait son maître. Ne pouvant décevoir mon public, je fis mon numéro. Je jouai, sans jouer, tout en jouant, Milou à sa nounou, le visage dans ses cheveux qui ressemblaient à une grappe de raisins noirs et sentaient la noix de coco quand elle est mélangée à la vanille. Déchargé de quelques taches désormais orphelines de moi-même, il ne me restait qu'à décharger mon cœur. J'embrassai la mercantile comme on embrasse sa mère après un gros chagrin avec plein de comme vous êtes belle Léo. C'était magique de prononcer ces mots qui venaient de si loin et encombraient mes livres. Je lui ai dit que je l'aimais. Elle a répondu faut pas dire des choses comme ça Milou. Mais elle m'a caressé la joue, m'a pris dans ses bras comme on le fait avec un enfant et certainement pas avec un homme, s'est allongée sur moi, calme-toi mon bébé, je ne lui avais rien demandé, je ne la voyais plus, Léo la puéricultrice, aveuglé par les larmes. Après, je ne me souviens de rien, sauf peut-être de la lenteur extraordinaire qui semblait s'être emparée du monde, du silence qu'on repère aux marches qui grincent et au bruit des clefs dans les serrures, d'un gémissement de femme, d'un Raymond faut que j'te cause craché par une voix de rogonne provenant du couloir et puis d'un air de *Norma* qui était tout à coup monté de la cour accompagné d'une odeur de haricot de mouton, bande-son extraite d'un film d'avant-guerre, et c'est seulement parce que Léo me l'a dit que j'ai compris que je venais de faire l'amour pour la première fois de ma vie. J'ai ressenti un goût de rire aux larmes dans la bouche. Puis nous avons séparé nos biens et rhabillé nos corps ; ses seins, comme à regret m'a-t-il semblé, ont regagné leur soutien-gorge pompadourien, ses cuisses ont enfilé le slip noir à franges violettes qui frétillaient d'excitation, la robe a repris ses formes, les lèvres ont retrouvé *Rouge baiser* et le cou son boa, bon c'est pas tout mais faut que j'y aille. J'étais triste de la quitter, elle était si belle, là dans la chambre 13, elle m'a dit au plaisir mon petit cœur bonne continuation... Au revoir Madame, j'ai rétorqué avec brio.

Maintenant il y a cette moustache – mal intentionnée, ça se voit immédiatement – portée par un grand sans mallette qui attend Léo en bas de l'hôtel. Le salaud, il va se refaire votre beauté ! Elle lui dit bonsoir de sa voix cassée, sans lui demander son âge, ils disparaissent dans la nuit du Palestro. Dans votre chapelle, dans votre théâtre. Sur *votre* lit. Elle vous laisse tomber Léo. Pour cinq mille balles qui ne peuvent pas valoir les vôtres. Vous avez perdu la main. La partie est finie. Vous vous dites que c'est l'un de ces jours où rien ne va, un mauvais jour, un jour qui s'est levé du pied gauche.

Pourquoi faut-il que ce soit justement ce jour-là que tout bascule ? Est-ce parce que vous vous trouvez à l'âge où le cœur se porte très près du corps, est-ce parce que Léo c'est désormais votre femme pour toute la vie, est-ce le destin, la journée qui s'achève, le temps qu'il fait, tout ça ? Il y a une minute de souffrances intolérables, trop fortes pour envisager qu'elles puissent se poursuivre plus longtemps. C'est alors que surgit une force inconnue de vous, quelque chose ou quelqu'un qui détruit tout sur son passage et vous jure que quel que soit le prix à payer à la réalité, il vous obtiendra la meilleure place, celle de Léo, le dessus du panier de l'amour, le gratin du bonheur. Tombé dans un cliché, vous n'allez pas vous en relever.

Et vous suivez votre pente qui était naturelle.

II

ÉPREUVE D'ARTISTE

Cinq heures du matin. L'île est encore endormie. Je dors très peu, je dors de moins en moins. Je me lève, je fais du café, je sors, j'allume ma première cigarette. Tout semble suspendu dans l'attente de l'aube. La nuit attend la lumière qui bientôt l'achèvera, le ciel n'est qu'un immense nuage blanc comme un linge sur lequel quelqu'un, à la volée, a griffonné un envol d'oiseaux. Le jardin est encore imprégné des odeurs nocturnes des chèvrefeuilles et des jasmins. Les hibiscus se sont repliés sur eux-mêmes pour mourir. Tout à l'heure il en naîtra plein d'autres. Je reste dehors à contempler le prodigieux spectacle du ciel. En quelques minutes, car elle est cyclothymique, la voie lactée passe de la dépression à l'euphorie, de la catatonie à l'excitation, devient sculpture de nuages, assemblage de cathédrales, de palais, de colonnades. Il commence à faire froid. Je rentre dans la maison et au moment d'allumer un feu dans la cheminée, un article publié dans un vieux journal attire mon attention : « Neil Armstrong a complètement disparu de la circulation. Il ne s'est jamais remis de son pas de géant accompli au nom de l'humanité. La rumeur affirme que, depuis qu'il est revenu de la Lune il marche à côté de ses pompes. Il souffre, dit-on, d'une maladie rare : le syndrome de l'accomplissement total. Ayant concrétisé le plus suprême de ses rêves, il serait devenu un zombie. »

Assez souvent, la mémoire transforme les faits lointains, atténuant leur importance ou leur donnant un éclat qu'ils n'avaient pas alors. Mais comment pourrais-je modifier quoi que ce soit à ce que j'entends et vois de plus en plus distinctement ? Je n'aurais jamais pu imaginer à quel point j'étais resté à la colle avec cette période de ma vie. Le dessin de Schiele m'obsède. Qu'es-tu devenu, pourquoi es-tu parti, me demandent-ils du haut de leur tableau ? Si tu reviens, on ne t'en voudra pas. Ça ressemble à un rappel à l'ordre du souvenir, violent, inattendu. Et puis c'est incroyable comme l'on se voit bien dans le papier, encore mieux que dans les miroirs. On entend, on sent, on touche. On n'est plus seul, c'est une solitude accompagnée, on se retourne, et d'un seul coup, tout le monde est là dans un *come-back* impressionnant.

Naturellement ce n'est pas aussi simple. Il y a encore les jours où il m'énerve ce jeune homme insolent, quand je me sens soumis à son pouvoir alors même qu'il a disparu, les jours où je le supporte, les jours où il me manque : ces jours où l'on cherche désespérément une raison d'exister comme une clef que l'on a égarée. Je sais qu'il n'est plus là, qu'il ne reviendra pas, mais il habite ma vie. Parfois, je me demande s'il se souvient encore de moi. Ou s'il existe encore. Si le passé est mort, il n'est mort que d'un œil et j'aime savoir qu'il rôde. Il arrive que je le perde de vue pendant plusieurs jours, mais je ne m'inquiète pas : il finit toujours par revenir. Ma mémoire l'a ferré. Et s'il tarde trop, je pars à sa recherche. Désormais je suis le poursuivant.

J'écoute de vieux Johnny Hodges, John Coltrane, la *Cantate pour Jean Racine* de Fauré – « Ô Christ, sois favorable… » –, *L'ho perduta… me meschina* des *Noces* (une minute cinquante secondes de joie pure), *La plus que lente* de Debussy, *Don Giovanni* par Joseph Krips. Je cherche quelque chose à travers la musique comme s'il n'y avait qu'elle pour me rappeler à moi. J'ai confiance en elle qui a toujours accompagné ma vie. Lentement, ma mémoire commence par s'échauffer comme un corps bien entraîné, se déplie muscle par muscle, au rythme des sons, des mélodies ou d'une intonation, mon cerveau traque, fait des fouilles, je ne le lâcherai plus Milou. Je ferai tout pour l'empêcher de disparaître, il ensoleille mes nuits. C'est merveilleux de savoir que l'on a tout le passé devant soi.

Soit dit en passant, il n'a pas de quoi se vanter à la suite de son expédition de la rue de Palestro. Puceau en sursis, il en est toujours au point de départ. Il a vu une femme nue, en vrai, elle lui a dit qu'il avait fait l'amour, mais il a le sentiment de n'avoir rien appris, rien compris. Hésiter pendant des mois, dépenser une fortune pour échouer au premier tour ! Naturellement il ne parle à aucun de ses condisciples de *l'événement.* Il déteste (il détestera toute sa vie) *parler femme* avec les hommes. Il prétend que c'est avec les femmes qu'il faut parler des femmes et qu'il en existera toujours une pour vous écouter d'un ventre attentif.

« Nos désirs sont parfois battus : ça les retarde, ça ne limite pas leur carrière », dit madame de Volanges dans *Les Liaisons dangereuses.* Le problème c'est que l'on ne vole pas tous les jours une quête miraculeuse et qu'il a fait l'amour au-dessus de ses moyens. (Si l'on peut désigner par ce terme une aussi misérable escarmouche.) Ne disposant pas de la somme requise pour espérer s'offrir le corps de Léo à brève échéance, et encore moins des moyens de s'acheter une conduite, il ne lui reste plus qu'à imaginer un stratagème s'il veut lui redonner de ses nouvelles. Ah s'il pouvait la payer avec des livres, lui proposer le troc suprême, son corps contre l'esprit ! C'est ainsi que l'idée, empoisonnée, délicieuse, se met peu à peu à circuler dans toutes ses artères. Lui voler son con en lui achetant son cœur ! Flatter Rachel pour posséder Léo. La payer de mots. Il a de quoi lui offrir un bouquet de fleurs et suffisamment d'expérience pour voler un livre. On se doit de signaler que pendant les années de son adolescence, il était le plus grand voleur de livres de Paris, l'ennemi public numéro un des libraires.

Le Rouge et le Noir dans une belle édition, ça pourrait l'émouvoir Léo... (Il avait choisi Stendhal à cause des couleurs de sa casaque, plutôt que Proust, malgré la référence à Rachel, qui risquait de l'ennuyer.) L'idée lui semble tellement exaltante qu'elle finit par lui apparaître aussi intéressante que son objet. Il sait qu'il va tout jouer sur un coup unique. Mais c'est ce qui l'excite, faire sauter la banque au casino du grand jeu, peut-être plus encore que d'aller commémorer ses seins.

Elle a son regard plus noir que le noir de Soulages, une voix de corne de brume, des jambes polygames, le sexe polythéiste, des paresses orientales et le peuple pour elle. Lui, il est tout seul, il a quinze ans, pas d'argent, des fleurs, un livre, le sexe monogame mais la tête pleine de mots d'amour et la carrure de leur emploi.

Alors il fait le serment que Léo sera sa Louise et sa Rachel, qu'il sera le Frédéric d'une étrange madame Arnoux, le Ferdinand de cette Molly-là. L'Ulysse de cette fille de Joyce. Qu'il séjournera dans l'empyrée où elle règne. Qu'il deviendra le favori de la reine des putes, le vice-roi de la reine du vice. Léo, il la jouera *artiste* et elle l'embrassera sur la bouche.

Cruelle dans la lucidité, son ombre lui répond qu'il fait toujours dans la surcharge.

On se déclare en état de guerre. Les jours et les nuits qui précédent l'opération de reconquête, on répète son plan avec la rigueur d'un général d'empire – après tout, la conquête de madame de Rénal demande autant d'audace et de préparatifs que la manœuvre d'Arcole ou l'embuscade d'Austerlitz. Le samedi, on doit aller voler *Le Rouge et le Noir* chez Gibert Jeune (édition *Garnier Frères*, reliée). Puis, passer le lundi place du Guatemala – on a malheureusement appris que l'amour était férié le dimanche de Pentecôte –, quitter sa grand-mère beaucoup plus tôt que d'habitude, en prétextant une révision urgente à faire pour le lendemain, déposer sa mallette à la consigne de Saint-Lazare, acheter des orchidées presque aussi grosses que des cattleyas – cet âge est insouciant et n'a aucun scrupule à confondre Rachel et Odette –, y glisser la carte sur laquelle on aura passé des nuits à écrire le plus beau poème d'amour depuis le *Cantique des Cantiques* (Volupté, que de rimes on commet en ton nom !), filer en métro jusqu'à Réaumur Sébastopol, la plus belle station de métro du monde, le plus beau cadeau du monde en poche pour la plus belle femme du monde, amoureusement enveloppé dans le plus beau des papiers argentés au monde que l'on ait vu de mémoire de jeune homme le plus beau du monde.

Tout se passera comme prévu. La matinée du lundi le plus long de la vie sera interminable, mais il faut savoir ce que l'on veut quand on aime se soûler à l'attente et au temps suspendu. On se souviendra d'un rêve étrange où une main trace une ligne, puis, telle une asymptote, s'approche d'une courbe sans jamais la toucher. On n'interprétera pas. Et quand il sera l'heure, ce n'est certainement pas au sens figuré que l'on détalera ventre à terre pour aller se faire voir du côté de chez Léo.

L'objet de mes lubricités électives chasse le lundi de Pentecôte, parqué dans sa réserve naturelle. Pose commerciale, malgré le *Défense d'afficher, loi du 29 juillet 1881.* Le corps en nord-est, le visage en est sud-est, elle se regarde être Léo. Ce n'est pas aux Ursulines qu'on lui aurait enseigné cette manière de maintien. Maquillée comme une squaw sur le sentier de la guerre, les lèvres éclairées comme les lampions d'une fête de village pour être vues de loin, ses jambes jouent à chat perché sur le trottoir. Elle se redresse, nuque effrontée, croupe en tournée, il y a de la java dans l'air et des clins d'œil qu'elle sème derrière elle comme des petits cailloux. Travelling sur l'image de l'amour.

Cette fois, je n'ai pas le temps de philosopher. Un visage pâle en goguette pourrait se laisser attraper au lasso de son porte-jarretelles, au piège de ses lèvres peintes, au leurre de ses talons aiguilles, la suivre dans son saloon, m'obligeant à l'attendre au risque de me faire oublier mon texte et mes répliques. Je cache les fleurs comme je peux sous mon imperméable. Tout est parfaitement répété dans ma tête. Dernier check-list, lucidité maximale... pression artérielle un peu supérieure à la normale... mais l'incomparable sensation d'exister... je vole... je suis Icare... je suis Ferdinand... « Bagarre Mimile... » Vas-y Milou... Milou s'en va-t-en guerre... mironton, mironton, mirontaine... Dieu sait quand reviendra...

Elle me voit, m'adresse un sourire rayonnant, on dirait Bérénice – « un sourire, un regard, un mot de votre bouche... » –, arrête sa progression, fait demi-tour pour revenir vers ses communs, pousse la porte de son écluse. Je la suis. Elle se retourne vers moi, piaffante, coquette, toujours aussi troublante dans son harnachement, me fixe d'une poitrine insistante. Elle a des milliards de coquetteries dans les seins la garce.

– Milou ! Ça me fait plaisir de te revoir c'est marrant j'ai repensé à toi je t'avais trouvé joli garçon et puis très bien élevé si tu savais ce qu'on voit des fois bon on y va ?

À cet instant, je suis dans l'ineffable, l'inespéré, le sommet de toute ma carrière. 1/ Elle se souvient de mon nom. 2/ Ça lui fait plaisir de me revoir. 3/ Elle a pensé à moi. 4/ Elle me trouve joli garçon, etc. Alors, en la vouvoyant, je lui dis que je n'ai pas d'argent, que je suis venu la remercier pour l'autre jour, et, plus raide qu'un officier prussien, je saisis sa main, y dépose un baiser et sors mon bouquet.

– Il est fou celui-là le baisemain s'il vous plaît et en plus y me dit vous.

Elle rit... regarde les fleurs.

– Mais c'est Byzance c'est trop mignon ma poupée

ça me touche tu sais fallait pas (là, une aposiopèse comme une extravagance) toi alors.

Perturbée, elle marque un nouveau temps d'hésitation, puis :

– T'es sûr que tu veux pas monter allez viens on s'arrangera.

C'est là qu'il faut tenir. Il y a des images terribles qui vous entraînent vers l'escalier, la chambre, le logis de la fée... mais ça serait trop facile... moi, les femmes, je veux qu'elles m'aiment. J'ai toujours été un compliqué. J'avais décidé d'attaquer en rafales successives, je modifie ma tactique en cours de route. Repli stratégique... Je ne sors pas mon paquet cadeau. Je résiste... il faut savoir se constituer des réserves... il y a des intuitions qui viennent du bout du monde. Martial, je poursuis ma cour.

– Je vous remercie... il n'y a pas de raisons... je ne veux pas vous faire perdre votre... je reviendrai dès que je pourrai vous... au fait je voulais vous.

– Oh ça m'ennuie que tu repartes comme ça t'as l'air tout penaud.

Elle dit ça de façon tendue, presque inquiète, elle a dans le regard ce que j'ai décelé la première fois, cette petite lueur d'affolement quand elle oublie qu'elle est une pute, quand elle s'appelle Rachel. À chacun sa part d'ombre.

– Bon tu sais ce qu'on va faire tu vas m'attendre y'a

personne cet aprèm et de toute façon j'allais me faire la malle je t'offre un verre comme ça tu seras pas venu pour rien.

Ça la fait rire. Elle sort de l'hôtel, m'accompagne jusqu'à l'angle de la rue Réaumur, du doigt me montre un café.

– Non pas celui-là c'est mal fréquenté l'autre plus loin le Quasimodo tu vois là-bas à côté de *France-Soir* on sera plus tranquilles j'en ai pour un quart d'heure tu m'attends bien sagement hein mon bébé.

C'était l'heure de pointe du bonheur de vivre.

Existe-t-il des mots plus beaux que d'autres ? Des mots qui vous marquent à jamais ? Moi c'est « je t'offre un verre » et « on sera plus tranquilles ». Je décidai d'oublier « mon bébé » et « ma poupée » pas très prometteurs, et aussi « j'allais me faire la malle » très décevant bien sûr dans sa franchise populaire. Le plus inquiétant étant « comme ça tu ne seras pas venu pour rien ». J'avais pensé qu'il y a des jours où l'amour ne se laisse pas facilement faire. Alors je m'étais accroché à « tranquille ». Tranquille comme exil. Encore et toujours.

Les deux ou trois choses que je sais des femmes, je prétends que c'est ce jour-là que je les ai apprises.

C'est comme si votre vie en dépendait. Il y a d'abord le sentiment de l'attente qui devient vite celui de l'abandon tant il vous serre la poitrine. On attend, pour un oui, pour un nom. On respire à coup de si et de peut-être : la vie ne tient qu'à une fille. Soudain elle est là. Désespérément belle. On serait presque rassuré si elle l'était moins. Elle fait peur. Elle est comme un jouet tout neuf auquel on a longtemps rêvé, la sœur jumelle du rêve, sa réplique malléable. Sensation inconnue... naissance du cœur... c'est la première fois que vous l'entendez si bien. Il se met à parler, il a tant de choses à dire, et depuis si longtemps. Ses battements couvrent la fureur du monde qui l'entoure, il fait plus de bruit que le percolateur, il est plus puissant que les « Chaud devant ! », les « Et deux express deux ! Je réclame ! », les conversations des consommateurs, le grondement des voitures. Intarissable et fou comme le rire des enfants. Mais attention, danger : vous commencez à penser par le cœur. Votre cœur devient un moteur qui fabrique de la pensée, une usine qui ne livre qu'une pensée unique, l'aimer. L'aimer, là, tout de suite, toujours, pour l'éternité. En vérité, vous ne pensez plus, vos esprits tentent bien de se retrouver, vos membres inférieurs de se calmer, il est trop tard pour que vous vous arrachiez à cette pensée qui n'en est pas une, et comme la lumière du jour ne vous a jamais semblé aussi éblouissante, vous aimez votre pensée. Votre pensée qui est de l'aimer.

La scène n'a pas vieilli. Elle est fixée dans une ambiance abolie comme sur un daguerréotype.

La reine des putes entre dans le café d'un pas de toréador. Lente, plus que lente, fascinante, incline la tête à droite et à gauche vers quelques-uns de ses picadors attablés à la terrasse. Les mouvements de son corps colonisent les esprits, réclament l'attention générale. Isolé dans un coin retiré de la salle comme un taurillon dans sa *querentia*, j'ai des visions d'estocade et de mise à mort.

C'est une fée qui remplirait d'émotion n'importe quel espace. On sent qu'elle ignore les climats doux, les zones tempérées, les régions hyperboréennes. Toujours au-dessus des normales saisonnières, elle n'est à l'aise que dans le torride, les climats vigoureux, les quartiers chauds. Chaude, Léo. Putain haute calories... *Mucho calor*... Je me trouve ridiculement humain avec mes 37°.

Les journées habituelles n'ont que ce qu'elles méritent : nos vies en sont remplies. Mais comme sont rares ces jours qui prennent la forme magique d'une pochette-surprise ou d'une bulle de savon. Là, le temps vient brusquement de changer. Il s'inscrit dans un fragment de ciel inconnu. C'est une sorte d'*À vos postes*, un branle-bas de combat de tout notre être succédant à l'habituel *Rien à signaler*. Dans la pochette, il y a une bonne et une mauvaise nouvelle. Vous ignorez par laquelle commencer ? Aucune importance, c'est la même : vous venez de tomber éperdument amoureux. De l'amour. Attention, c'est du sérieux ; vous êtes sélectionné à vie pour jouer contre l'ennui, contre le pouvoir, contre le fric, contre les chefs, contre les cons, contre le temps. Seul. La situation est grave, mais pas franchement désespérée. Simplement, vous avez intérêt à être excellent car vous venez de changer d'atmosphère.

Elle a quitté sa tenue protocolaire qui doit se trouver dans le grand sac des Magasins Réunis qu'elle traîne comme une corvée, porte un tailleur élégant, strict, sans chemisier, un prince-de-galles très ajusté qui caresse sa peau et la comprime tellement qu'à leur naissance ses seins ont déjà l'âge adulte – *my tailor is rich*, me fais-je in petto –, un feutre de chez Motsch, je le reconnais, ma mère a le même, penché sur les yeux et d'où sa chevelure, indisciplinée, rayonnante, déborde. Mais elle a conservé son maquillage de scène, des pendentifs bleu turquoise très vulgaires et très beaux, des bracelets en argent et surtout un ruban de velours noir autour du cou – le collier des putes, je l'apprendrai plus tard –, pièce inédite qu'elle porte à son dossier déjà très lourd et dont la fonction est moins de retenir la perle qui en occupe le centre que d'attirer le regard vers le satiné de la peau et de souligner l'insolence du cou. L'idée me traverse, iconoclaste, qu'elle est encore plus excitante sans son boa et sa robe rouge et je l'imagine nue sous la tenue austère.

Elle a emporté *mes cattleyas* avec elle. Elle m'aperçoit, me sourit, s'arrête au juke-box, choisit un disque, écoute c'est formid. Elle s'assied, continue de sourire.

Elle sourit toujours. C'est son système de ponctuation.

Pourquoi existe-t-il des gens chez qui il fait toujours sombre même en plein soleil, et les autres, comme Léo, qui produisent leur propre lumière ? Je revois ses pommettes très hautes qui lui triangulaient le visage comme celles des femmes du Kirghizstan, ses yeux immenses et leur fabuleux pouvoir réfléchissant. Elle disposait d'une palette de regards qu'elle distribuait avec talent et qui contenaient tout son mystère. C'est comme si cette putain n'avait jamais eu de figure, rien que des yeux à mes yeux, des yeux intacts sur ce corps d'occasion qu'elle écartait à la manière d'un exhibitionniste qui ouvre les pans de son manteau. Je me souviens de sa voix. Sa voix était son corps, son signe distinctif. Une voix fauve, traînante comme le son du bandonéon, brumeuse comme celle de Pearl Bailey quand elle chante *Tired.* Je repense à ses lèvres qui formaient un arc de Cupidon parfait. À ses narines aussi. Épanouies, frémissantes, en attente.

Léo, plus vivante que jamais. Le battement de ses cils projette des ombres sur ses joues. Un grand voile sur le réel. Le sud éclaire son visage, à moins que ce ne soit son visage qui indique le sud tant elle semble faite à l'énergie solaire. C'est simple, on la regarde, on voit de la lumière, on a envie d'entrer. Sa bouche a parfois des moues vulgaires que son sourire enfantin dément aussitôt. Les autres disaient c'est une poule, moi je m'en foutais, elle avait les dents du bonheur.

Je repense à ses expressions distraites, lointaines, des absences de présence : son temps n'était probablement pas celui des humains. Elle ne semblait connaître ni la tristesse, ni la honte. Parfois l'étole invisible de sa propre lassitude. Mais elle lassait l'ennui, affichant une telle joie de vivre qu'on avait l'impression qu'elle la portait en sautoir. Elle était belle comme une femme qui tombe, excitante comme une danseuse de flamenco. Elle ressemblait aux prostituées de Constantin Guys. Elle comptait sur ses doigts. Elle ignorait l'*e* muet comme madame de Cambremer. Elle fumait des Gitanes.

Sensuelle, stricto sensuelle.

– Tu prends une coupe Milou deux coupes Lucien tu sais Milou j'adore toutes les chansons quand je suis pas au turf je vais à L'Olympia.

C'est à cet instant qu'elle s'était mise à chanter *Eso es el amor* en canon avec Dario Moreno !

Ça commence mal. Le servile deux coupes, deux, c'est parti madame Léo, que vient de lui adresser Lucien le garçon, me fait comprendre que je suis attablé avec une personne de condition ayant pignon sur rue et dont la notoriété a certainement franchi depuis longtemps la rade du Palestro. Elle décide de tout, rien à discuter, même pas ce que j'aurais aimé boire, elle se trouve sur son territoire, je ne suis pas dans mon élément familier et le champagne me rend malade. Moral en berne. Surtout quand j'aperçois un panneau situé derrière la chaise sur laquelle elle est assise et où l'on peut lire *Protection des mineurs contre l'ivresse publique.*

– Je suis pas contente après toi tu dis trop de bêtises dans ta carte avec les fleurs note qu'elles sont très belles et puis elles sentent si bon.

Sans le savoir, elle vient de se placer sur mon terrain. Je lui coupe la parole, je lui raconte, en l'enjolivant, l'histoire de Rachel qui a fini par devenir actrice. Je triche, je mens, j'affabule, c'est ma spécialité… je lui dis que les fleurs que je lui ai offertes étaient ses préférées !... que Saint-Loup était son amant et qu'il avait seize ans !... Je lui explique le sens de l'expression *faire cattleya.* Ça la fait rire. Elle m'écoute, on trinque, elle est attentive, c'est bien. C'est maintenant que la lenteur constitue une vertu cardinale. Surtout ne pas précipiter les événements. Elle, Léo, elle est le mauvais sujet d'une proposition principale dont je rêve de former le complément direct. Il ne manque que le Verbe. Il faut lui parler, l'emporter ailleurs.

Bouleverser ses habitudes.

Transporter le cœur au cerveau.

Déposer les sentiments au vestiaire.

Et pour ça, il n'y a que les mots. Les mettre sur leur trente et un, lui tendre comme des miroirs dans lesquels elle va se découvrir, désirable, souveraine. Apprendre à la fouetter, à l'adoucir, à la brutaliser, à la caresser, à la réduire. Juste avec des mots. Ensuite espérer que le duel verbal se transformera en corps à corps. Être un homme de mots avant de prétendre être un homme de mains ou un homme de cœur, c'est la règle, sinon l'amour n'est pas de bonne qualité. Pour le moment, l'important n'est pas qu'elle me croit, mais qu'elle m'écoute. Car dans la comédie où elle se produit chaque jour, il me faut à n'importe quel prix obtenir le rôle principal et non une place de figurant au milieu de centaines d'autres.

Alors je parle. De moi, d'elle, de moi surtout, c'est ce que je fais de mieux. Je lui raconte le petit séminaire, ma passion pour le piano, le latin et le grec. Tout un monde inconnu d'elle.

– Mais tu veux être curé Milou et tu causes le latin ?

Regard captivé de la captivante qui équivoque de la prunelle.

J'essaie de lui faire comprendre la différence entre le grand et le petit séminaire et que je n'ai aucune envie d'être curé, surtout depuis que je la connais mais je n'ose pas lui avouer que, depuis huit jours, je suis un défroqué perturbé par ses mensurations ostentatoires et de facto masturbatoires. Pour faire l'intéressant, je lui dis que c'est dans ses ordres que je veux entrer sinon je me fais moine. J'ajoute que je suis un *latin lover*. Elle pouffe, dis donc toi t'es pas un mariolle, je l'amuse avec mes mots d'amour désespérés. Vas-y Milou ! Je lui jure que je l'emmènerai à L'Olympia, ses yeux se mettent à briller, tu peux jouer des chansons au piano… oui… non… enfin si… à propos le ruban qu'elle porte autour du cou me rappelle celui figurant sur un tableau qui justement s'appelle *L'Olympia*, je m'excite à lui décrire... l'odalisque négligemment étendue... la main qui cache le sexe... l'esclave noire qui apporte le bouquet de fleurs d'un client... un jeune homme amoureux sans doute... le chat qui fait le gros dos et darde ses yeux jaunes et sa queue... compagnon de sabbat... Je lui dis que je voudrais être son chat... Je lui joue un petit air de Baudelaire : « J'eusse aimé vivre auprès d'une jeune géante comme aux pieds d'une reine un chat voluptueux... » Je lui raconte que la première fois où la toile a été exposée, elle était placée à côté d'une autre intitulée *Le Christ insulté*... Ne trouve-t-elle pas ça étrange ? *Eso... es... el amor... Si señor!* Bon d'accord... Elle s'en fout, elle préfère Dario Moreno... Je la soûle avec ma passion pour Manet (que j'avais attrapée à treize ans dans un livre volé chez Gibert à cause de la couverture qui représentait *La femme au chat*)... Tu vas trop vite Milou... Apprends à laisser le temps jouir en ta faveur... Vire de bord, change de genre, appelle-la Rachel... quand on aime, on stratagème... Il faut qu'elle s'imagine dans un roman d'amour... qu'elle sursaute... imperceptiblement, la tension, l'attention, vont monter...

Attaquer, reculer, feindre, se dérober, revenir, murmurer, suggérer, insinuer mais ne jamais s'exposer en direct. C'est ça le plus difficile, surtout en début de carrière.

– Allez dis-moi la vérité t'as quel âge ?

Regard hautain de patricienne. Elle me fait remonter à la surface de la réalité.

– J'aurai bientôt seize ans.

Je ne voudrais pas lui mentir mais c'est plus fort que moi.

– Mon œil y'a ton nez qui bouge si j'appuyais dessus y'a du lait qui sortirait et moi tu sais quel âge j'ai ?

Son regard se voile, comme sa voix.

– Je ne sais pas, vous êtes si.

Silence, un démon passe. Je n'arrive toujours pas à la tutoyer.

– J'en ai trente et un et je fais le tapin depuis longtemps mon petit bonhomme j'ai laissé tomber l'école à quinze piges because les chleuhs note que j'ai mon certif mais j'ai pas été élevée chez la comtesse de Paris tu sais.

On ne naît pas putain, on le devient. Elle avait quitté Juvisy pour aller se cacher dans une ferme en zone libre avec ses parents, quatre ans à traire les vaches tu vois le tintouin. Elle n'en dirait pas plus. À la Libération, elle revint à Paris et trouva une place d'ouvreuse au cinéma California. Elle vit l'ombre des hommes se formant à ses pieds. Elle en fut surprise. On se retournait sur elle, tout le monde semblait la connaître. Elle se mit à aimer les promenades, les grands boulevards, le ciel bleu. Elle prit de la hauteur, s'offrit ses premiers talons aiguilles, s'engagea résolument dans la carrière de belle fille. Découvrit le bonheur d'être contemplée, comme les chefs-d'œuvre.

Elle aussi ferait l'actrice. Son écran serait la rue ; le peuple de Paris, son spectateur. Son imagination se peupla de sexes mâles dont la ferveur, le soir dans son lit, la faisait s'enivrer d'elle-même. Un jour, elle se produirait en public avec cet air triomphant de l'artiste qui présente son travail, et l'asphalte, poli par le soleil, renverrait son image. Elle habitait tout près de la rue Saint-Denis où le peuple attiré par le prestige de l'uniforme vient débarder ses désirs. Le quartier avait des allures de port franc, grouillait de coolies poussant des chariots de vêtements, de matelots en rade, de commerçants affairés, de filles et de joueurs de bonneteau. Les grands boulevards tout proches déversaient dans ces rues bien en chair leur fret d'hommes de peine en un incessant défilé. Elle sut lire dans leurs yeux des envies de sable chaud, des fringales d'exotisme, des velléités de tour du monde. Elle se paierait sur ce transit. S'installerait dans la jouissance. Et la jouissance deviendrait sa raison sociale. Ils réclamaient un décor, de beaux mensonges. Comme les enfants. Elle serait « un mensonge qui dit toujours la vérité ». Elle avait un parfum de loukoum comme on n'en respire que dans les souks, des lèvres couleur de grenade, une peau terre cuite comme les murs d'enceinte des casbahs, des yeux plus noirs qu'un crime horrible et une voix de muezzin appelant à la prière. Le destin, un cœur sans domicile fixe et un corps d'artichaut feraient le reste. Un soir, elle alluma M. Ange qui cherchait sa voie dans les travées obscures du cinéma. Il tenait commerce rue de Palestro et recrutait des vendeuses bien sous tous rapports. À vingt-deux ans, elle décida qu'elle serait heureuse et qu'elle aurait beaucoup d'amants. Elle épousa la ville.

Une putain ? Sans conteste. Une courtisane n'ayant aucune envie de se convertir à la religion séculière, mais désireuse de s'élever dans la hiérarchie de l'amour oblatif et ne cherchant aucune excuse ou justification. En ce sens une originale. Pas putain malgré elle, putain la tête haute. Faite de tous les hommes et qui les valait tous et que n'en valait aucun. Déplaira aux chiennes de garde, aux sociologues de la prostitution, aux bonnets de nuit et aux minimalistes naphtalinés.

– T'es encore un peu morbac pour me faire du plat je pourrais être ta daronne.

Elle me cherche. Au fond, ce qui me trouble, c'est qu'elle ait seize ans de plus que moi et deux ans de moins que ma mère... Quel est le plus fort ? Le droit du sol ou le droit du sang ?... Je pense alors que je n'ai aucune chance tout en me demandant si elle stationnait déjà devant le Palestro le soir où j'étais passé rue du Ponceau avec ma grand-mère. Au bord du désespoir, je nargue le ridicule en lui disant que je suis un printemps précoce qui vient de rencontrer le plein été... Et j'ajoute, sans citer mes sources – pardonne-moi Victor – que je suis un ver de terre amoureux d'une étoile...

– Alors comme ça toi et moi on est dans l'amour ?

Ses cils faseillent. Un rond de fumée qui s'est attardé au-dessus de sa tête la béatifie. Je tente un regard rempli de sous-entendus et de points de suspension. Et à l'instant où j'ai le sentiment de l'avoir suffisamment criblée de points de suspension, je décide de prendre sa main comme dans le livre. Vas-y mollo Milou... Si tu l'aimes prends garde à toi... J'embrasse la paume, d'abord en fermant les yeux, ensuite en la regardant, de bas. J'attends. Les sifflets ou les applaudissements, le pouce baissé ou levé.

– Tu sais que t'es sacrément effronté pour ton âge...

Mais elle ne retire pas sa main et il y a un éclat de perversité dans ses yeux comme si un cyclone traversait son regard.

– Et puis qu'est-ce t'en sais j'ai peut-être un amoureux tu reprends la même chose Milou la même chose Lucien !

L'impression de tomber dans le vide... La catastrophe... J'ai tout prévu pendant mes répétitions, sauf ce cas de figure... Je l'imagine hypothéquée, soumise à un mac qui va venir me poignarder... Après Stendhal et Proust, le grand Guignol !

– Alors, qu'est-ce que vous faites là avec un petit morveux comme moi ? Vous préférez que je vous traite comme une pute et que je m'en aille ? Allez le rejoindre votre mac !

Le petit garçon a quatre ans, cinq ans, six ans… Il entre en jeu. Il invente, il interprète, *fait* ses colères, prend des mines et des moues, cabotine, obsédé par le besoin de faire la une de la vie domestique. De plus en plus coutumier des fées, l'enfant roi rend ses grâces au conseil de régence. Fregoli en barboteuse, gringalet faisant son gringue, Casanova haut comme trois pommes, il est cent personnages pour les séduire ou les apitoyer, les convaincre ou se faire pardonner. Au passage, il apprend l'un des plus beaux mots de la langue française : Encore !

Pour perfectionner ses compositions, il répète dans leurs regards. La plaisanterie rituelle des cours de récréation, « tu t'es vu dans une glace ? », ne le fera jamais rire, c'est comme si l'on mettait en doute ses longues années de conservatoire. La vie est simple : elle n'a qu'à bien se tenir. On le regarde, il s'intéresse, on l'admire, il s'aime. Bigot de son propre culte, il rit de se trouver si beau en ces miroirs, souvent il se retourne sur lui pour ne jamais se perdre de vue. Mais pourquoi s'inquiéter ? Les femmes ne cessent de le commenter. Ça sent encore la peinture fraîche, rigole la beauté du cinquième étage qui lui donne ses premiers cours de piano. Ce petit chou c'est un bâti, à peine cousu, analyse la couturière. Une bouture, expertise la fleuriste. Un drôle de pistolet et ficelle je ne vous dis que ça, fait remarquer sa mère. C'est sa grand-mère qui lève la séance : quel as, il est beau comme le mensonge ! D'ailleurs, on ne se contente pas de le regarder, on s'arrache ses photos, on l'expose, on le visite : il est un monument historique. L'Enfant. Autocrate adoré, despote à peine éclairé ne s'exprimant qu'à la troisième personne, cajolé, dorloté, ses désirs sont des ordres. Il vit dans un pays de sortilèges et de coups de théâtre, où l'on ignore la sueur, mais ni les saveurs ni les faveurs. Sa grande joie, c'est de se donner à un public qui le vénère et communie dans une admiration partagée. Il *nous* fait une angine, s'écrient-elles. Il leur appartient. Il les aime, chacune autant que l'autre, pour des raisons diverses. Aujourd'hui, sa mère, ses vocalises, ses robes à fleurs et ses yeux malicieux, demain, son arrière-grand-mère et ses lectures à haute voix... oui, mais il pourrait rater son escapade printanière avec sa grand-mère... À peine est-il avec l'une que déjà les deux autres lui manquent. Toujours tenu en ballottage, il les lui faut toutes et n'en blesser aucune : il est déjà d'une incroyable fidélité aux femmes. Dès qu'elles s'éloignent, il devient misanthrope.

Qui n'a pas vécu avant la télévision n'a aucune idée de la douceur de vivre. Il vient d'avoir sept ans, n'a rien dans les mains, rien dans les poches, et surtout pas ses yeux. C'est un merveilleux moment que celui où l'on se met en marche. Il veut tout voir, tout savoir de ce jeune monde qui se dégrise de l'eau de Vichy et du vert-de-gris qu'on lui a si longtemps servis. Il s'y colle, il s'y mélange. L'été, sur les Grands Boulevards, la douceur du soir prolonge la magie des journées, et sa grand-mère, qui l'a emmené au cirque ou au Châtelet, le raccompagne à pied. Le voyage extraordinaire commence à la hauteur de Richelieu-Drouot : la mer se mêle au soleil couchant, les trottoirs sont des jetées, les baraques foraines, des comptoirs alignés à perte de vue comme des destinations lointaines. Il y a l'odeur entêtante des pralines grillées à la saccharine, le sifflement des roues des loteries qui tournent aussi vite que des hélices pour vous emporter vers la fortune, toute la population canaille des ports imaginaires : des marins américains qui distribuent des chewing-gums à la chlorophylle, une armée de salutistes chantant des cantiques, un orchestre de gardes républicains jouant *It's a long way to Tipperary*, un accordéoniste qui distribue des partitions de

Sombreros et mantilles avec la photo de Rina Ketty, des aveugles qui vendent des dixièmes de la Loterie nationale, des lutteurs qui brisent leur chaîne, des cracheurs de feu, les motocyclistes du mur de la mort, des marchands de gaufres et des hommes-sandwichs à la hauteur de Bonne-Nouvelle, là où les escaliers se donnent des airs de montagnes russes.

De ces promenades il doit tout raconter à « ses femmes » : les camelots, la terrasse du café d'Angleterre, et l'orchestre du Maxéville, et les barres de chocolat fourré à la vanille. Il confond tout dans ses récits d'aventure, mélange le cirque Mariano avec Luis Médrano. Ni vu ni connu, il les embrouille de plaisir, non mais vous avez vu cet artiste. Et lorsque leurs sourires de bonheur éclatent comme des applaudissements, il pense : sauvé, elles m'aiment toutes ! Ses grand-mères chantent *Que reste-t-il de nos amours, Comment ne pas perdre la tête, serrée par deux bras audacieux,* et puis *Les mains de femme, je le proclame, sont des bijoux dont je suis fou.* Le répertoire de sa mère – la prima donna ressemble à Gene Tierney et sent le réséda –, c'est Massenet, Delibes, Charpentier. Pour lui tout seul, elle est Louise, Lakmé, Manon. Épuisé par tant de grâces, il est sur le point de ressentir la fin du jour comme une peine de cœur, mais déjà, autour du lit, les yeux des femmes, leurs rires amoureux, leur bourdonnement d'abeilles. Trois cuillerées de bonheur chaque soir pendant des années avant de s'endormir, ça ne vous inocule pas la tristesse.

Fils unique, n'ayant pas d'amis, ne cherchant pas à en avoir, il aura donc des relations haut placées.

Ce seront ces drôles d'objets hautains campés sur les hauteurs dans la maison de la place du Guatemala, parallélépipèdes rouges ou verts, cernés de filets d'or, rangés en stères comme les bûches, qu'il a d'abord pris pour des boîtes de chocolat.

Les livres l'attendent le soir, après le dîner. Sa grand-mère se lève de table, décide : on va écouter les nouvelles. Le poste de radio se trouve dans la bibliothèque où il la suit. Tout à coup, il s'inquiète. Leurs pages refermées, existent-ils encore ? Mais oui, ils sont là, bien vivants avec leurs noms mystérieux : *Sans famille, Monte-Cristo, Michel Strogoff, David Copperfield*... Et tandis qu'à la radio, une voix sortie tout droit du Théâtre Français déclame un texte incompréhensible sur un certain Marshall qui semble avoir un plan, lui, il monte à bord de la bibliothèque, réveille des ombres, les supplie de l'emmener avec elles. Il fugue avec les livres.

Voyageur en surcharge – ils sont déjà pleins de leurs personnages –, il s'invite dans des aventures, feuillète des malheurs et des amours. Il est puissant et misérable, roi de France et officier du Tsar. Assassine

Henri IV et le duc de Guise, charge avec les cavaliers de Reichshoffen et les lanciers du Bengale, espionne un cardinal pour le compte d'une reine, dit deux mots à un comte, pleure la mort de la petite Nell qu'il aurait tant voulu sauver, s'engage comme pêcheur en Islande, est jeté dans la grotte de Polyphème, traqué par Javert, nommé calife à Bagdad et même tambour à Arcole. Il franchit le canal de Suez, la mer Rouge, les Balkans. Combat des moulins, découvre la magie du *comme si*, l'ivresse du *on dirait qu'on serait*, l'irresponsabilité du conditionnel. Sédentaire par tempérament, il devient nomade par procuration.

Dispensé de vivre puisque d'autres vivent à sa place des vies incomparables, il choisit l'altitude, le nid d'aigle, le froissement délicat du papier, la sonorité rythmée des pages que l'on tourne. Il habite une sorte de zone franche, hors des eaux territoriales de la réalité. Une île, un lieu de perdition, un paradis artificiel rempli d'une drôle de cocaïne : pas un jour sans une ligne. Drogué à l'elzévir et au baskerville, il assouvit son vice en toute impunité, caressant des reliures armoriées, des maroquins à grains longs ou des peaux de chagrin, et sous l'or vieilli des fers, le vélin de Hollande, le Japon impérial. Les livres sont éternels, incorruptibles, leur encre coule dans ses veines : il apprend à s'isoler avec des in-quarto, la solitude devient son dandysme.

C'est toi Milan, questionne sa mère ? Non, moi c'est Robinson. Il est définitivement insaisissable.

Surtout, les livres sont remplis de femmes magnifiques, de parfums épais, de baisers enflammés, de corps dénudés. Bien plus que dans la vie. Qu'importe qu'elles soient en papier, les femmes romanesques représentent forcément les appellations contrôlées du désir. C'est ainsi qu'il apprend que l'on peut *pénétrer* en elles : l'idée lui semble irréalisable autant que délicieuse. Parfois à la fin d'une histoire troublante, il porte le livre à ses narines pour mieux sentir l'odeur de celle qu'il a aimée entre les lignes. C'est décidé : en plus de fiancé, on fera héros de roman.

Au Quasimodo, la vigueur de ma réplique au sujet de « son mac » a surpris l'héroïne. Elle me renvoie un regard de chatte étonnée et on dirait qu'il y a du brouillard dans ses yeux. Je me dis c'est le moment d'aller au bout mon petit Milou, ça passe ou ça casse. Je suis comme un joueur de poker qui relance - mais après avoir regardé ses cartes. Je lui donne mon cadeau. Je me vois lui donner mon cadeau. Je dis c'est pour vous... c'est le plus beau souvenir de ma vie, mais je sens qu'à l'instant où il se produit, il n'est déjà plus qu'un souvenir, juste un instant arraché au temps, quelque chose qui ne se reproduira plus. Elle met des heures à défaire le papier. Comme elle est ravissante quand elle est abasourdie. Je jure qu'à cet instant elle a le même âge que moi, on ne lui a jamais fait ça, je lui explique que *le Rouge et le Noir* ce sont ses couleurs, que l'histoire raconte l'amour entre un jeune séminariste et une femme presque aussi belle qu'elle, je la regarde ouvrir le livre, le feuilleter, le tourner dans tous les sens, tomber par hasard sur les mots que j'avais écrits sur la page de garde avec la complicité de Baignol, Fargeon, Verlaine et Baudelaire, les lire, ne rien dire, relever doucement la tête, la hocher, allumer une Gitane, ramener de la main une mèche sous son feutre, me faire les grands yeux noirs, me caresser la joue comme la première fois, dire je suis complètement louf et combien je te dois Lucien, ranger le livre dans son sac, déposer un billet de dix mille sur la table, se lever, s'énerver, viens on se calte faut que je prenne l'air because les mouches raccompagne-moi je crèche pas loin.

Il pleuvait. Je suis certain qu'il pleuvait. Averse tropicale, énervante, vite absorbée par le goudron mou. Je me souviens encore des couleurs du ciel : une lueur d'incendie, sauvage, une lumière si belle que les barbares, un jour, finiraient par l'éteindre.

Elle me donne la main – le tableau est peut-être ridicule, mais ça s'est passé exactement comme ça –, on court dans la rue Saint-Denis, abrités sous l'imperméable C. C. C. que ma mère m'a acheté parce que d'après la publicité, « la pluie frappe sans entrer », on atteint la Porte, la brasserie La Lune, on traverse le boulevard, on passe devant Le Petit Pot, on entre dans le Faubourg. D'un seul coup, à la hauteur du Central où mon père m'emmenait voir boxer Charron et Villemain, j'ai l'impression désagréable qu'elle me ramène chez ma mère. Dans l'encoignure d'une porte, juste après la rue de Metz, une péripatéticienne aux yeux verts, les formes plastifiées de noir, repeint ses lèvres en rouge en attendant que les feux du ciel passent au bleu. On tourne dans la cour des Petites-Écuries, à gauche la brasserie Flo, elle habite au-dessus. Dans mon souvenir, les mots ne sont pas ravalés, je peux lire très distinctement *gaz à tous les étages, la concierge revient de suite, on est prié de donner son nom après 22 heures*; nos pas résonnent encore, l'escalier sent le chat ; comme chez moi, la minuterie est en panne, son appartement se trouve au cinquième sans ascenseur, et ma mère habite à cent mètres, rue Martel !

On ne s'est pas parlé depuis notre départ du Quasimodo. Je suis paralysé par le tragi-comique de la situation, ma mère si proche qui aurait pu me voir... Proust, Stendhal, le grand Guignol, et maintenant Feydeau qui rapplique !

Toujours silencieuse, Léo ouvre la porte de son appartement, me fait signe d'entrer, n'allume pas la lumière, elle a l'air furieux, jette son sac et le bouquet sur un fauteuil, garde son Motsch, le relève de l'index, se tourne vers moi, le regard à son plus haut voltage, modèle dernier avis avant saisie, me prend par les épaules, me bloque de sa poitrine contre le mur, me colle à ses lèvres comme à un poteau d'exécution, m'embrasse sur la bouche.

Plus rien n'exista. Ce fut une explosion, une onde de choc, un court-circuit général de l'âme. Sa langue était une factieuse, une séditieuse, une vraie fouteuse de troubles qui s'attaqua à mes lèvres, s'empara de ma langue, l'incorpora à la sienne, la réduisit à l'obéissance, l'engageant à son tour dans ses menées subversives.

Le narcissisme souverain de Léo doit réclamer un éloge perpétuel de sa beauté, car la porte qui permet d'accéder à sa chambre est faite de miroirs biseautés disposés en quinconce, et lorsqu'elle l'a ouverte, j'ai eu l'impression qu'elle entrait en elle-même. Une bonbonnière sa garcerie. Les murs sont tendus d'une étoffe coquille d'œuf, le guéridon devant le crapaud emmailloté d'écossais est recouvert d'un napperon blanc sur lequel trône une boîte de biscuits décorée dans le style Mucha d'une Renommée trichromique embouchant sa trompette. L'abat-jour a des couleurs de pommes chips réchauffées, des rideaux de satin vert gansés de rose sont retenus par des cordelettes argentées. Au-dessus d'une commode retour d'Égypte occidentalisée par les Galeries Barbès, un miroir ovale, bordé d'ampoules, éclaire deux statuettes de femmes nues enlacées à des guerriers de bronze crapahutant sur le marbre. Sur le parquet à bâtons rompus, quelques articles pour dames regrettent le temps de leur splendeur, petites culottes abandonnées car déchirées, bas dépareillés reniés par leur propriétaire, porte-jarretelles répudiés, soutiens-gorge frappés d'interdiction professionnelle. Seul le silence est noir. Mais l'ambiance est algérienne et bucolique ; en face du lit, il y a deux chromos épinglés sur le mur. L'un représente l'émir Abd El-Kader coiffé d'un heaume cordé de soie, debout sur les étriers d'un pur-sang et tenant un lebel, à la tête d'une cavalerie d'hommes en burnous noir qui brandissent des sabres et des mousquets dans la plaine de la Mitidja ; l'autre est une sorte de bergerade dans le goût du XVIIIe siècle où l'on voit des jeunes filles habillées en paysannes, assises dans l'herbe au milieu de quelques moutons.

Un peu sonné quand même, je suis entré dans le lit de Léo. Plus exactement, je me retrouve allongé sur un dessus-de-lit bleu layette, spongieux comme une grenouillère et que toise un cosy en merisier aux étagères encombrées de quarante-cinq tours, de numéros de *Cinémonde*, de quelques livres de la collection Nelson – dont *Toi et Moi* de Paul Géraldy et *Nez de Cuir* de La Varende – et de petits bouquets de fleurs sous globe. Il reste que je suis nu, raide comme un piquet de grève, aussi ému qu'à mon premier goûter d'enfants. Mes vêtements gisent au sol.

Tout s'est arrêté. Le temps a été congédié sans aucun ménagement. Je regarde la fée se dérouler devant moi, spectateur ahuri par les gestes précis d'une strip-teaseuse défilant au ralenti et *ad libitum* à la manière de Salomé délaçant son corps de délit devant Hérode, observateur attentif effectuant un relevé détaillé de ses poses, voyeur figé en face d'une peau luisante et dorée comme sur les réclames pour l'Ambre solaire – une peau que même une pêche rêverait d'avoir. Je scrute la veste du tailleur qu'elle ouvre à deux mains comme les battants d'une fenêtre sur les seins tout heureux de prendre l'air, des seins que ne préface aucun soutien-gorge, des claustrophobes, infatués d'eux-mêmes, offerts comme ceux d'une sphinge sculptée, assaisonnés de petites perles de sueur qui s'écoulent et ressemblent aux grains ambrés des chapelets que les prêtres font passer entre leurs doigts. Je fixe le nombril du demi-monde au risque de me perdre dans le bas-ventre de Paris. Je tente de calculer des amplitudes, girations du bassin, va-et-vient des hanches, tout un spectre d'ondulations qui – allez savoir pourquoi – me font penser aux ris de la Seine sous le vent. J'écoute le chuchotement du slip quand il effleure les cuisses puis tombe gracieusement à ses pieds. J'aperçois des creux d'ombre, un monde félin, la perfection absolue de la figure géométrique, un Magritte, *La magie noire*. Enfin, dénouement du dénuement, j'estime à sa juste valeur la saillie d'une croupe lustrée à force de caresses.

C'est une femme, vraiment.

Elle est debout, secoue sa chevelure, toute excitée d'être un péché mortel. Dans un réflexe sans doute professionnel, elle a conservé son porte-jarretelles pro forma, ses bas ad hoc, ses chaussures pro domo. Ses jambes sont longues comme le générique d'un film d'aventures. Campée, cambrée sur le socle des talons aiguilles, les chevilles enlacées par une lanière noire de la largeur d'une ceinture et fermée par une boucle dont la pointe ressemble à un clou doré planté dans le cou-de-pied, elle étire ses bras en penchant sa tête sur le côté. Je la revois comme une crucifixion peinte de Félicien Rops.

Tout est en place : les forces du désordre ont investi la chambre, le quorum du désir est atteint, la séance ouverte, l'affrontement inévitable.

J'interprète le rôle de la proie. Il règne une odeur animale, inconnue, peut-être une odeur de savane. On entend la pluie qui frappe aux vitres, l'air est humide comme en Afrique. Elle, elle joue toute la faune aux aguets, tigresse et gazelle, lionne à crinière, centauresse prête à tous les écarts, antilope faussement indolente, panthère cambrée se préparant à bondir et à commettre un délit caractérisé de détournement de mineur. Soudain, elle se lâche, naseaux frémissants, œil de tueuse, fauve en liberté, gibier fantasque dont les crochets déconcertent les hommes, étend sur moi sa noirceur, ainsi qu'une ombre, fruitée, brûlante, une offrande très pure et très obscène, une décalcomanie déchirante, insensée.

– On t'a déjà sucé ?

Questionnement quasi ontologique qu'elle prononce de sa voix enrouée, feulante, mais sur le ton suave et vaguement canaille qu'ont les pères du collège quand ils vous demandent : vous avez déjà reçu la communion mon fils ? Je suis tellement choqué par la gravité de l'incipit que ma réponse est absurde, je bredouille... *un peu...* ce qui est faux et n'a de toute façon aucun sens. Mais elle a compris Léo : elle a un sourire de mère comblée. Et l'on sent chez elle l'attention de la couturière qui va effectuer un premier essayage. Fille aînée d'une église où l'on ne renonce pas à Satan, ses pompes et ses œuvres, elle fait sa génuflexion, incline la nuque au moment de l'élévation, offre la vision de ses reins aux regards intéressés d'Abd El-Kader et des jeunes paysannes. J'ai l'impression d'assister à l'une de ces cérémonies majestueuses qui accompagnent le lancement d'un navire quand les accores d'étrave sont abattues, les amarres qui le clouaient au sol, levées, et qu'il va enfin épouser l'élément pour lequel il a été construit.

Ça commence à chauffer. Je retiens ma respiration. Elle lance son regard on en mangerait, pose sur mes cuisses une main de propriétaire cependant que sa bouche reptilienne se met à lézarder sur mon ventre puis se saisit *ex professo* de mon admiration. Milou saisi par la débauche ! J'ai tout à coup l'impression d'être Alice, je fais ma mue, je change de forme, je m'allonge, je me développe, je grandis sous la langue de Léo. Gonflé à bloc. Galvanisé. Scorpion dévoré par sa femelle, grenouille plus grosse qu'un bœuf, souris accouchant d'une montagne, poids total en charge multiplié par deux. Les enfants seraient-ils des fées comme les autres ? Toujours est-il que cette bouche veut tout son homme et ne prend pas les choses à moitié. Ses lèvres peintes me font rougir et ses dents du bonheur semblent vouloir se livrer à une caresse d'équarrisseur. Sa langue sanguinaire s'agite telle la flamme qui sort de la gueule des cracheurs de feu sur les Grands Boulevards et si la duchesse continue son manège, je vais finir comme Saint-Georges par transpercer de ma lance son palais ducal. Heureusement, elle se calme, trouve sa cadence, sa posture de prière. De temps en temps, elle relève une boucle de cheveux comme si elle se signait, ou bien hoche la tête à la manière d'un connaisseur contemplant une pièce de sa collection. Une parnassienne Léo. Les vers de Théophile Gautier que je viens d'apprendre par cœur au collège, me traversent l'esprit : « Sculpte, lime, cisèle... », et aussi ce passage licencieux dans *Les Bijoux indiscrets* : « *Saepe turgentem spumantemque admovit ori priapum, simulque appressis ad labia labiis, fellatrice me lingua perfricuit...* » Jésus, Marie, Joseph ! La bouche qui a encensé tant de sexes laïcs me sanctifie ! Et comme elle aime les enfants, Léo l'enchanteresse ! Mystère de l'Eucharistie… Phallus Christi... Le divin enfant est de retour dans sa crèche natale. Que le son des cloches couvre la ville, que l'étoile du berger illumine la chambre, que se gonflent d'allégresse les couilles de l'enfant-roi ! C'est Noël dans l'étable des Petites-Écuries. Réjouissez-vous, glorifiez le Seigneur, sonnez les matines, ding, ding, dong, répandez la nouvelle ! Marie m'érige *ad majorem gloriam Dei*, Jocaste me délivre un Œdipe en béton, Écho taille une pipe à Narcisse. Inauguré en grande pompe Milou !

Eso es el amor ? Si señor !

Je me souviens. Dans la chambre, le silence n'était troublé que par la pluie, les suçotements d'une dévote, le tintement de ses bracelets. Baudelaire avait raison : en ces instants, les bijoux sont sonores. Et Léo avait beau dire, elle était née avec une cuillère en argent dans la bouche. N'avais-je donc si peu vécu que pour cette affamée ?

Le jeu de dames nous le rappelle : plus les règles d'un jeu sont simples, plus les possibilités de combinaisons s'offrent variées et complexes. Par une passe enroulante et tournante, et tandis que de sa lippe amoureuse elle poursuit son tango langoureux, la fée fellatrice me fait comprendre que le mont de Vénus est aussi un mont-de-piété. Monts et merveilles... Offertoire... Visite guidée du corps de Léo... Son porte-jarretelles érafle mes joues tandis que le velouté de la soie les adoucit. Je ne ferme pas les yeux comme on me l'a pourtant recommandé à ma première communion. Cette fois, je veux tout savoir de la Vénus à Milou.

Nos points de vue s'opposent. Nous formons un drôle de numéro.

Du haut de la pyramide formée par le triangle isocèle de ses cuisses ouvertes, quarante siècles de mystères me contemplent. La paix. La quintessence des choses. La légende du sexe. L'ordre parfait du monde, qui, vu sous cet angle, a une tout autre allure.

C'est ainsi. Un jour, on s'enfouit, on s'enfuit, on émigre. Il y a ceux qui disparaissent aux Andes, en Chine, ou déguisés en Turc comme Pierre Loti. D'autres s'engloutissent dans le sexe d'une femme. C'est sûr qu'on ne reviendra pas. Face à de telles profondeurs, on comprend que jusque-là on n'a fait que demeurer à la surface des choses. C'est là que l'on veut vivre, ça y est, on est parti, on est seul, on a la tête ailleurs. Je me vois bien. Je sais exactement comment et quand tout cela a commencé.

Les femmes ! Les fées et leurs gestes ! Leurs jambes et leurs jupes ! La folle passion du petit garçon va rapidement le conduire aux portes de la grande découverte. Il a quatre ans. Il leur court après. Campé sous leurs jupons et sur des positions instables, il ne quitte plus son aire de jeu préférée : leurs jambes. À cet âge, vivant au ras du sol, on manque de hauteur et on a la vue basse. Pour contempler les fées, il faut lever les yeux au ciel comme un jeune chien qui regarde sa maîtresse. Elles, les gulliveriennes, elles apparaissent toujours à hauteur du soleil, éblouissantes. (Les femmes ressemblent à la Venise de Casanova : elles ne sont pas là-bas mais là-haut...) C'est en élevant son regard le long des jambes de sa jeune mère et celles de ses amies, qu'il découvre la véritable échelle du monde : les femmes sont plus grandes que lui, donc elles sont plus grandes que tout. Maîtresses de lui-même comme de l'univers. Désormais, il fera tout pour quitter les choses d'ici-bas et être reçu en haut lieu. Rien ne peut plus s'opposer à son ambition forcenée, à son arrivisme frénétique. Jeune carnassier aux dents de lait traînant par terre, avide de décrocher leurs prébendes et leurs faveurs, il se hausse du col, joue des coudes, fait des pieds et des mains, bref, il utilise toutes les armes de sa bassesse. Et il est loin d'imaginer la suite. Car il ignore, à cet instant, qu'au-delà du haut, se cache le Très-Haut.

La révélation va avoir lieu sous la table ronde de la salle à manger, recouverte d'un drap légèrement ajouré qui tombe à mi-hauteur, et laisse passer, côté fenêtre, une lumière tamisée rasant le sol. Monde souterrain, scène magnifique, aussi grande que celle du Châtelet où l'on vient de l'emmener. En piste pour le grand jeu. Là-haut, elles prennent le thé, parlent, et pour quelque temps, ne font pas attention à lui. Quelle vie crapuleuse et canaille dans l'imagination enfantine ! Que de débauches ébauchées ! Sans doute n'avaient-elles à cette époque que la taille garçonnet, ses débauches, mais franchement, reconnaissons que l'enfance c'est le paradis des dessous-de-table.

Celui-ci – dans son imagination, il se trouvait sur le turf d'un hippodrome – recèle les jambes de madame Jean, la coiffeuse de sa mère, celles de madame Simone, la modiste, une grasse aux seins amphibie et à la démarche cétacéenne. Et surtout celles de Mado qui semblent ne jamais vouloir finir. Il joue au milieu d'une piétaille en jupe, dans le piaillement de ses éclats de rire et le piaffement de ses hauts talons. Il a quatre ans, il traîne sur un champ de courses ! Elles, elles sont cavalières et pouliches, portent des toques blondes et brunes, des casaques légères. Au-dessus de sa tête, un lever de couleurs, des volants blancs tels des bouillons d'écume, un lâcher de jupons dans un ciel de Bruges ou d'Alençon, de Venise ou de Valenciennes...

Une fin de journée. Au moins cinq paires de jambes au pesage. Inflation galopante de mollets lustrés par la soie qu'elles exhibent comme des signes extérieurs de richesse. C'est jour de Grand Prix sous la table. Il est en train d'admirer les jambes de Mado et sa foulée grandiose comme un poème hippique, lorsque soudain, la robe claire, tachetée de rouge vif, de son *Alea jacta est*, se soulève, suite à une ruade intempestive. L'Apparition ! Que la luxure soit, et la luxure fut ! D'abord il s'écoule au moins une minute pendant laquelle il ne voit que du noir, puis, pendant une seconde, mais une seconde d'éternité, une bouche avec des lèvres roses. Vous avez bien entendu : sous leurs jupes, entre leurs jambes, les femmes ont une bouche avec des lèvres roses ! Quand on vous disait que c'étaient des fées !

C'est Mado qui va découvrir cet îlot à peine émergé de sa mère mais qui déjà contemple le continent. *Non videamus labra Dianae*, apprendrait-il un jour, en étudiant Ovide. Il s'attend à une belle déculottée, moins troublante, craint-il, que celle qu'elle vient de lui administrer à son corps défendant. Pourtant, la fée lui sourit. Et ce sourire, le premier sourire complice que lui ait adressé une femme, transforme sa vie : *JE* n'a rien fait de mal ! Et voici que Mado chuchote à l'oreille de sa mère, et sa mère à son tour lui sourit, et puis madame Jean et puis madame Simone... Une course de relais de sourires ! Toutes les femmes lui sourient ! Elles aiment qu'on regarde sous leurs jupes ! Innocent il est, innocent il sera ! Bien plus tard, lorsque certaines nuits seront plus persévérantes que d'autres, il lui arrivera de repenser à Mado ; elle l'attendra sous la table magique, cabrée, débridée. La fée Mado. Mado, sa madeleine.

Ravages de la passion du jeu ! Horreur de l'enfance abandonnée aux fées ! Voici que l'enfant béni à qui l'on a enseigné : « Tu n'adoreras qu'un seul Dieu », découvre la présence obsédante des fétiches, se prosterne devant des statues de chair aux jambes gainées de soie. Il se voue à leurs chevilles, sacrifie à leurs mollets, s'incline devant les fées. Lécheur de bottes, intégriste du culte. Vassalisé dès sa naissance.

C'est en quittant son hippodrome pour le parvis d'une basilique tout aussi improbable, qu'il rencontre l'objet sacré, le chef-d'œuvre qui donne au corps des fées toute sa majesté, l'édifice que les dieux ont bâti pour qu'elles se rapprochent des cieux : le talon aiguille. Babel... Haut les corps ! Assomption... Lévitation... *JE* se prend à idolâtrer ces flèches ardentes, qui, pointées vers la terre comme pour mieux s'y inscrire, achèvent à la base la perfection de la saillie des chevilles, supportent la poussée triomphante des mollets et des cuisses telles deux colonnes fuselées ornementées d'un voile dont la finesse épouse parfaitement les lignes, les élèvent dans une oraison flamboyante jusqu'à l'arc-boutant des flancs, puis semblent élancer l'ensemble de cette architecture vers le ciel, lui donnant une audace de cathédrale aux cambrures singulières.

Il n'est malheureusement qu'un catéchumène, un tout jeune prosélyte se préparant au grand baptême avec plusieurs années d'avance. Le pèlerinage initiatique s'arrête ici. Au-delà, sous la table magique, dans les échancrures et les renflements, derrière l'imprécision des formes, et malgré la bonne volonté de Mado, commence le royaume de l'invisible. Un jour, il entrera dans le chœur, il trouvera le Graal.

Mais le bruissement des dentelles, mais l'éclat des fards et les senteurs de la poudre de riz, ont pour toujours imprégné son imagination. Ses antécédents sont lourds. Le bruit métallique du talon aiguille sur le parquet ciré de la maison de sa mère s'inscrit définitivement dans sa mémoire, comme les notes de la sonate de Vinteuil à l'oreille de Swann. Voyeur de l'invisible, fétichiste de l'inconnu, il en dévoilera les dessous. Désormais, il se fige dans une liturgie de l'attente, guetteur de bonheur et de l'éternelle imminence de l'amour, le regard aimanté vers le sud, le sud magnétique, son or à lui.

Toujours est-il que le 8 juin 1954 – disons aux environs de vingt heures – le lendemain du jour où le Saint-Esprit est sensé apporter ses lumières aux apôtres, j'occupe exactement la même posture – allongé sur le dos, jambes écartées, genoux pliés – que celle que j'avais sur le lino de ma chambre lorsque je suivais le débarquement de Gulliver sur l'île de Laputa.

(Suspendu à ses lèvres, heureux récipiendaire de son académie, et sous l'œil de plus en plus lubrique d'Abd El-Kader et des paysannes, j'ignorais alors que j'avais sous le nez *l'Origine du monde* exposé sur un modèle de Clovis Trouille.)

À quinze ans, manquant de trop de références, les circonstances du drame qui se joue devant vous sont encore très obscures. Cependant, assoiffé de connaissances, et tandis que de l'autre côté du lit, j'essaie de faire preuve d'un maximum de retenue pour m'éviter de couler à pic comme au Palestro, j'ouvre, avec le respect qui lui est dû, le Grand Livre des Lèvres. Je compile le florilège de Léo, je consulte son anthologie. On trouve tout dans le catalogue de l'infini : une déchirure à vif et rose, la route de la soie et celle des épices, une civilisation aux mœurs de coquillage, l'œil du Cyclope, le grand melting-pot, l'heure méridienne, une petite loupiote de bout du monde, un phare d'allégresse d'où l'on peut contempler son propre naufrage... et même un bénitier dans lequel, encore plus bigot qu'une grenouille, je décide de piquer une tête et de plonger en apnée... Oui comme ça, ordonne Léo *ex cathedra*... dans la fente mon loup avec la langue... La Fente ! Céline ! *Mort à crédit*... « Il lui farfouillait la fente… » J'en ai des frissons métaphysiques...

Fouine angélique, félin céleste, je m'acoquine à ma becquée, je m'abouche, j'inhale, je sniffe, je râpe, je baffre, je happe, je hume... L'odeur de savane qui imprègne la chambre, c'était son goût de femme. Volutes d'encens et de cierges qui se consument... Ivresses d'Arabie… Sapidité du corps de la femme régulièrement arrosée, arôme corpulent, incomparable, inconnu... un parfum qui n'en est pas un, mais contient tous les autres, chaleureux, particulièrement tenace entre ses cuisses, immémorial, une odeur d'oisiveté introuvable en dehors de son commerce, l'odeur de la certitude, quelque chose comme un parfum de désertion.

Les vues de l'esprit sont imprenables.

D'autant que derrière le froncement du sourcil et l'expression vorace, je vois reluire la reconnaissance et l'approbation. Exactement comme si l'idée du délit qu'elle est en train de commettre lubrifiait le fond de sa pensée. Elle me livre son secret professionnel, m'inonde de bonheur, me dédicace ses lèvres d'or. C'est un débordement, une formidable crue. Incorrigible, je mets ma main au feu… Charge électrique... Courant survolté... Danger d'électrocution… Léo, Léo, je n'ai plus que Léo à la bouche comme les Grecs dans l'Anabase quand ils aperçoivent enfin la mer... Mes premiers coups de langue étaient timides, ils deviennent désespérés comme des lampées d'ivrogne, violents comme des coups de couteau dans le ventre... J'entaille... Je débroussaille... Je me glisse dans un interstice, je me repais d'une déchirure. Je ne lis plus, je lèche... *Cunnus lingere...* J'écope, j'écume, je pirate, je pille... je flatte son ego... je l'atteins au plus vif... Un phalanstère sa fente dans lequel je veux me retirer jusqu'à la fin de mes jours... j'absorbe des gorgées de temps pur... non coupé... de l'extrait de temps... de la liqueur de temps... de l'élixir... du temps comme on n'en fait plus... Je lèche un laps... Je remplis un temps vide... Je picole de l'infini… Je me soûle à Léo... Bourré jusqu'à la gueule... Le calice jusqu'à la liesse… Ivre des lèvres d'Ève... Demain je n'en aurai plus... Alors je prends ses jambes à mon cou comme des pierres pour être certain de me noyer en elle. Je m'étrangle à son goulot... Je m'agrippe à son comptoir exotique, je ploie sous ses volumes... je fatigue... je titube... ma langue se meurt, ma langue est morte...

Ex abrupto, Léo m'oblige à remonter à la surface et à verser sur elle. Adieux à la cène... Milou sauvé des eaux... Jusque-là, je n'en étais qu'au prologue, à la préface, au purgatoire. Ce n'était que du véniel, pas du mortel, du cabotage, à peine de la navigation.

Je me souviens de son regard couleur de faire-part – naissance, mariage et décès –, intense comme une dernière prière, un regard tellement appuyé qu'il semblait légender des mots qu'elle ne prononçait pas encore mais dont je n'allais pas tarder à comprendre qu'il en concevait déjà, ce regard, la démente utilisation. Je la revois m'envelopper dans ses bras, me caresser les cheveux comme si elle me faisait ses adieux avant une terrible bataille, abaisser ses paupières pour marquer le départ de la grande course.

Quitte à mourir, respectons la liturgie. Je m'élève vers l'abbesse, je prends langue avec elle. Je ne suis plus qu'un muscle, un bâton de rouge à lèvres, une immense tension. Attraction du vide... Je redoute le moment fabuleux où je vais me surprendre en flagrant délit d'effraction... J'ai l'air malin ! Que fait

Julien Sorel dans une telle situation ? Je quête, je quémande, je demande quitus au con, j'exige ma quote-part de bonheur. Mon irremplaçable expérience de bébé me fait pressentir le bain chaud... Mais dans ce type de navigation inconnu, je préfère lui confier la barre (qui à cet instant n'était pas loin de ressembler à un phallus de Beardsley...) Je veux connaître ta vie intérieure Léo... laisse-moi entrer dans ta salle obscure, ton usine à rêves, ton livre cochon... ordonne-moi dans ta débauche... plonge-moi dans tes fonts baptismaux...

Et tout à coup, Eurêka ! Vous pénétrez dans sa légende ! Vous qui entrez ici, laissez toute espérance, vous venez de vous placer à jamais en décalage horaire.

Démoniaque – et selon des procédures séculaires qui ont donc eu tout le temps de faire leurs preuves –, l'ange du Bernin perce Thérèse, le dard franchit les lèvres rubicondes et, sans autre forme de procès, enfonce une porte ouverte... Le ventre de Léo ne rejette pas la greffe qu'il vient de subir, le sujet est dans l'intrigue, le ver dans le fruit, Jonas dans le ventre de la baleine, le dard dans la guêpe, le yang dans le yin et « Vénus tout entière à sa proie attachée. » Je vois, je sens, je crois, je suis illuminé ! Je mets un con sur ce visage... La Révélation ! Dieu n'est pas mort, Dieu n'est qu'amour, Dieu est une femme, Dieu est une pute, j'en étais sûr, c'est pour cela qu'il est bon. Et si Dieu est une pute, Dieu est un con, et donc Léo est Dieu (ou du moins sa mère), et moi je suis son fils ! La mère et la putain ! Marie et la Magdaléenne pour le même prix ! Le rêve de tout homme civilisé ! J'entre au royaume de la connitude, je me commets dans ce con commun, à des années-lumière de la connerie et des connards... Plus près de toi Léo ! Tout est en ordre en ton bas monde. Que ma candeur s'unisse à ta lubricité !... L'homme est dans la femme, c'est une évidence... Naissance d'une créature androgyne... Animal bicéphale... Léo c'est moi... Ma siamoise, ma semblable, ma sœur, mon égale... Mon ego... Béatitude à deux dos... Invitez votre cavalier... Accordez-lui cette danse... Danse rituelle, danse profane, danse de Saint-Guy, danse du ventre, conga, java, paso-doble, sarabande, habanera, mambo, entrechats... Ça va, ça vient, c'est un mouvement dialectique, un rapport de causalité entre deux sacrés phénomènes, un pont aérien entre deux dermes, un funiculaire entre deux sentiments. Et le petit rat qui se pavane, enfant bientôt défunt, comme un danseur mondain dans les bras de Léo, son entraîneuse, sa taxi-girl... sa danseuse étoile... On forme le plus beau corps de ballet sur la plus grande scène de théâtre du monde... J'ai quatorze ans et trois cent cinquante-huit jours ! Je danse *Le Sacre du Printemps*... Envol d'Icare... Mironton, mirontaine... Putain divine ! Non mais c'est pas vrai mon vieux Milou, cette fois on baise ! *SURSUM CORDA ! HABEMUS DOMINAM ! COÏTO ERGO SUM !*

C'est plus fort que moi, il faut que je majuscule, j'ai la mémoire qui bande.

C'est alors que la Chair se fait Verbe. Le livre, jusqu'à présent muet, devient parlant, et dans le silence de cette assemblée constituante du plaisir, du haut de la tribune de la chambre dont elle est l'unique députée, la pute élue à mon suffrage censitaire s'empare de la parole en y mettant – à sa façon – tous ses effets de hanche, ouiouiouijlasenbientagrossequeuemonbeaumilou.

Inutile de dire que c'est la première fois que j'entends un mot plus long qu'anticonstitutionnellement. (La première fois aussi que l'on s'adresse à moi sur ce ton.) Loin de me désarmer, cette étrange locution réjouit mon cerveau toujours assoiffé de nouveautés lexicales. Ventre affamé a des oreilles... Gavé par plusieurs années d'absorption de chants religieux, je découvre les motets inconnus d'une messe qui n'est pas basse, l'évangile selon Léo qu'elle récite à l'appui de sa libido. Dites seulement une parole Léo, et mon âme en rut sera guérie... Je fais l'amour sous sa dictée, je bois les paroles de Léo récitant son rosaire *a cappella*... Voix de ventre, déchirante et profonde, mugissement de sirène... voix-off commentant les images comme dans un documentaire, sexe contralto... Léo, le barde du coït... La volupté sur parole...

– Ramonelamachattenfeuellenpeupludereluire.

Attaque piquée. La syntaxe se déglingue. C'est une langue aux formes rebondies et aux cambrures sismiques, avec des ho, des han, des ha, des hé et des hein, une grammaire faite de propos onomatopéiques, de locutions interjectives, d'imprécations, d'exclamations, de jurons en bordée, une sémantique inconnue du pauvre d'esprit que je suis, l'abracadabra des putes, un commentaire de sexe dont les tournures m'échappent, un nouveau discours de la méthode. Le cri du con.

Le ton monte, le récit s'emballe comme la récitante, la bande-son sature, ça tourne au vinaigre : Léo voit des mots partout. Crue sur parole quand elle attaque sa mélopée, sa chanson de gestes, son rut blasphématoire. (Elle ne les châtrait pas les mots, elle ne les expurgeait pas *ad usum delphini*, elle les déculottait.) Sa bouche libère des orages, sa lubricité vide son sac, les mots déferlent en bourrasque, cernés de rouge, nus comme des anges, mystérieux comme des phrases d'Aulu-Gelle ou de Quintilien, récitatif amphigourique s'accélérant au rythme de la contorsion scélérate des reins de la fornicatrice. Elle me dévaste, elle me saccage. Elle a l'amour tonitruant, la loquacité salace, elle ne débite que du verbe, éclate en mots, ce sont ses sanglots, elle est un fleuve qui emporte tout sur son passage.

– Bourremoicommunechienneespècedepetitsalaud.

Ah qu'en termes galants… Votre beau discours, mon cœur n'est pas las de l'entendre…

On ne négocie pas avec une voix qui vient du fond du ventre, encore moins avec des yeux qui ont l'éclat du diamant noir. On s'exécute. Ignorant mais obséquieux, mon ego opine, fonce dans son décor… Se met à jouer au con mon moi… s'enracine l'introverti, fait l'aimable, prend ses aises, fait comme chez lui… Pas haïssable pour deux sous… Parce que c'est lui, parce que c'est moi…

– Ahlesalopiaudlepetitputassierilaimeçalachatte.

Il faudrait être difficile, Madame, pour ne point aimer ça.

Les pratiquants le savent, le talent c'est quand on ne sent pas le métier. Et Léo n'en manquait pas. C'est pourquoi elle me fait peur la copulée au bord de la crise de nerfs, dans son homélie jubilatoire d'éjaculation oratoire. « Elle expire, seigneur ! » Panope ! La fin de Phèdre ! Irruption de la tragédie grecque dans un roman polisson ! Elle va mourir dans l'exercice de ses fonctions la folle du Palestro… Elle va crever la dame aux cattleyas. Je revois les yeux révulsés de la bienheureuse Ludovica Albertoni du Bernin, j'entends la voix de madame Louise, la fille aînée de Louis XIV, agonisant au couvent des carmélites en s'écriant : « Au ciel, au galop ! »

C'est au moment où je m'y attends le moins qu'elle bascule sur moi, plus vivante que jamais, me plaque dos au lit à la manière d'un maître japonais puis s'empale sur mon thyrse avec la violence d'un samouraï se faisant hara-kiri. Tout cet amour qui vous tombe dessus ! Toute cette peau qui se colle à vous ! On devrait en rester là, fermer les yeux, prendre perpète.

Complètement désarçonné, j'occupe la place du mort car c'est elle qui conduit. Une conduite en état d'ivresse qui ne frise pas la démence mais la confirme. Le crack me monte très court, les genoux serrant mes hanches à la manière d'un garrot, le dos à l'horizontale, le plexus au-dessus de mon centre de gravité. Milou destrier de Lady Godiva ! Nous chevauchons museau contre museau, nos langues vont bon train. Mon ventre est son pommeau sur lequel elle trouve sa meilleure assiette. Nous nous associons dans une débauche de coups de reins. Désemparé par ses façons cavalières, je me mets à hennir. J'improvise des claques timides sur les fesses comme on le fait avec une jument emballée, mais ça ne fait qu'exacerber la cadence et accélérer la course qui dégénère en rodéo.

– Plusfortcépasassezfortfaismoimalsalaudouiçamfaitdubien.

Tournure surprenante. Son délire syntaxique frôle l'anacoluthe et l'antiphrase. Le *salaud* vient de me rappeler à l'ordre. La chevauchée sauvage fait partie elle aussi de la doxa. Je suis au théâtre, à la grand-messe, au turf, dans la cour des miracles des Petites-Écuries. Là tout n'est que corps et cris, luxure, simulacre et liturgie. Alors de mes mains délicates et pas du tout calleuses, habituées qu'elles sont à caresser du papier bible, et à la façon dont les petits attaquent les grands dans les cours de récréation, je cravache de toutes mes forces le cul tanné de la Magdaléenne galopant sur le fils de Dieu, ce qui a l'air de la mettre en joie.

– Donnemoitoudonnemoitoutonfoutrenonouinonattenencore.

Toujours le mot pour jouir Léo... toujours un mot plus haut que l'autre et le besoin de verbaliser la situation... mais là, pardonne-lui Seigneur, elle ne sait pas ce qu'elle veut... De toute façon elle fait de la surenchère, ça sent le dernier chapitre et la péroraison, et pour ma première séance, elle a le mot de trop... le mot qui tue... Léo l'infanticide... la Faucheuse en talons aiguilles... Sa textualité se débride... Me congratule, me crapule, me gifle, me fustige, me flagelle, me roue de ses verbigérations qu'elle ponctue de bon cœur à coups de cul cependant que mes mains font tout ce qu'elles peuvent pour ne pas lâcher la bride du porte-jarretelles... elle perd ce qui lui reste de raison quand je glisse un doigt timide dans la raie des fesses outrancières, ouiouiouimetmoiundoidanlcul... C'est clair, elle refuse de nuancer ses propos, c'est une tenante de la guerre totale… Je comprends pourquoi elle fait fureur pourquoi elle est du dernier cri... elle va gagner par jet de l'éponge... vous aurez le plaisir Madame d'envoyer dans l'autre monde un homme qui n'était pas du vôtre... Elle a beau exprimer ses dernières volontés c'est moi qui vais monter au ciel... quand même quand on y pense l'enfer a de drôles de façons de cacher son jeu... Ô Jésus que ma joie demeure... Mère douloureuse ne laisse pas mourir ton petit garçon… ne le rappelle pas si vite à Dieu... Mais un 95x60x95, ça ne badine pas avec la mort... Un vrai chauffard… le lit n'est plus qu'un tombeau ouvert… Un séisme d'une ampleur inconnue sur l'échelle de Richter… Milooooouuuu qu'elle hurle… n'aime que les rapports de force... pas lyophilisé son Kama-Sutra… domine son sujet la maîtresse... les mouvements du bassin et des épaules, les han et les hein, rageurs et saccadés, trahissent l'énervement de l'amateur de billard électrique quand il s'acharne sur l'engin dont il doit maîtriser la bille tout en évitant de provoquer le tilt… me domine dans tous les compartiments du jeu la professionnelle... m'achève à coups de talons aiguille... numérote tes abattis Milou... elle a un moteur dans le ventre la sauvage... du Hun dans l'aine la barbaresque... ses écarts de langage et de conduite s'amplifient... elle fait cavalier seul... a décidé de me baiser à la hache en y mettant ses formes... sa bouche m'étouffe... ses seins me serrent à la gorge... ses cuisses me garrottent... ses bas grésillent... son tour de reins va me jouer un mauvais tour... la rotation démoniaque de son cul aggrave mon cas qui culmine... n'arrête pas de me gonfler les couilles cette déformée professionnelle... et que ça saute... Ah vous dirais-je maman le tremblé des narines à chaque coup de corne, les paupières vacillantes, la révulsion des yeux sous les coups d'encensoir...

Négociation du dernier virage... dernières paroles du vice... la voix enrouée de la camarde... me fout à mort la garce... donne donne donne donne vasydonnetoutcquetadanslescouillesmonptitchou... (On a tout dit sur l'orgasme, l'histoire, les dates, les textes fondateurs, ses causes lointaines et rapprochées, mais sait-on qu'il peut être provoqué par des synecdoques et des catachrèses, des hypallages, des crases, des apocopes, et même, le cas a été observé, des aphérèses ?)... ma chair est faible... les forces m'abandonnent... son legato est léonin, sa mécanique méphistophélique... sa croupe épileptique me tend les bras...

va me refroidir la torride... encore un petit moment madame le bourreau... je voudrais du rab comme à la cantine... et ta mallette qu'as-tu fait de ta mallette Milou tu as vu l'heure qu'il est... mon cœur fait des bruits de D. C. A... je vais calancher dans son beuglant... massacre pour une bagatelle... impossible de contenir plus longtemps ma rage blanche et d'endiguer la marée haute... premier vertige d'Icare... effroi de Géricault mort à l'âge du Christ de sa passion du cheval... stupéfaction de Narcisse quand il se rejoint au bord de la fontaine... un dernier râle... leçon de ténèbres... la tête dans les étoiles... le Styx en crue... aleptitcochonquestcequimarrosebienleptitcochon conclue-t-elle... j'envoie ma vie en l'air... TILT ! C'est fait... je pique du nez... je serre sa main au moment de l'atterrissage... on s'écrase sur le plumard... le jeune homme et la mort... la mort du petit cheval... j'encense à toutes volées... j'ensemence à tous vents... jamais autant donné à une œuvre de charité... je véhémence... je vagis... ma fontanelle explose... je geste auguste du semeur... je salve de jouissance... j'*ite missa est...* m'abandonne à la vague... *Salve Regina... Exultate...* la coupe est pleine... j'extrême-onctionne... ultimes ahans... vallée de larmes... épectase apocalyptique... complètement déconnant mon moi... phase terminale... perd le contact... priape schizophrénique... tendance fâcheuse à se replier sur lui-même...

je perds ma première de cordée, je dévisse, je décramponne... c'est l'épilogue... la mort du héros... le salut de l'artiste... bon qu'à déconner Milou... sorti des cuisses d'une roturière... j'ai joui en chrétien je meurs comme un chien... démembrée, déplantée, dégonflée ma baudruche... expulsée du Paradis... titaniquée... ne fluctue plus... mergiture... Milou culbuté par une cumularde, enterré dans la fosse commune de l'amour public, rejoignant la cohorte des cadavres au fond du trou de la décharge municipale... *Requiescat in pace...* Et à l'instant où la pluie s'arrête de gicler aux vitres des fenêtres, Léo dit OUI.

– Ta chandelle est morte tu n'as plus de feu, évalue-t-elle en experte eschatologique quelques dizaines de cris plus tard. Elle avait des raccourcis aimables.

Je gis sous Léo tel un enfant posthume inconsolable de sa propre mort. Petite mort, gémis-je, où est ta victoire ? Déjà je me regrette. Mère, pourquoi m'as-tu abandonné ? Mais lorsque j'ouvre un œil et que j'aperçois ma pietà au regard de cendre et le rimmel qui le cerne comme un crêpe de deuil, je prends la chère tête brune entre mes mains, je l'embrasse, lui murmure (toujours en la vouvoyant) que je l'aimerai toute ma vie. Post-mortem et post-coïtée. Très vite, j'ai envie qu'elle réclame le corps du défunt que je suis, qu'elle en soit le médecin légiste et qu'elle ne prolonge pas trop longtemps son délai de viduité. Si tout à l'heure elle veut bien rendre un hommage posthume au *de cujus* encore tiède, j'ajouterai un codicille à mon testament. « Nu, je suis sorti du ventre de ma mère et nu, j'y retournerai », me dis-je en faisant mon Job.

Au moment où je commence à me retourner dans ma tombe et découvre mon ventre colorié par *Rouge baiser*, elle s'échappe comme si elle avait déjà oublié sa crise de nerfs, revient, s'étend à mes côtés, semble avoir retrouvé une température normale.

– *Tu... yo... la luna... el sol...* tu veux une cibiche mon petit cœur ?

Elle oublie momentanément Dario, allume une Gitane, inhale la fumée comme on aspire de l'air après un effort violent, m'embrasse dans le cou à la manière d'un vampire, t'aimes les suçons, dépose la cigarette entre mes lèvres avec le geste aimant du cavalier quand il donne l'avoine au poulain qu'il vient de monter.

– Oh putain ça fait du bien par où ça passe ça t'as plu mon Milou tu sais que pour un débutant c'est pas mal faut pas t'en promettre toi mon trésor et puis dis donc t'as la langue drôlement bien pendue oh toi tu vas aimer les gonzesses mais y faut que tu apprennes à te retenir t'aurais presque pu me faire partir.

Vexé l'artiste. Pour cause de rut mineur, la diva a dû s'ennuyer au cours de cette séance puisque l'envie de partir lui a traversé l'esprit. (Ce n'est que quelques semaines plus tard, la première fois où elle *partit* que Léo m'expliqua le sens de ce verbe mystérieux. Je trouvais la métaphore très belle, comme si l'amour permettait le nomadisme sédentaire, un grand voyage sans avoir besoin de quitter son lit.)

– Elle t'apprendra à prendre ton temps ta Léo si tu viens la revoir et puis comme t'es mon type de beauté je t'offrirai des parties gratuites... Et elle se met à chanter : *Rien ne vaut une belle fille qui partage votre ragoût...*

Elle rit, insouciante, sans calcul. Elle veut bien me revoir, et à l'œil, mon institutrice ! Léo a le sens de l'intérêt général, un ventre de charité et le con caritatif : elle attrape le prolétaire avec son capital et sa machine à sous mais elle est prête à les distribuer à un enfant des écoles libres. C'est suffisant pour que j'oublie tout, le collège, ma mère, ma grand-mère, ma valise et la gare Saint-Lazare. Il est plus de neuf heures du soir, je devrais être rentré depuis longtemps. De toute façon, je m'en fous. J'ai du sans-souci dans les veines et j'ai toujours jeté à la poubelle les rappels d'impayés que la réalité m'adressait.

Je la tenais ma fille de joie, mon Héloïse, je lui ai dit que je voulais la revoir tout de suite. Mais t'es même pas encore parti Milou, elle a répondu. Alors j'ai tout avoué : la pension qu'il m'était difficile de regagner à cette heure, ma mère qui habitait à quelques pas de chez elle, ma grand-mère que j'avais quittée pour venir la voir en douce. Puis, faisant semblant de me lever pour m'habiller, j'ai ajouté que je ne voulais pas la déranger plus longtemps, que j'irais dormir dans la salle des pas perdus de la gare Saint-Lazare jusqu'au lendemain matin.

– Ma gosse tu crois que je vais te laisser coucher dehors mais tu sais t'es le premier qui pieute ici c'est pas dans les habitudes de la maison je t'ai menti tout à l'heure j'ai pas d'amoureux pas de mac nib libre comme l'air Léo garanti sur facture et puis toi je sais pas c'est pas pareil tu dégotes j'aime t'écouter quand tu causes tu me fais marrer tu dis pas des trucs à la con et puis t'es pas crâneur tout à l'heure quand je me suis désapée tu faisais une tête de petit Jésus en plus t'es pas le genre costaud des Batignolles plein de poils tu sens bon t'as la peau douce comme les bébés mais non fais pas cette tronche je sais que t'es pas un bébé t'es mon bébé tu piges et puis tu vas me promettre que la semaine prochaine tu prendras ton train à l'heure because je veux pas que tu rates l'école sinon pas de Léo…

La voix chaude et voilée qui m'avait étourdi quelques instants auparavant de ses homélies merveilleusement obscènes, prenait maintenant des accents argentins pour me distiller ses conseils maternels. De ma cour était né un miracle : l'amour à crédit. Je compris qu'avec cette fée, j'allais connaître quelque chose qui n'avait aucun équivalent en ce bas monde. La volupté avait de beaux jours devant elle et Léo serait mon œuvre de prédilection, mon corps de chevet. N'en déplaise à Mallarmé, j'avais joué et réussi mon coup de dés. Oui, j'étais « raide amoureux » de Léo, sortant de ses bras comme on sort d'un grand livre : émerveillé, éveillé. Vivant. Enfant, j'en avais eu le pressentiment, désormais j'en éprouvais la certitude : il n'y a que la littérature, tout le reste c'est de la réalité.

J'étais très excité à l'idée de vivre une nuit d'amour avec elle, comme Julien avec Louise, mais elle n'a pas eu lieu car je crois que je me suis endormi au moment où, tel un enfant bien sage, je faisais ma prière à ses seins en récitant mon chapelet à coup de dizaines de je vous aime Léo, vous êtes si belle, et qu'elle me répondait c'est pas de ma faute mon petit homme c'est le bon dieu qui m'a faite comme ça.

Sa bouche m'avait réveillé et mis debout à six heures du matin. Spectacle attendrissant, même si goyesque, d'une gourmande Gorgone, de ses insistantes incisives prêtes à trancher le gland ainsi que de ses gestes, surtout celui de sa main droite frénétisant dans son minou dès potron-minet, démonstration de l'esprit de synthèse et allégorie du *gnôthi seauton*, cependant que de la gauche qui ne l'était pas, elle accompagnait le mouvement des lèvres pour pressurer l'insomniaque Priape, lequel, radicalisé à l'extrême, débordant de fatuité, n'avait pu s'empêcher d'administrer sa potion par la voie orale, emplissant par-là même, au quart de tour et en deux temps trois mouvements, le palais péripatéticien de ses éclaboussures. J'avais eu très peur de me faire gronder par la boulimique maîtresse pour avoir déchargé mon irresponsabilité dans un orifice non prévu à cet effet, croyais-je, puisque j'ignorais alors que cette manière de bouquet délicieux et final appartenait lui aussi au codex, mais j'avais tout de suite été rassuré sur la pertinence de mon impertinence, à cause de son regard de bienheureuse repue et de son habituel ça fait du bien par où ça passe, enrichi d'un n'empêche moi tu sais normalement j'avale pas on sait pas toujours à qui on a affaire note que je préviens toujours la clientèle tu me décharges pas dans la bouche mon biquet je leur dis mais toi ton petit foutre c'est bon comme du lait concentré en plus j'aime bien me tripoter la chatte pendant mon petit-déjeuner... Et de hurler de rire, un rire qui avait ensoleillé le lit, un rire aussi pur que ses lèvres ne l'avaient pas été, je suis folle qu'est-ce que tu me fais dire comme bêtises.

Elle m'avait préparé un chocolat et du pain brioché qu'elle avait tartiné de miel, faut manger Milou, mais elle n'avait pas voulu renouveler les consommations, si on baise maintenant ça va te mettre à la bourre ! (À cet instant, vision fugace de la scène où Oliver Twist redemande de la soupe...) Puis elle m'avait juré qu'elle lirait la Rouge et la Noire, m'avait embrassé, *un beso un beso*, demandé de lui écrire, maintenant qu'on a fait connaissance on peut se dire tu ma petite gueule, jeté un regard incestueux, murmuré comme si elle se parlait à elle-même : je crois que j'ai le béguin.

À sept heures du matin, plus fier qu'un cosaque qui aurait abreuvé son cheval dans les bassins de la Concorde, j'avais quitté la cour des Petites-Écuries et ma virginité.

Je regarde une nouvelle fois le dessin de Schiele. La fille est présente, le jeune homme n'y est plus. Il s'en est échappé mais je le rejoins à l'instant où il débouche dans le faubourg Saint-Denis ; les premiers maraîchers déchargent sur la chaussée les camions qui arrivent des Halles, la chaleur monte déjà du sol, des éboueurs arrosent le trottoir, au loin vers la Bastille le soleil se lève. De l'autre côté du temps, je peux le voir filer vers le métro, sa course est fixée dans une lumière blanche comme sur un tableau d'Edward Hopper. La femme des autres est la sienne, il est le *fiancé* d'une actrice, le prince d'une ville dont la reine n'est pas sa cousine mais une pute, amoureux d'une vague, mouillé de bonheur. Tout cela paraît quand même trop beau pour être faux. On a la vie devant elle, un soleil d'Austerlitz illumine Saint-Lazare, on se met à chanter *Eso es el amor* en imitant la voix de Dario Moreno.

III

COULEURS D'EXUBÉRANCE

Le rassemblement s'opère à la tombée du jour : une cohorte de nuages noirs campée sur la plus grande des deux îles, d'abord immobile et silencieuse comme une armée en ordre de bataille, puis nerveuse et grondante à l'approche de l'assaut. L'attaque se produit de nuit. Même si l'on n'observe pas l'île d'en face, on peut deviner que l'orage est imminent : des nimbus vif-argent, échappés du nord où les légions se sont concentrées, filant vers l'orient comme des chevaux emballés. Brusquement, on n'entend plus rien. Même pas le vent, qui, quelques secondes auparavant, semblait encore représenter la dernière espérance de paix. C'est un silence magnifique mais terriblement impressionnant, un dernier recueillement avant les hurlements du tonnerre et de la pluie. Puis, tout va très vite. Sous la pression des stratus qui cherchent la castagne comme pressés d'en découdre, la lune part en fumée. La foudre envoie ses premières salves, bientôt suivies de toute l'armada des éclairs : mille cavaliers de l'Apocalypse détruisant le ciel et ce qu'il reste de la voie lactée. Au sud, la petite île canonnée de tous côtés est une proie facile, et j'ai l'impression que ma maison, encerclée, embrasée, ne pourra résister longtemps à l'anéantissement.

J'ai bâti une forteresse inexpugnable, capable de tenir un siège sans fin contre tous les assauts du monde, et elle va s'écrouler sous la beauté du ciel !

Alors, commandant dérisoire d'une citadelle sans troupe, je trace les plans d'une place imprenable, à la lueur d'une bougie, dans la cuisine transformée en chambre des cartes. Puis, inspiré par je ne sais quel génie militaire, je pars inspecter toutes les défenses de la maison contre l'invasion de l'eau, vérifiant la fermeture de chaque porte et de chaque volet, bouchant les interstices comme autant de passages secrets qui pourraient laisser pénétrer l'ennemi, construisant des barrages de fortune à l'aide de pierres et de blocs de ciment.

Peu à peu, l'orage perd de sa force. C'est le début de la retraite, des coups de canon qui s'espacent, s'éloignent et finissent par se taire. À l'aube, la pluie s'arrête.

S'établit alors une telle immobilité du monde qu'un étranger se prendrait à désespérer d'en voir jamais la fin. Mais il suffit d'attendre quelques heures et un nouveau spectacle commence. La brume s'estompe, le soleil s'imprime lentement derrière la fine pellicule de nuages, franchit les pins, fouille les palmiers, donne aux gouttes de pluie posées sur les bougainvilliers des reflets irisés en forme de perles d'or, finit par éventrer les derniers cumulus récalcitrants. Soudain, juste en face de moi, tout est bleu, la terre, le ciel, la mer. Une peinture au couteau dans des couleurs primaires. Lentement le rocher se découpe, au loin les reliefs passent du roman au gothique flamboyant. Et puis il y a les jeunes eucalyptus qui redressent la tête, et le vol plané des mouettes dans la pureté du ciel, et des bouffées de brise légère. En plein cœur de l'hiver, la rumeur du printemps, un air simple et pur qui ne semble connaître que la vie.

Vers la fin de l'après-midi, des nuages noirs, jusque-là invisibles, commenceront leur regroupement au-dessus de la grande île, indiquant que les hostilités reprendront la nuit suivante et peut-être quelques nuits encore. Mais ils ne parviendront pas à effacer les promesses du jour puisque dans ce pays c'est toujours le soleil qui impose sa paix.

Ainsi, la pluie tant attendue à la fin de l'été est arrivée sur l'île en décembre, comme par surprise, apportant avec elle des nuits sans sommeil et une sensation magnifique d'abolition du temps ordinaire comme je n'en ai connue qu'avec Léo. Je sais que j'ai réussi dans mon entreprise, la seule qui compte à mes yeux. J'ai vraiment quinze ans. Lifting impeccable. Je suis méconnaissable, masqué à tout jamais. *Larvatus prodeo.* En plus, je rajeunis à vue de mots. C'est fou, plus j'écris, plus mon âge me quitte. Pendant toutes les années où j'avais perdu Léo, j'étais myope sur moi, maintenant j'ai dix sur dix quand je me regarde de loin. Même en cas de confrontation, la réalité serait incapable de me reconnaître. Je ne suis là pour personne, sauf pour moi. Je me sens bien, dynamique, j'ai la tête pleine de projets de passé.

Les couleurs des sentiments passent avec le temps et aucune mémoire n'est capable de les restituer avec la violence qu'elles avaient alors. L'histoire de Léo et de Milou, bien qu'elle n'ignorât point le pastel et les couleurs tendres, fut d'abord flamboyante même si on ne peut la réduire à un vieux chromo du désir ou à un tremblé qui finirait par sentir la trahison. Exposé comme il aimait l'être, Milou reçut la fille en plein cœur. Et c'est dans son regard qu'on en voyait le mieux l'impact. Tantum ego !

Il vient à contresens, elle à contretemps, tous deux jouent à contre-emploi. Un amour impossible ? Ce serait ignorer la puissance des idées fixes surtout quand elles se télescopent.

Quand on demandait à Newton comment il avait découvert la gravitation universelle, il répondait : « en y pensant continuellement ». Milou pensa Léo, décida Léo, la créa à son image. Son nom se mit à exercer sur lui un pouvoir sans partage. Un seul être vous apparaît et tout est dépeuplé, ricanait-il. Il le lisait partout ce nom, comme s'il était détaché d'un texte, en italiques. Il s'adonna à la passion comme d'autres s'adonnent à la foi, avec cette rigueur qui n'appartient qu'aux jansénistes. Bref, il devint illuminé. C'est ainsi, ça ne peut pas s'expliquer. Ou alors il faudrait expliquer Dieu et le mystère de la beauté des femmes. On imagine le travail. Simplement, il avait quinze ans, elle la grâce des événements imprévus. Et puis il y a des femmes que l'on trouve plus désirables parce qu'elles sont faites du regard de tous les hommes. Mais Léo s'étonnera-t-on ? Pourquoi avait-elle choisi un enfant ? Je réponds qu'il existe une force magnétique secrète qui attire certaines femmes vers celui qui les désire. Je réponds qu'elle adorait caresser ce jeune homme qui avait une peau douce de bébé. J'affirme qu'il fut son bonheur du jour sur lequel elle allait s'étendre avec complaisance, son heureux événement, sa poupée parlante, son doudou. De la chair fraîche. Lionceau dont elle se tailla la meilleure part, Lolita mâle d'un Humbert en jupe. J'ajouterais ceci : cette pute, qu'aucune obscénité, aucune tenue, aucune situation n'étaient jamais parvenues à faire rougir, piquait son fard quand il la regardait. « Une moins que rien », qui allait lui donner tout, avait choisi son camp, sa cour de récréation. Celle des petits. Parce que l'on ne joue plus dans la cour des grands.

J'aurais dû mener une vie ordinaire, mais j'avais rencontré Léo. Les filles comme Léo, on ne bute pas sur elles comme on se cogne à une porte. On les cherche comme une récompense et on se prend les pieds dans leurs jambes. Je n'avais pas encore quinze ans, je sauvageais dans son quartier. Son visage m'avait toujours hanté. Elle était ma patrie charnelle, ma ville natale. Maquillée des images qui s'empilaient dans ma tête, vêtue des récits que je lisais au cours de longues nuits muettes dans une chambre que seuls les mots partageaient avec moi, déshabillée par eux.

Les mots proférés dans la cour des Petites-Écuries, les images arétines qui allaient avec, cette épiphanie délirante au cours de laquelle elle m'avait offert sa fève, s'emparèrent de l'espace et du temps. Totalitaires. Je les punaisai dans ma cervelle comme les routiers le font dans leurs camions avec les pin-up de calendriers. Au petit séminaire, ils envahissaient les heures de cours et de récréations, mes livres de classe, mes journées et mes nuits. Bonnes filles, d'acquisition récente, les visions de Léo dans sa chambre se pliaient aux ordres de ma mémoire, s'en échappaient, en faisaient surgir d'inédites, et pour peu que j'eusse les manières avec elles, m'expédiaient sur des hauteurs insoupçonnées. Et de même que la lecture nous permet de modifier le monde, le souvenir de son corps conférait à la banalité des jours une densité inattendue et plaçait mes pensées à des taux très élevés.

Ainsi, c'est Léo qui célébrait la messe de sept heures en porte-jarretelles, chasuble retroussée, elle qui s'agenouillait, calice ouvert, face à un jeune enfant de chœur qui la servait nu comme un ange. C'est elle qui, sous les yeux horrifiés de Malet et Isaac, racolait Bonaparte et l'empêchait de réussir son coup du 18 brumaire, elle qui se déshabillait en sciences naturelles où elle remplaçait les planches d'anatomie, elle qui s'exhibait en instruction religieuse où Dieu reconnaissait ses seins, elle encore qui, à la barbe de Gaffiot et de Bailly, masturbait César et suçait Xénophon, elle enfin, la duchesse, qui sur le coup de cinq heures, sortait de son hôtel très particulier, faisait quelques pas sur le trottoir pour saluer ses affidés, puis regagnait ses appartements pour s'envoyer en l'air avec le cardinal de Richelieu, se faire gamahucher par le ministre Fouché ou pour monter le duc d'Aumale.

Entrée en moi Léo. J'avais le cœur bourré d'elle, la rétine hallucinée, le ventre rempli de mémoire, avec cette sensation qu'il ne restait plus un millimètre d'espace pour y accueillir quelque chose d'autre. Chaque jour un peu plus chaude à mon corps, elle devint mon attente, mon ignorance de tout ce qui n'était pas elle, accéléra ma respiration, défourailla mon imagination, me provoqua des fièvres d'étalon. Me ravagea la mouquère. Me ravagea bono. Un spectre hantait mes nuits : son con.

Dans mon lit du pensionnat, en relisant les épreuves auxquelles elle m'avait soumises, mes pensées faisaient des bruits de train qui déraille. Le souvenir de sa voix sombre me frappait à l'estomac à la manière des grandes orgues pendant la messe des morts, son regard s'enfonçait en moi comme une lame de mer au moment des marées d'équinoxe, son porte-jarretelles plus rouge que le drapeau des Soviets collait à ma peau moite, le tintamarre de ses talons colportait sa rumeur. Je m'endormais en sursaut. C'est alors que Léo me pourvoyait en rêves qui débordaient. Je naissais de sa côte, je lui dressais un mémorial, j'entrais dans des séances d'onanisme onirique ponctuées de mes onomatopées, je mourrais pendant mon sommeil. J'avais des états d'âne.

De lucidité aussi. Je lui envoyais mille lettres pour m'envoyer en l'air, des pneus quand il y avait urgence.

J'inventais le coït P. T. T., la léchant à distance, l'enfilant par procuration. Je n'avais rien d'autre à faire : je la prenais au mot, travaillant mes textes, me donnant des mots de chien pour être à son niveau, parler d'ego à ego. Son con était flamboyant, sa vulve soyeuse, sa fente fatale, je faisais don de ma langue à sa chatte... Lamentable, je sais, mais j'avais besoin d'adjectiver chaque partie de son corps. « La lettre, c'est un baiser qu'on envoie par la poste » a écrit Victor Hugo. Je fis mieux : j'adressai à cette salope de Louise de Rénal, collées aux feuilles de papier, les preuves de ma passion pour elle. De plus en plus stendhalienne, ma queue cristallisait.

Après tout, Léo valait bien une messe et il y avait longtemps que je n'avais rien d'autre à dépenser que mes sens. C'est pourquoi, mes pensées ressemblant de plus en plus à ma catin, j'inscrivis Léo à mon ordre des jours. Je fuyais dès que je le pouvais le petit séminaire, ses messes de sept heures et ses masturbations, pour devenir religieux dans un sacré collège où j'irais me ruiner dans les dissipations de ses grand-messes et les vertiges de ses copulations solennelles. Assidu à tous ses enseignements, je me jurais d'obtenir toutes ses licences. Car parti comme j'étais dans la carrière de fils de joie, je savais que je n'aurais aucun mal à réussir dans celle de fils de pute.

La tête envahie par les images que, durant la semaine, j'avais eu tout le temps d'apprendre par cœur, le corps nostalgique de son corps mitoyen et la bouche encore parfumée du goût de toutes ses lèvres, je me précipitais chaque samedi et chaque dimanche dans ses terres de mission. Tel un gourmand qui ne pense qu'à son quatre heures, je tremblais à l'idée qu'elle fût « sous presse », mon actrice donnant souvent ses représentations à guichets fermés. Cependant, quand elle était dans son île attendant que le vice veuille bien rendre hommage à sa petite vertu, je lui faisais un signe comme les lèche-culs qui lèvent le doigt pour aller au tableau noir. Elle entrait dans l'hôtel, s'adressait au taulier, laissez monsieur Ange c'est pour moi. Discrètement, avec l'élégance des reines, elle acceptait mon amour sans provision, me donnant son âme et son corps de putain rubis sur l'ongle. Quelques années plus tard, un jour où j'irais saluer M. Ange à l'hôpital, lorsque j'apprendrais qu'il était gravement malade, je découvrirais à ma grande surprise, au hasard de ses confidences – Oh, quel malheur, petit, quand on tient une poule comme ça, faut la tenir en laisse, elle en pinçait pour toi petit, t'aurais pu la mettre au turf pour toi tout seul, t'es un gonze bien, je t'aurais foutu la paix, ah t'as manqué de main petit, mais quel malheur... – qu'elle payait la course de sa poche pour une heure et même deux, plus la commission qu'elle lui reversait sur celles que par ma faute elle n'avait pas effectuées. En ce temps-là, je montais l'escalier inconscient et joyeux comme un va-t-en guerre.

Car sous Léo perçait Napoléon. En vertu des pouvoirs qui lui étaient conférés, rien de ce qui est sexuel ne lui était étranger et c'est avec elle que j'appris que si l'amour est un art qui contient tous les autres, il est d'abord, à l'instar de la guerre, « un art simple, tout d'exécution ».

De sorte que la chambre 13 de l'hôtel de Palestro fut mon prytanée. Mon Brienne et mon Cadre noir, ma galerie des glaces, mon abbaye de Thélème, mon île sous de sacrés tropiques. Au royaume des hôtels borgnes, le Palestro était roi : je devais y recevoir, à grands coups de pompes dans le ventre, et de la bouche même d'un maître de cérémonie qui était une cérémonieuse, une éducation pas du tout classique. Nourri d'Antiquité chez les oratoriens, je changeai d'orientation. Je m'inscrivis au Palestro et pris l'option baroque.

Je l'appelais Rachel quand j'allais chez elle. Léo, rue de Palestro, quand je voulais la guerre. Du reste, j'y montais le plus souvent possible au front. D'abord, à cause de l'emploi que nous y faisions du temps, et puis ça m'éloignait du quartier de ma mère. J'étais du Palestro comme on est de Venise, habitant d'une cité lagunaire. Je m'y sentais chez moi parce que c'est là que j'avais connu Léo, à cause aussi de l'escalier qu'elle éclaboussait de l'éclat de ses jambes, de son sourire qui semblait dire l'ai-je bien monté ?, du lit commun qui gardait la mémoire de ses passes interlopes et qui aujourd'hui me fait penser au baldaquin du Bernin à Saint-Pierre de Rome près duquel la Juliette de Sade effectue quelques séances d'anthologie avec le pape, de l'odeur obsédante du vernis à ongles mêlée à celles de la sueur et du foutre anonymes qui imbibait les murs, de la naïade en stuc dans la niche au-dessus de la porte d'entrée, des sanglots du sommier, du papier à fleurs passées sur lequel on avait crucifié un Angélus marouflé qui datait de la guerre, des plinthes fissurées, des cantonnières aux fenêtres et des volets toujours clos qui traçaient la frontière de notre folie et nous plaçaient en quarantaine dans une merveilleuse solitude, de nos mots qui couvraient ceux des livreurs du Sentier, effaçaient le concert des klaxons montant de ce caravansérail tachycardique qu'était le quartier Réaumur et les cris de l'offre et de la demande lorsque l'amour est exploité à ciel ouvert, de ses baisers aussi, moi plaqué contre la porte à peine refermée, taillable et aimable à merci, elle rejouant à l'envers la scène du *Verrou.*

Mes coudées étaient franches ; je m'expatriai. Dans le gargouillis du lavabo et du bidet, j'entendis des murmures de fontaines comme dans les patios des maisons mauresques. Bon public, j'ignorai la vulgarité de la chambre, j'y vis un décor de théâtre, et sur le lit, une actrice qui enlaçait son partenaire et l'invitait à partager les applaudissements des miroirs excités par le spectacle. J'aperçus du sublime dans la crasse, des anges sur des murs qui exsudaient la démence, un ciel de Canaletto au plafond d'un bordel de la rue de Palestro. Le monde tenait dans une chambre d'hôtel et ne se réduisait plus qu'à des étreintes et à des jours de repli. Ce côté de la vie était un temps retranché, une bulle de bonheur, un steamer en partance vers de lointains océans. Alité par Léo, je ne voulais plus quitter la chambre. Je jetai mon sac à bord, je devins tout à fait nomade.

Ah parlez-moi du Palestro, redites-moi des choses tendres.

On reconnaît la souveraine à son épanouissement dans l'esclavage. Or Léo, qui trouvait son allégresse dans l'allégeance, régnait sur le monde. Elle vous soumettait à un régime oligarchique dans lequel le pouvoir appartenait à ses seuls attributs. Le corps constitué du vice de ses formes, elle était pointilleuse sur l'étiquette de l'amour en carte, pinailleuse quand elle ouvrait les jambes, précieuse dans l'obscénité, maniérée dans la dépravation. Une bête de scène, une actrice qui surjouit, cabotine devant le public des miroirs : la Berma du plumard ne faisait pas dans la figuration. Et avec ça du panache dans la vénalité. Comme disait saint James Joyce qui en putes s'y connaissait : « un casus sexi ».

Qui plus est, religieuse. Il faut aller au bordel comme on va à vêpres ou à complies : recueilli et fervent. Pas très catholique Léo quand elle faisait ses pâques et mangeait l'agneau dans son maître-hôtel ? Plaisanterie d'agnostiques, de pharisiens, de vrais dévots de la fausse pudeur. En vérité, pas laïque pour deux sous la détachée au temporel. Dans sa maison conventuelle, elle appliquait à la lettre la règle de sainte Thérèse : « Nous autres religieuses, sommes en spectacle à Dieu, aux anges et aux hommes. » Juive polonaise – c'est seulement maintenant que je viens de réaliser que son nom de famille, Radnitzky, était aussi celui de Man Ray –, du sang arabe dans les veines mais profondément latine en son diocèse, une métèque œcuménique en somme, puisque comme me l'avait dit un jour M. Ange : avec toi, le curé, elle risque pas de sucer kasher..., Léo Lilith sentait le sud, le soufre et l'encens, le *Benedictus* et le *Salutaris hostias.* (À la vérité, ces dispositions spirituelles, surprenantes chez une putain, s'expliquaient chez Léo. Les fermiers – des gens formids tu peux pas savoir Milou y m'ont sauvé la peau tous les mois je leur envoie un petit quelque chose – chez qui elle avait été placée pendant quatre ans pour échapper aux camps, lui avaient donné une éducation sévèrement catholique, confession et poisson chaque vendredi, communion chaque dimanche à la messe de sept heures. Or l'on sait depuis saint Augustin que la chair ne s'exprime jamais aussi bien que lorsqu'elle a été formée à la dévotion religieuse.) Sans conteste une pécheresse impeccable, une dissipée qui pour moi dissipait ses mystères, une mystique du péché capiteux. Une vraie putain de Dieu, casuiste du sexe, prosélyte incendiaire de la parole d'Ezéchiel : « Je vais allumer un feu au-dedans de toi », apostolique jusqu'au bout des seins, maniant le glaive, l'encensoir et le désir de réconcilier le boudoir et la théologie, bref, une intégriste qui avait abrogé la séparation de son église de mes états d'excitation, un agent secret de la contre-réforme qui défendait le port de sa soutane et sa messe en latin. (Ainsi les tableaux vivants qui se donnaient au Moyen Âge en Italie sur les places publiques pour représenter les mystères.) Certainement pas une putain du Diable telles ces luthériennes hérétiques et mutiques, filoutes du t'en as encore pour longtemps et du bonjour bonsoir, catins post-modernes qui calculent et vous expédient en trois coups de cuiller à pot. Une métaphysique, la preuve incarnée qu'il n'y a aucune incompatibilité entre les plaisirs terrestres et les promesses du ciel, la reine du divertissement, celui qui vous entraîne allègrement vers la petite mort, une pascalienne dans la débauche pressentant elle aussi que le malheur des hommes venait de ce qu'ils ne savaient pas demeurer dans sa chambre. Les tenants de la transcendance diront que son épiderme n'était après tout qu'un épiphénomène. Pourtant, même si je n'ai jamais douté de l'immanence de ses délices, Léo valait son pesant d'or, ce qui tendrait à démontrer que, somme toute, ce qu'elle ne me faisait pas payer relevait du ressort unique de l'Impayable.

Chambellan de la reine des fées, j'aimais la regarder s'habiller. Pas une erreur, chaque détail à sa place, gestes inoubliables de femme enivrée de sa propre sensualité. J'ai rarement vu son corps en décor naturel. Besoin vital chez elle de le reconstituer en studio. Une actrice, ma grand-mère avait raison. Maquillée comme une voiture volée, saturant ses yeux d'ombres inversement proportionnelles aux feux qu'ils dégageaient, n'hésitant jamais à noircir le trait, salope collet monté à chaque fois qu'elle parfumait et poudrait le bout de ses seins, quand j'ai le cafard Milou je reluque mes seins, elle était incapable de s'habiller ou de jouer en mode mineur comme les jeunes filles bien. Mais elle savait faire chanter son corps, l'accommodant à sa façon, le chaptalisant si nécessaire pour en augmenter la teneur en désir. Sujet sexuel, elle était son propre sculpteur, hardie, géniale et transgressive dans ses œuvres qui modifiaient le paysage, ne les réservant pas à quelques amants mais les offrant au peuple. Même lorsqu'elle n'était pas en représentation, chacun des ses vêtements charriait son lot de découvertes et d'outrances, d'inspirations et de générosités : du sournois, du harcelant, du trompe-l'œil, de l'hypocritement décent, du sémillant, du résillé, du nu à peine nu – le caché faisant foi –, du nu accessoirisé par le vice, des corsages qui avaient la joie de vous annoncer la naissance de ses seins – cet avis tenant lieu d'invitation –, des robes fourreau, des fendues jusqu'au sommet de la cuisse, des jupes qui lui collaient à la peau et qu'elle remontait avec la minutie d'un machiniste quand il lève le rideau de scène, d'autres, plissées comme celles des jeunes diaconesses de Saint-Germain, mais si courtes, « au raz de la touffe », qu'elles dévoilaient tout de son secret bancaire, pervertissant les bergères, torturant les Voltaire, bavant sur les crapauds, des pantalons corsaires qui battaient pavillon de pirates et me donnaient des envies de mise à sac. Et puis cette façon de me fixer quand elle boutonnait ses gants, agrafait son renard.

« J'aime les arts, ils échauffent ma tête », dit la Juliette de Sade. La pièce maîtresse de la collection du Palestro était devenue une femme à succès car elle mettait l'art à la portée de tous. Les citations abondaient sur son corps, les références se multipliaient. Reproduction parfaite de toutes les fantasmagories des hommes, elle leur vendait des tirages de son corps original (en tant que *primus inter pares*, l'original m'appartenait), des faux qui avaient l'allure de vrais. Derrière sa cote fabuleuse, c'étaient eux qui grimpaient. Pour une somme raisonnable, ils pouvaient dans sa pinacothèque regarder, toucher, explorer en fonction de leurs goûts, de leur imagination, de leur formation artistique, selon les heures et la lumière du jour, une odalisque d'Ingres par ses langueurs ottomanes, le modèle préféré de Boucher quand elle s'allongeait sur le ventre à la manière de Miss Murphy, jupe retroussée jusqu'à la taille – vous je ne sais pas, moi la croupe de cette Irlandaise en attente d'être levrettisée m'a toujours donné à penser –, une Néfertiti les jours où elle avait eu la main lourde avec le khôl, mais aussi des toiles d'Achille Devéria, des dessins pornographiques d'Egon Schiele, des anonymes du XVIIIe, *Leda et le cygne* de Boucher, *Nu aux bas blancs* de Courbet, *Vulve* de Léonard de Vinci, *Sexe de femme* de Rodin, *L'Anus solaire* de Bellmer, et une bonne partie de l'œuvre érotique de Picasso qu'elle seule, à l'époque, avait le courage d'exposer en pleine lumière.

Merveilleuse Léo ! Ses manières, ses coutumes, ses cérémonies ! Ses yeux qui m'offraient une vue imprenable sur moi-même et ne restaient pas de glace quand je m'y admirais tant ils donnaient l'impression de me commenter – c'est aussi pour cela que j'ai aimé Léo, je me voyais en elle avec une précision extraordinaire et parce que comme moi, elle jouait à tour de rôles. Tant d'amour dans ce regard, tant de gentillesse pour le gai rossignol et le merle moqueur. La cocaïne à côté, c'est du « passe-temps pour chefs de gare ». Ça vous donne des frissons cette beauté offerte à tous les vents qui s'amarre rien qu'à vous, ça vous apprend à flâner la vie, à déambuler au milieu de l'insouciance, ça finit par vous couper du monde. Moi c'est cet amour-là qui m'a fait. Faut jamais oublier.

Au début, j'avais du mal à comprendre ce qui m'arrivait. Je me revoyais au petit séminaire avant de la connaître, blasé par les nus du Louvre, m'échinant, tout comme mes condisciples en donjuanisme solitaire, à mettre la main sur des photos de femmes à poil. On ne dira jamais assez l'énergie consacrée par une partie de la jeunesse française à ce travail de bénédictin qui consistait à se procurer d'abord, à déchiffrer ensuite dans la nuit des dortoirs, les messages codés de l'anatomie parallèle, ces samizdats pornographiques pourchassés par les miliciens de la cote catholique, où la luxure d'ailleurs bien timide de l'époque tenait sa cour, et dans lesquelles, disait-on, la pudeur était victime d'attentats fomentés par de drôles de citoyennes.

Les nerfs à vif mais les sentiments à la hauteur de nos espérances, nous nous retrouvions en compagnie de dames qui, pour être aimables, n'en étaient pas moins nues. Curieusement, certaines dans leurs habits sacramentels nous paraissaient plus nues que d'autres. Pour nous, ces cocottes en papier aux dessous délétères et aux paupières maquillées en crime, représentaient les salopes de l'ultime, les garces de l'extrême, une sorte de cinquième colonne du sexe, le sommet du *vulgum sexus.* Elles arboraient pourtant l'arrogance des patriciennes du vice, la condescendance des aristocrates de l'obscénité quand elles nous toisaient du haut de leurs bas de soie et semblaient susurrer à nos oreilles : vous désirez ? Pigeonnés par ces intouchables, nous n'avions plus qu'une idée en tête : leur manifester au plus vite notre reconnaissance du ventre. Car la mort tant désirée, la vraie, la petite, n'était pas au rendez-vous. Dans le silence des dortoirs, on n'assistait qu'à de minables suicides ou à des exécutions sommaires au cours desquelles l'amour en trompe-l'œil, manquant singulièrement de tact à notre endroit, nous achevait, sans se mouiller, avec des balles à blanc.

L'évidence m'accablait : j'étais autosexuel. Trafiquant d'héroïnes érotiques, consommateur sous le manteau de blanches impures, gigolo d'effigies, médiocre photomateur, maculeur de papier. Le genre loustic, pas du tout Lovelace. Les filles imagées n'étaient que des reluquées, mon concubinage avec ces bombes glacées plus m'as-tu-vu que notoire et en ces temps de prohibition, je craignais devoir attendre plusieurs années avant de faire mouiller Margot, sauf à dénicher des corps de contrebande – nous savons tous que la conjoncture érotique est le plus souvent maussade pour les adolescents.

Remercierai-je jamais assez la religion catholique ? Ses prêtres, spécialistes de la chose puisque souteneurs officiels de la Prostituée de Babylone, allaient bouleverser le cours de l'Histoire en m'informant qu'il existait des femmes de « mauvaise vie » et que l'Enfer était en elles. Je leur fis confiance : ils détenaient l'exclusivité des droits sur le cinquième péché capital. Ils me parlèrent tellement bien de l'enfer qu'il devait y avoir du paradis là-dessous. Du ciel, et du meilleur. Assez de ballerines, de nattes, de cols Claudine et de blouses trop sages. Deux ans de baby-foot et de parties de diabolo, ça suffit ! Rassasié de fidélité à moi-même, je lamartinisais médiocrement : Onan, suspends ton vol ! Mais lorsque la bourgeoisie française se déciderait à transférer ses meilleurs fils à l'étranger, demandant à de perfides Albion de tirer les premières, l'amateur que j'étais serait depuis longtemps passé chez les professionnelles. Et c'est ainsi qu'interdit de séjour dans le péché de chair, on se retrouve en train de se faire ordonner par un membre du clergé régulier officiant à l'ombre du siècle et en tenue réglementaire.

La mauvaise vie est belle. Je connais Léo depuis deux mois et pour la première fois, elle m'emmène dans un dancing. Intimidé de sortir avec une femme qui fait une entrée aussi remarquée dans l'établissement et possède l'art de rendre invisibles les autres femmes, je suis d'abord frappé par les commentaires sur son passage, toutes les métaphores publiques de l'époque, vise la carrosserie, baisse le capot on voit le moteur, elle a du répondant, chaud devant, y'a du monde au balcon, mate-moi ce fuselage, si vous les aimez bien roulées, papier à cigarettes O. C. B., etc. Il faut dire que ce soir, elle se montre à ses avantages puisqu'elle est dévêtue d'une robe couleur chair qui semble cousue à même la peau. Et comme je sais qu'elle ne porte rien dessous, je suis terrorisé à l'idée que les coutures puissent exploser à tout moment devant l'assistance qui, bonne fille, veille sur ses arrières. Je suis encore godiche et donc gêné de la voir ainsi exhiber ses mensurations agaçantes d'autant qu'avec sa façon déculottée de décroiser les jambes, elle donne l'impression d'exposer à sa manière *Les hasards heureux de l'escarpolette* surtout quand elle laisse son sexe, *figa aperta*, faire un clin d'œil à la salle bouillant d'impatience d'aller fragonarder dans ses recoins. Bref, et cependant que sa taille et son poids m'excèdent – je veux dire excèdent les miens –, je découvre la façon de danser de Léo, d'abord lascive sur *Tu sei per me la più bella del mondo*, puis sauvage quand l'orchestre attaque *La Comparsita*, une masturbation ventrale tellement frénétique et pleine d'effets spécieux que j'en oublie mes premières leçons de la rue de Palestro. Léo, constatant les dégâts, se moque de moi en m'embrassant très tendrement, nous voilà propre mon bébé a fait une grosse bêtise qu'est-ce qui restera pour sa Léo tout à l'heure faut pas gâcher la marchandise... Plus tard, assis avec elle à une table en faux marbre devant une coupe de champagne et une glace au chocolat, fasciné par le sourire imbécile car adamantin de l'accordéoniste et par les plaintes de son bandonéon noir décoré de nacre et d'argent, je contemple le trémoussement des femmes auréolées de leur transpiration, exhibant leur quincaillerie de clinquant canaille face à l'énervement de quelques costauds bellâtres dans leurs vestons rembourrés aux épaules, de chefs de rayon qui agitent leur gourmette sur des airs de mambo et de triviaux troufions jouant de leur fourragère. Je suis surtout préoccupé par la défense de *ma femme*, si belle au demeurant, que des moustachus embagousés et velus, à l'ego gominé et à l'œil liquoreux – les forts des bals, la noblesse des dancings –, tentent de me l'enlever pour danser *Besa me mucho* : vous permettez ? Il faut dire que Léo, dont la profession consiste à s'y allonger, ne fait pas longtemps canapé et je suis à chaque fois obligé de m'incliner parce qu'elle a trop envie de faire endurer au rastaquouère qui vient de l'inviter, quelques-unes de ses spécialités. Je regrette de n'être qu'un élève de seconde, un mac sans titres, pour rire, sans chevalière, pas vraiment à la redresse, le genre garde du cœur pas de taille à protéger sa pute. Qui du reste le fait très bien toute seule et ne réplique jamais quand elle se fait un peu chahuter sauf si on la traite de pouffiasse. (Si vous l'aviez connue, vous sauriez qu'on pouvait la traiter de pute, de chienne, de salope, que je veux mon neveu que je fais pute vous voulez me mettre au chômedu ou quoi. Pouffiasse, surtout quand ça venait d'une femme, elle ne l'admettait pas, mais de quoi qu'elle cause la guenon pour des pouffiasses comme moi tout Paris fait la queue ça m'étonnerait que ça soit son cas et je suis peut-être une salope moi au moins j'ai des couilles au cul ! Apostrophe qui, on peut le comprendre, m'enchantait.)

D'ailleurs voici qu'un malfaisant ou plutôt un jaloux vient de s'attaquer à moi : alors le mouflet, on vient avec sa mère ?... Il ne faut pas me toucher sinon Léo, c'est Mère Courage et son fils. Et l'abruti de se prendre un sonore et brechtien va te faire enculer pédé, suivi, car il insiste le voyou, d'un fils de pute de son cru, certes surprenant dans la bouche de Léo mais surtout ambiguë puisque le qualificatif censé s'adresser à l'agresseur, peut, dans le brouhaha des voix, le pétillement du champagne et le bruit de l'orchestre, être tout aussi bien interprété comme une réponse à la question posée.

Je la regarde se mouvoir dans la sensualité, se déployer dans la réprobation, plaquer son bassin, coller son sexe et ses seins ventouses contre un belluaire dansant avec elle et qui lui adresse sa standing ovation sur l'air de *Amor, Amor, Amor.* (De même que les actrices aiment être reconnues dans la rue et signer des autographes, Léo avait besoin pour exister du témoignage d'affection que constitue le désir brutal des hommes. En putain chronique, elle vivait pour les faire jouir, les regarder se perdre, devenir fous, elle savourait leur défaite, s'amusait de savoir qu'ils paieraient pour elle, la petite Juive de Juvisy. Elle aimait tellement les orgies de lumière et les bains de foule, elle s'y prélassait durant des heures, s'y noyait de volupté, s'enduisait du regard des autres, ses huiles essentielles.) Je trouve le spectacle plutôt excitant – on aurait dit un tableau de Van Dongen intitulé *Tango*, dans lequel un homme en smoking avec une aile géante dans le dos, danse avec une femme entièrement nue, n'étaient les bas, la jarretière, le bibi fleuri et les talons aiguilles –, je suis fier d'elle, elle a le rythme dans le sexe, je sais que tout à l'heure, c'est moi qui la ferai danser, qu'elle m'appellera sous les draps m'enjoignant de regagner son corps damné, tache de café crème renversée sur le lit, qu'elle me prendra par les cheveux, qu'elle enroulera ses jambes en écharpe autour de mon cou, fais-lui une fleur à ma minette régale-toi beau gosse régale-toi, qu'elle se vautrera dans le verbe, bandera à voix haute, reluira comme toujours franc du collier, se branlera avec emphase, monpetitboutonilestgroscommunepine, jouira sur les mots, orgasmera avec grandiloquence dans sa syntaxe de contrebande, vasyviensjepars. Non, je n'étais pas jaloux, simplement un peu perdu sans elle à mes côtés, dans la fumée du Rêve, le dancing sur le trottoir de droite du boulevard Bonne-Nouvelle quand on allait vers la porte Saint-Denis.

À chacun selon sa putain. La mienne, par nature, avait horreur du vide. Arrivait l'heure des devoirs, son regard de despote devenait terrible. Elle me commandait pour qu'un jour je sois digne de la commander. Intolérante en sa maison, elle avait une manière de jouer des pectoraux qui me faisait comprendre que je n'avais pas intérêt à faire le petit mort ou à filer doux et que si elle m'accordait l'honneur d'être son commensal, ce n'était pas pour jouer les bouche-trous, mais bien pour enfiler une perle.

Ses déclarations d'amour ressemblaient à des déclarations de guerre, petit cochon tu me fais bander tu vas passer à la casserole ! Alors, elle se saisissait de moi et j'avais l'impression de n'être qu'un poignard qu'elle portait à sa main et tirait avec fureur de sa gaine avant d'en affûter la lame. De ses doigts gantés de résille, elle organisait un impromptu dans mon pantalon, me tâtait tel un bestiau, il en a dans le futal ce beau dégueulasse, déboutonnait ma braguette, la paume flirtait avec les couilles, le pouce et l'index attaquaient leur branle, sa bouche s'invitait par surprise, me crachait dessus, ses lèvres de sangsue m'emprisonnaient, démarraient leur pantomime, me réduisaient à l'état de phallus linguae. Mon vit se confondait avec son œuvre.

Calliope de l'éloquence buccale, c'était pas du pipeau ses pipes à la pietà du Palestro, pas funèbres ses pompes quoiqu'elle suçât à mort (suça ta mort ou sus à ta mort ? Lacaniquement, la question peut se poser...), une joyeuse la veuve lorsqu'elle avait gardé son chapeau à voilette et que la dentelle noire se tachait d'intempestives guipures blanches, qu'est-ce qu'elles ont pu me couronner ses dents du bonheur, pas une putain de cuisine la puriste, pas de langue de bois ni de guili-guili avec elle, une première Léo, ni arpète ni ravaudeuse, pas courtois son amour, baise-moi après je te sucerai je veux sentir mon goût, de la fermeté dans ses prises de position, une amoureuse en gros qui pour moi détaillait, une roturière qui confisquait mes parties nobles, une impérialiste qui colonisait ma queue puis l'administrait sous son protectorat, une goinfre qui ne pensait qu'à avaler des bulletins de naissance, *Veni Creator*, jouissant rien qu'à l'idée de dîner avec son petit diable, pas question de la priver de dessert, de l'appétit quand elle reniflait la crème, une bonne descente, avec elle pas de restes, pleine comme une outre, les lèvres gonflées, tremblantes, ruisselant d'une sorte d'expectoration spumeuse, il fallait qu'elle s'enduise, gluante elle s'aimait, célinienne pur jus, Louison dans *Mort à crédit* « Elle pompe tout... Elle se régale... Elle aime ça la sauce... "Oh qu'il est bon ton petit foutre !..." », mais pas souillon pour deux sous, fastueuse en bouche, une philosophe tirant de la fellation un mode de connaissance et de rémunération, une artiste qui me peignait au rouge à lèvres, me sculptait en olisbos comme on n'en a jamais vu de mémoire d'olifant, ne m'autorisait à la quitter que le ventre vide, une belle plante carnivore, une louve quand j'étais dans sa gueule, une tailleuse de réputation.

Après m'avoir fait manœuvrer sur le lit transformé en place d'armes et discipliné ma gaucherie, elle donnait ses ordres, organisait ces luttes qui, commencées dans le badinage, s'affirment dans la rage et se terminent par la mort. Pas de galipettes avec Léo : la Penthésilée du Palestro ne coïtait pas petit bras mais savait donner à la moindre caresse la dimension d'une épopée.

Ainsi les jours où elle semblait n'aimer l'amour qu'à ses torts. Je suis une salope dis-moi que je suis une salope, m'ordonnait-elle. Et elle suppliait l'enfant que j'étais encore de désaltérer sa soif de pénitences et de mortifications, d'alimenter son goût très vif pour les reparties cinglantes et les parodies musclées des caresses. Une authentique cantatrice dont l'aria me suivait à la baguette, une pouliche qui ne comprenait que la loi du stick, furieuse à mes débuts lorsque ma main tremblait, et même exaspérée par mes fautes de frappe quand elle se mettait à vociférer son credo, nonmaistuvaslacognertapute, défoncelacommunmac.

Elle me désignait alors mon champ d'autorité, son orifice sacrificiel charbonneux et rose. Et sous la volée des brimades qui, sans aucun doute, constituaient pour elle la version laïque de la rémission des offenses, il m'arrivait de voir un Greco. Un jour de grand combat, j'eus l'impression – reste d'aveuglement religieux ou lucidité exacerbée ? – que l'accélération soudain violente de mes coups de trique la conduisaient vers une extase exponentielle qui avait tout d'une Assomption.

Nous sommes dans la chambre fétiche du Palestro. Il est cinq heures du soir, l'heure de nos vêpres. Je suis en neuvième semaine, le samedi suivant notre soirée au Rêve. Dieu ou le Diable – allez savoir – sont en régie finale. Elle semble très excitée, se déshabille à toute vitesse alors que d'habitude elle prend tout son temps, m'attend au paddock, on dirait une jument d'Uccello bouchonnée, pomponnée, harnachée et piaffante à mes manières de palefrenier, génufléchie, quadrupède tendant sa croupe, perfection de la courbe de Gauss, sellée par un porte-jarretelles noir, bas brodés rouges, la crinière enfouie dans les draps comme si elle prononçait son vœu perpétuel de moniale en chaleur : monte-moi ! Pour la première fois, elle me laisse conduire sous le signe de son verso s'exposant, en croupe gonflée de vanité, à une attaque à découvert par la poupe. Y va m'enculer mon gros bébé hein qu'y va me la fourrer dans le cul sa belle petite bite. Milou chien-chien à sa mémère ! La panique ! Le trou noir ! Le cyclope pose son regard sur moi... Me nargue l'enflé... En feu joue qu'il hurle ! N'en mène pas large Milou face à la porte étroite... *La Porte étroite* ! Gide ! Évangile selon saint Luc ! Évident... Éblouissant... je n'y peux rien, il faut toujours que je me réfère... Veut bien sodomiser Milou mais littéraire... De Gide, je passe à Proust. Je vais te « casser le pot » Albertine ! Et le petit séminariste de basculer dans les bas-fonds de Sodome comme s'il avait fait ça toute sa vie, avec l'ivresse que l'on peut imaginer et à l'étonnement cuisant de la belle biblique entonnant le grand air de la sodomie, doux-Jésustuluifaissafêteàmoncul. En experte du pour et du contre, elle ne refuse pas l'obstacle mais soutient l'échange. Moi furieux comme un Grec mâtiné de turc, droit comme un *I*, enragé comme un cynophile... *Introïbo ad altare dei*... J'essaie d'être à la hauteur et de faire montre à son envers de marques de gratitudes aussi appuyées que celles que je témoigne d'habitude à son endroit... Tu aimes ça Albertine... elle ne répond pas, se contente d'ahaner, raie bée, clouée au piloris, avale le drap comme on prend le mors, n'en croie pas son cul qui pose sur moi le regard du vrai libertin... LHOOQ aurait constaté

Marcel Duchamp, *La Prière*, aurait répliqué Man Ray... d'ailleurs elle se manuélise comme une religieuse vénitienne au temps de Casanova... se contemple dans les glaces, attentive à ce qui est en train de se tramer dans son dos... Tout à coup, son phrasé jusque-là plutôt froid se réchauffe à la vue des images... Ahpetitvicieuxiltefaitbienbandermoncul… c'est bon signe... tu es *persona grata* Milou... On canicule ensemble... on valdingue… je gave mémère… mon gros bébé hoquète… rend ses derniers soupirs… pinceau giclant sa peinture, maculant l'immenculée dans la lumière de la chambre qui n'a jamais été aussi crue, le fracas des draps, la démence des mots.

Eso es el amor ? También señor.

À la fin de ce moment hystérique et cependant que son corps regagne sa vêture, mon exploit est immédiatement commenté : j'ai bien vu que tu savais pas d'habitude je refuse je suis pas une tire-au-cul je me casse assez le cul comme ça avec toi j'ai eu envie je me sens toute chose tu m'as éreintée note que ça fait du bien par où ça passe mais c'était pas piqué des hannetons quel sacré diable tu fais et puis dis donc ma petite ordure pourquoi qu'à un moment tu m'as appelé Albertine ?

Voilà comment dans l'enfer où elle présidait, Léo m'avait intronisé sacré diable, n'hésitant pas à m'accorder une dispense d'âge et à inscrire cette nouvelle prise à mon cahier des charges. Ce jour-là, je m'étais senti tout à fait prodige.

Lorsque, bissées par les miroirs, nos messes étaient dites et redites, je me souviens que nous restions de longs moments immobiles, champions savourant la fraternité née de la lutte, bienheureux contemplant au plafond le tableau de deux angelots enlacés dans un ciel étoilé à la manière de ceux qui ont été peints par Giotto à Padoue sur les fresques de la chapelle des Scrovegni. Alors les Vertus effaçaient les Vices, la Tempérance terrassait la Luxure, Iseult remplaçait Thaïs et Rachel se mettait à tapiner côté cœur. Attendrie par le chromo, jamais aussi avide de réconciliation que les jours de cruelle défaite ni aussi sûre d'exister que lorsque je l'avais cinglée en la traitant de putain et de salope, la rassurant ainsi sur son identité, la bête faisait l'ange, changeait de ton, suçait son pouce, donnait des leçons de tendresse à sa perversité, prononçait des mots aussi doux que les autres étaient crus, me demandait de l'aimer comme un toutou après l'avoir fait comme un chien, se laissait aller à une autre débauche, celle des sentiments, qu'elle cachait sous ses jupes et qu'elle consommait de manière sans doute excessive mais dont elle ne pouvait plus se passer, surdouée pour maquiller son corps mais affichant son cœur dans le plus simple appareil, camée m'initiant à sa drogue, me suppliant de lui fournir sa dose, appelle-moi Rachel... dis-moi que tu m'aimes... tu me garderas toujours Milou... capable de tuer quand elle était en manque. Quelle question ! Bien sûr que je l'aimerais toujours, persuadé que j'étais que rien ni personne ne pourrait me désintoxiquer d'elle car les sentiments et le sexe lorsqu'ils sont à la colle nous exonèrent des lois de la pesanteur, que l'on se défonce à leur parfum pérenne, qu'ils ne semblent pas particulièrement dangereux pour la santé, malgré l'abus qu'on peut en faire, quand le bonheur constitue l'office des jours ordinaires et que la mère et l'enfant se portent bien.

Je dois cependant reconnaître que je fus un privilégié. Et qu'il y a une forme d'injustice à bénéficier d'un enseignement qui jouait sur les deux tableaux. J'eus la chance, il est vrai, de pouvoir me frotter très tôt aux mystères de deux religions révélées, la catholique et l'érotique, dont la complémentarité évidente ne pouvait que m'enrichir. De sorte que, ballotté entre deux versions de culs bénis, la séguedille et le goupillon, la confession et la concupiscence, des tonsures et des talons aiguilles, des laudes et des obscénités, la traduction d'Ovide et la réalisation pratique de l'*Art d'aimer*, la fréquentation du traité des vertus et celle d'un premier prix de luxure, des thèmes latins et des je t'aime socratiques, et donc nullement abâtardi par les mièvreries sentimentales que l'adolescence confond trop souvent avec la passion, je fus plongé sans aucun ménagement dans le ventre du vice, j'en sortis plus vertueux, produit des œuvres de deux prostituées, celle de Babylone et celle du Palestro, dessalé par leurs prières, légitimé par leurs cérémonies, et ma vie entière s'est déroulée sous le signe de l'immense respect que j'ai toujours pour elles éprouvé. J'attribue enfin à cette éducation ultramontaine, le conservatisme de mes habitudes érotiques, ma méfiance sans faille vis-à-vis du débraillé gallican.

L'île ne fut jamais aussi joyeuse que dans les premières semaines du mois d'avril. Les pluies de l'hiver, exceptionnelles, avaient lavé la terre et les arbres. L'eau, tel un fleuve, s'écoula parmi les plantes. L'odeur du jasmin mêlée à celle des orangers en fleurs se répandit jusqu'à la mer. Les hibiscus furent en avance. Il y eut un incendie de couleurs et les polygonums formèrent un épais rideau blanc qui dissimulait entièrement la maison. L'été s'étendit sur la campagne comme une marée chaude mais l'indiscrétion est le plus grand fléau de ce monde et les clones du mois d'août en apportèrent une fois de plus la preuve.

Depuis les premiers jours d'octobre, l'île a retrouvé ses droits et son temps ; lamentation des cigales, lézards, ciel aquarellé, vents d'ouest dominants, barques en bois, filets de pêche, et la mer, la plus belle du monde, redevenue ma piscine privée, la mer heureuse d'avoir retrouvé sa paresse millénaire, enfin épouillée du totalitarisme touristique et des obscénités estivales. Petite île, une vie en bleu et blanc, comme ses maisons, un soleil capable de ressouder les cassures du cœur et de gratter les plaques de rouille que laisse derrière lui le passage des saisons. Île qui cicatrise. Ça doit venir de l'air.

J'ai cessé de voir Lucrecia. Je préfère m'enfermer dans le temps comme dans un cocon, dans un temps qui ne se donne pas pour du passé, que je peux caresser, triturer à ma guise. Les souvenirs s'infiltrent en moi, me font du goutte à goutte, je vis sous perfusion. Il me suffit de regarder le dessin de Schiele et le miracle se reproduit. C'est exactement comme si je découvrais un livre, un livre ancien, introuvable, que j'aurais exhumé, un spectacle d'hier qui se passe aujourd'hui, que je monte à ma manière et que je visionne au ralenti.

Demain j'ai dix-sept ans, c'est mon anniversaire. Comme elle me semble loin l'époque où une nurse nue me donnait à domicile sa première leçon inaugurale au cours d'une séance mémorable. Elle vient d'avoir trente-trois ans, elle est au sommet de son art. On est en 1956.

Depuis deux ans, je me suis bien fait baiser. Noviciat terminé, débourré de mes manières béjaunes au cours de la première année par la maîtresse auxiliaire de mon inexpérience, admis à redoubler en seconde avec les félicitations d'un jury que l'on peut qualifier de partial mais incontestablement compétent, j'ai passé avec succès toutes les épreuves qui sont au programme de l'école communale de la rue de Palestro où j'ai notamment appris à gueuler salope à l'âge où l'on murmure encore maman. Comme t'es pas mauvais coucheur, tu pouvais pas échouer..., en a conclu M. Ange.

Un diplôme en appelle parfois un autre. À la grande joie de ma mère et ma grand-mère, ignorantes de mes heures supplémentaires effectuées avec Léo, je viens en effet d'obtenir le bac philo malgré une année érotiquement studieuse. De ses vas-y Milou tu l'auras, elle n'a cessé de m'encourager, n'hésitant pas à me frapper d'interdiction temporaire de séjour au Palestro. Faut rester à ta pension Milou je veux pas que tu te fatigues mon bébé on se rattrapera je te jure quand les mecs baisent trop c'est pas bon pour la mémoire je le sais je l'ai lu dans le *Reader's digest.*

Tellement fière Léo quand je suis reçu, tellement gentille quand elle s'en va répandre son émotion dans le quartier des droits communs du trottoir et des ligues de petite vertu, allant jusqu'à user du magistère immoral qu'elle y exerce et dont elle tire argent, influence et respect, pour organiser avec la complicité de monsieur Ange une soirée à l'hôtel de Palestro en l'honneur du bac de son petit mac.

La fête a lieu à la fin du mois de juin, un dimanche vers huit heures du soir, quand la plupart des filles sont remisées, avec l'institution par M. Ange d'un service minimum afin de ne pas laisser sur le pavé des clients esseulés et déboussolés par ce subit arrêt de travail.

Léo a décoré la pièce où vont se dérouler les festivités – la salle du bar de la maison depuis longtemps close – avec des guirlandes de 14 juillet, installé un électrophone, apporté ses propres disques, loué un piano because l'ambiance, et préparé un buffet avec des bouteilles de champagne qui contiennent surtout du mousseux, et puis de la bière et de la limonade pour les panachés, du pastis et de la menthe pour les perroquets, du Kina Roc et de la Suze, et des amuse-gueules aux rillettes et au pâté de foie. On a passé du blanc d'Espagne sur les fenêtres du rez-de-chaussée.

Pour avoir droit de cité au Palestro le soir où je fais mon entrée officielle dans le demi-monde, mieux vaut admirer le petit chéri de la dame, par exemple s'extasier à coup de si c'est pas un crime d'être mignon comme ça ou il est drôlement bien mis de sa personne. C'est son côté Verdurin à Léo. Elle exige que l'on soit béat d'admiration en face de son protégé. Mon bachot, c'est le sien, la Sorbonne qui s'annonce, la sienne. Et gare à celle qui oserait un compatissant celui-là, je le laisserais pas dormir dans la baignoire ou, pire encore, un concupiscent je lui taillerais bien une lance au petit, comme cela s'est déjà produit. La tête de gondole du Palestro déteste qu'on la mène en bateau, c'est toi qui vas te tailler ma grande et plus vite que ça ! Afin d'éviter de tels incidents et lancer des invitations appropriées, Léo pour qui cette fête revêt autant d'importance qu'un dîner dans le faubourg Saint-Germain aux yeux d'une mondaine proustienne, a donc fait appel à son « petit noyau » de fidèles, composé de quelques-unes des dignitaires du grand putanisme parisien. Réuni en conclave auquel j'ai assisté en tant qu'auditeur libre, le clan, sous la présidence bienveillante de M. Ange, a délivré ses investitures après des débats animés, tous tranchés par Léo, non pas celle-là elle fait mauvais genre monsieur Ange je veux pas de types trop macache bono bézèfe si vous voyez ce que je veux dire because que même s'il est pas bêcheur faut voir comment qu'y s'exprime Milou.

Le monde de Léo est fait de cercles concentriques. Le premier, celui des fidèles, se compose de Betty la rouquine, une glamoureuse, visage paysagé, corps exhaustif, seins superlatifs, bouche en cinémascope, *color by de Luxe*, qui se prend pour Rita Hayworth tout en chewingumant son ennui ; de Dora, une gode girl selon M. Ange, catin lesbienne pour qui l'homme n'est pas l'unique objet de son rentre-dedans, une blonde incendiaire et ultra-longue qui allume des brunes extra légères et refuse d'avaler la fumée du caporal ordinaire ; de Michou la femme Falstaff, fatale créature au cul shakespearien, le cul en soi, le concept du cul, véhicule blindé conçu pour l'attaque au sol, énorme et généreux, la peau grasse comme une matinée qui n'en finirait pas, en charge au Palestro des coups durs pour amateurs de boxe anglaise catégorie mi-lourds, annonçant à la cantonade et avec la voix de Stentor dans l'Iliade : pour les coups, mon minou, tu demandes Michou. Il y a aussi Yolande la pute Montmartre, dixit toujours M. Ange, parce qu'elle habite sur la butte et que la rumeur affirme qu'elle racole en murmurant à ses soupirants monte là-dessus et tu verras Montmartre, construction de type haussmanien avec imposante corniche moulurée en façade, jambes corinthiennes, bouche ouverte sur carrelage gris à joints rouges, joues en rotonde fardées à la chaux, chignon en rosace, pelage intact sous les aisselles, verrière double foyer légèrement ébréchée, et Sonia dite aussi Loulou à cause du casque de cheveux noirs à la Louise Brooks, très convaincante dans son noir de chauffe qu'elle expose rue Blondel mais qui ne peut faire une phrase sans y placer quelque part foi de morue, et bien sûr Neige dont le nom de scène a été trouvé par M. Ange – dans le civil, elle s'appelle Mercedes –, la meilleure amie de Léo, une négresse d'importation andalouse à la peau couleur d'iode et aux yeux d'épagneul, architecturée comme un palais mauresque. La reine de l'amour noir m'a prévenu M. Ange, hilare.

Lorsque j'ai fait sa connaissance, Léo m'a présenté en disant c'est un ami... Mais je me souviens encore du rire de Neige, de la tenue qu'elle portait ce jour-là et tous les autres jours en fait – des bas noirs accommodés d'un court métrage de tissus sur lequel s'égayaient des panthères – et de sa façon de chantonner « oh la menteuse, elle est amoureuse... » Enfin, toujours du premier cercle, Sultane, une Marocaine dont la circonscription se trouve rue Joubert dans le quartier des grands magasins, petite lionne de l'Atlas peroxydée, jupe *a minima* montée sur un maximum de jambes croisées si haut que l'on peut noter l'absence de toute autre matière textile, une façon insolente de vous menacer droit dans les couilles de ses yeux bleus en forme de meurtrières que M. Ange qualifie de modèles Smith et Wesson, et pourtant objets animés avec une âme à l'intérieur, sujets de réflexion et qui sait, affaire à suivre. Nous verrons, nous verrons.

Marcelle, dominatrice comme Michou quoique beaucoup plus courtaude, une dure en cuir aux seins tombés pour racolage endémique et aux allures inquiétantes de chef de gang, ressemble à un autoportrait de Frida Kahlo tant elle en a les sourcils, ce qui m'a terrorisé quand on me l'a présentée, mais est au fond d'une exquise urbanité. Quand elle n'est pas en sévices commandés, elle est charmante, constate M. Ange. Elle appartient au deuxième cercle. De même que la grande Rolande, chef-d'œuvre de l'expressionnisme allemand, un vrai Kirchner, surnommée Gueule d'enterrement. Elle fait dans le funéraire, ses ongles en deuil en témoignent, son chapeau à voilette noire aussi qui ne la quitte jamais même au lit car il a pour fonction de cacher l'excroissance située sur la paupière droite et de donner ainsi à ses clients, à l'instant où, bouleversés par la détresse de la veuve, ils perdent une grande part de leur vigilance, l'illusion d'un grain de beauté qui bien qu'insolite en ce lieu, leur évite de découvrir trop tôt la supercherie : la présence d'un compère-Loriot sédentaire mais hypocondriaque dès que sa propriétaire vous fait de l'œil. Membre du bas-clergé de la rue des Lombards, le tronc des pauvres, là où elle claudique et où avait habité Boccace, pute *honoris causa* blanchie sous le harnais, sociétaire honoraire plâtrée de partout pour accommoder les restes de son corps d'époque et tenter de masquer le score élevé qui s'inscrit à son tableau d'affichage, la grande Rolande est une respectueuse respectée. (Je l'aimais bien, elle savait tout de l'histoire du quartier et m'apprit que Blondel était l'architecte de l'arc de la porte *Shaint-Denis* – chuintement qu'elle tenait non point d'une improbable origine lusitanienne, mais de séjours prolongés chez un orthodontiste. D'ailleurs, comment pourrais-je l'avoir oubliée celle qui plus habituée à fréquenter des gens sortant de centrale que du petit séminaire, embrassait le demi-pensionnaire de la maison à la manière d'une tante de province en lui balançant sa vapeur : shi maintenant les barbeaux she mettent à avoir de l'inshtruchion...)

Saluons enfin mademoiselle Marthe. Fille plutôt rustique, formation petite Roquette et manucure de ces dames avec lesquelles elle est du dernier bien – sauf avec l'ancêtre qui pour des raisons allez savoir mais toujours est-il, ne cesse de répéter quelle petite shalope la Shardine –, c'est une intermittente de son propre spectacle qui, vu ses dimensions, cachetonne sous le nom de Sardine pour compléter ses pourboires officiels par quelques extra payés au noir, je mets tout à gauche, avec ce qu'ils disent dans les journaux, on ne sait jamais de quoi l'avenir sera fait, pas vrai monsieur Milou.

Parmi les invités, on aperçoit une fine moustache levantine arborée par un dénommé monsieur Gino Lazaridès. À ses côtés, une chemise ouverte avec vue sur chaîne en or, médaille pieuse et épaisse végétation arbustive arrosée d'une abondante sécrétion sudoripare appartenant à un glandeur répondant au nom d'Apo Brambilla. Chacun est affublé d'une potiche blonde chinée place Blanche, tous deux sont des relations du patron puisque cadres moyens dans l'exportation de spécialités parisiennes appréciées du côté du Liban. Ils côtoient un inspecteur de la mondaine, homoncule plutôt qu'être humain, replet macrocéphale boudiné dans son costume de coupe Belle Jardinière, yeux de fouine lubrique mais qui les ferme au Palestro car il en croque, des commerçants, le Chiche kebbab et le Familistère de la rue de Tracy, le Cuirs et Peaux de la rue du Ponceau, le Tout pour la Femme du boulevard de Sébastopol, le Petit Pot et le Quasimodo.

Gary, un ancien G. I., qui a fui les États-Unis quelques semaines avant d'être envoyé en Corée et que j'admire d'avoir déserté, vient de Louisiane. C'est une belle brute sans nuque au nez de boxeur et à la musculature en ébène massif, un parvenu de la queue depuis qu'il a monté son entreprise de service à domicile pour les dames en peine. Dragan le yougo classé pédé dans son pays par les titistes et reclassé fleuriste passage du Désir possède le don de mettre Léo en joie à chaque fois qu'ils se croisent : ah, maudite soit Notre-Dame-du-Palestro ! C'est dans ces cas-là qu'on regrette de ne pas aimer les femmes. Il est accompagné de monsieur Waldo, mandataire et couperosé, d'ailleurs talqué, le crâne en formica, le regard aussi imprévisible qu'une erreur d'aiguillage. Tout va de travers entre ses yeux qui se font la gueule, ne voient pas les choses de la même façon, ne s'entendent plus si l'on peut dire, et qui à force de regarder dans des directions opposées, ont fini par se séparer, par divorcer. Ce qui ne l'empêche pas de m'avoir repéré et d'avoir une fâcheuse tendance à me courir après. Dans le couple c'est Dragan qui fait le con, l'autre c'est la queue pensante, m'a expliqué M. Ange. *Ecce homo*, ai-je pensé en leur serrant la main comme si je leur présentais mes condoléances. Le bonheur, le plaisir, l'amour, ces choses vitales, ne peuvent selon moi procéder que des femmes. Je regarde Dragan et M. Waldo comme des extraterrestres mais sans aucune animosité. En vérité, eux aussi je les aimais bien ; comme moi, ils jouaient hors-jeu.

Il y a enfin des habitués, branleurs statutaires, désœuvrés conjoncturels, inactifs structurels, scientifiques du Paris Mutuel, chercheurs en 421, pétanquistes patentés, siesteurs professionnels, partouzards de la belote, experts auprès des zincs parisiens, flambeurs d'allocations familiales, tous attirés par la rumeur mais que Léo et ses collègues connaissent de réputation pour faire parfois chambre commune avec eux.

Comme je les vois bien tous et leurs petits secrets. Le timide avec sa tronche de grenouille pétrifiée : amoureux en secret de Betty, il fuyait au Palestro les odeurs conjugales de la cire encaustique, de la blanquette de veau et du bouillon de légumes cueillis avec amour dans le potager pavillonnaire ; le curé en civil identifiable au col romain dépassant de l'imperméable : préférant avoir affaire à ses seins qu'au bon Dieu, ne montait en chaire qu'accompagné de Neige, enfilait sa soutane dès qu'ils étaient dans la chambre, sabrait et goupillonnait, priait à la fin de l'extase pour le salut de son âme hélas bien trop membrée pour qui a fait vœu de chasteté ; le professeur de mathématiques : demandait systématiquement Léo et Yolande pour mettre en pratique la théorie des ensembles ; le contrôleur des indirects, chétif et glabre : tentait de retrouver son enfance en se perdant dans l'obésité gélatineuse de Michou ; le troisième ligne du P. U. C. : ne se mêlait qu'à Léo ; le couple de Cubzaguais (Saint-André-de-Cubzac, Gironde) : venait une fois par mois pour Dora, je fais madame, monsieur reluque, bobonne veut pas qu'il touche, pour moi c'est tout bénef. Enfin, le cas très spécial d'Aude Marie de…, une aristocrate épouse d'un ambassadeur à la retraite et relation du taulier, la quarantaine très rugissante – de la belle came disait M. Ange – et l'âme bien roulée – ça se voit dans les yeux –, qui passait une fois par mois au Palestro pour se faire prendre en sandwich par des représentants du Tiers-État. Très chère, avait-elle confié à Léo sur un ton qui fleurait bon l'église d'Auteuil, le Jockey club et un goût certain pour les attributs roturiers, quand j'étais chez les sœurs je rêvais chaque nuit que des sans-culottes me poursuivaient avec une lance, maintenant je me fais monter comme une jument de ferme par des manants. J'admirais la ferveur avec laquelle cette catholique pratiquante venait communier au Palestro avec une élégance dénuée de toute culpabilité. Et s'il y a un enseignement que j'ai tiré de ces années passées à fréquenter la société des claques, c'est bien que ses lois n'avaient strictement rien à voir avec celles de l'obscénité médiatique contemporaine.

Soudain, quelqu'un a crié la voilà !, à la manière dont on appelle au feu. Elle s'est mise en frais pour son mac, foi de morue, a murmuré Sonia.

La fée est là. Devant moi. Comme je te vois, aurait dit mon arrière-grand-mère. Aujourd'hui, c'est une image passée au tamis, mais elle laisse encore des éclats de rouge et de noir. Elle n'a pas changé. Esméralda années cinquante. Comme d'habitude, quand elle rentre quelque part, le temps se met au beau.

Elle porte un fourreau rouge sang qu'elle a spécialement commandé pour la fête. Il tranche avec la crinière et les immenses yeux noirs, accentue la couleur de sa peau de gitane. Pute absolue (comme on le dit d'un monarque) dans sa robe entravée, fendue sur le côté jusqu'au sommet de la cuisse à la manière des tuniques chinoises, remontant jusqu'au cou qu'elle enserre comme un collier de chien, libérant les épaules et les bras, décolletée dans le dos jusqu'à la raie des fesses – Elle pourrait quand même nous le mettre en veilleuse son tiroir-caisse, commente dans mon dos une voix inconnue. L'étoffe en est si légère, si fine, qu'à la manière d'un papier de soie enveloppant un objet précieux, elle permet de suivre sans loupe le modelé et les dépressions du corps, épousant le très léger renflement du ventre jusqu'au sillon de l'aine dans un lacis de pliures comme de minuscules griffes, décalquant le tracé des reins et des hanches, cernant au plus près l'écart de la croupe, découpant au millimètre l'endroit précis où les cuisses au faîte de leur puissance flirtent avec les premiers contreforts des fesses avant d'entamer leur longue descente vers les genoux, les mollets, les chevilles. Vision vertigineuse d'une chute panoramique comme celle que l'on peut admirer à Ronda, depuis la maison de Don Bosco, à côté de l'Hôtel Victoria où Rilke passa un long séjour. Nue, me souffle mon ombre, elle serait beaucoup plus décente. Mais j'ai pris goût à ses tenues de pute et c'est aussi comme ça qu'elle me tient. Sa Sainteté Pie XII ne lui accordera aucune audience en cette tenue, et tous les petits Jdanov qui commencent à pulluler partout vont la condamner au nom de l'art décadent. Ils ont tort : sa superstructure est aussi belle qu'un *Magnificat* ou une période de Tacite.

Moi, j'arbore le blazer bleu marine croisé à six boutons dorés – porté avec un pantalon de flanelle anthracite, une chemise blanche, un foulard gris clair à l'intérieur et des boutons de manchettes – qu'elle m'a offert pour mon bac chez Tom, boulevard Bonne-Nouvelle, et que je laisse chez elle de peur que ma mère ne le découvre. Nous sommes ridicules et magnifiques, comme les amoureux des cartes postales en couleur et surtout comme les jeunes mariés de la pièce montée qui trône sur le buffet, le cadeau que cet entremetteur de M. Ange nous a fait comme une bonne blague, fallait bien régulariser la situation petit.

Un homme au visage chevalin et aux oreilles découpées comme un charcutage électoral vient de faire son entrée au Palestro. De loin, il ressemble à un homme politique, de près, il a l'air d'un imbécile. Un sénateur, m'a averti M. Ange. Le genre à vous serrer la main du bout des lèvres. Il a été amené par Marcelle, son éducatrice anglaise des pognes de laquelle il vient de se faire corriger dans le bouge de la rue Quincampoix où elle émarge. Je l'ai tout de suite reconnu, car son nom m'est familier pour avoir lu dans la presse ses apologies hystériques en faveur de son complice, le sinistre Lacoste, et dernièrement un article contre deux militants du F. L. N. qui, grâce à cette bienveillante intervention, seraient exécutés quelques jours plus tard. Jeune homme, ce ne sont quand même pas des assassins qui vont nous dicter la loi. Comme l'a dit le Garde des sceaux, mon ami Mitterrand, l'Algérie c'est la France, il n'y a pas à chicaner là-dessus. Je décide de le surnommer Incitatus, le cheval que Caligula avait fait sénateur. Lorsque j'ai voulu le présenter à Léo, il s'est incliné en susurrant : mais c'est inutile, je connais Madame, j'ai si souvent entendu parler de ses œuvres... Je l'aurais volontiers giflé ce pitre social-démocrate qui, tel le marquis de Norpois, ne cessait d'avancer à la tête d'une armée de lieux communs. Les dés sont jetés, les carottes sont cuites pour Ferhat Abbas. Un visionnaire...

Qu'est-ce que j'ai pu l'aimer cette maison de plaisirs et d'évasion où la dérision et la transgression de l'ordre établi régnaient en maîtres, ce monde non conforme, en marge, à la Brassaï, tellement plus vrai que l'autre. Chacun se souvient de ce mot prêté au cardinal de Bernis : « Si je préfère aller au ciel pour son climat, je préfèrerais l'enfer pour ses fréquentations. » C'était tout à fait ça. Cercle du grand jeu, coulisses du temps, vies parallèles, brèves rencontres, théâtre d'ombres, lois implacables de l'échange, transactions, dessous des cartes du jeu social, mécanique des femmes, agrandissements du réel, littérature vivante, précise, efficace, au scalpel. Ni libertinage pour dix-huitièmistes recyclés dans la prose propre sur elle ni érotisme de salon mondain pour crétins soi-disant cultivés – le mot érotisme, c'est moi, à dix-neuf ans, prétentieux et pédant comme pas deux qui l'ai appris et expliqué à Léo, ah bon Milou je fais de l'érotisme qu'est-ce que ça peut faire comment que ça s'appelle t'es content Milou que je fasse comme tu dis... Monsieur Jourdain sur le trottoir... – mais de l'érotisme pornographique, frontal, pur, direct, Degas et Picasso en étaient les anges gardiens, du sexe, de la sueur, aucune larme, le système nerveux du système, michetons, entôlage, condés, rafles et comptées... et moi, nourri dans le sérail... toujours aussi bon public, fasciné par ce temple des écarts de conduite qui s'ouvrait devant moi... eh, viens par ici la vedette, touche-moi ces biscoteaux, toi t'es vraiment un sacré artiste ! Fouteurs et foutues, tout le gratin du demi-monde me saluait. Je crois, je suis sûr, que je n'ai jamais été aussi heureux.

Et d'abord, grâce à M. Ange qui constituait le centre de gravité de ce monde de femmes légères. Pour moi, il est à jamais figé dans un vieux fauteuil Voltaire, une Balto aux lèvres et Sardine à ses pieds, le visage collé contre ses bottines en lézard. D'ailleurs, je me souviens que cette scène, contemplée par la tribu du Palestro, me faisait irrésistiblement penser au tableau de Véronèse, *Le Repas chez Simon*. Chef d'un personnel qu'il souhaitait licencieux, il exigeait de lui des tenues de péché de rigueur. De vraies maîtresses de maison, ajoutait-il, sept en équipe de jour, huit en équipe de nuit, et trois le matin pour faire les mandataires, dans ce métier de cons faut pas avoir peur de mettre le cul dans le cambouis.

La soixantaine, comme le sénateur, il en paraissait dix ans de plus. D'une taille immense qu'il arrivait à atténuer par la voussure exagérée du dos, une gueule de mélodrame, un profil chantourné de carbonaro de cinéma, le portrait rectifié par l'usage immodéré de la fine, la peau ravinée et jaune dans des tons sans doute accordés à son foie, voix de basse russe, école de Chaliapine mécénée par la Régie Française des Tabacs, un regard de gypaète dissimulé derrière des lunettes en écaille, un sourire en or quand il ouvrait la bouche, coiffé avec une raie au milieu de cheveux gris cimentés à la brillantine, une maigreur de mourant noyée dans un costume couleur anisette, chemise de percale noire, cravate blanche entaillée au centre par une épingle en forme de lame de rasoir qui lançait dans l'ombre et à hauteur du plexus solaire des reflets d'acier, ongles et mains amoureusement soignées par Sardine, chevalière à chaton d'ivoire arborée à l'annulaire droit et qui, lorsqu'il tendait la main vers vous, prenait des airs d'anneau épiscopal, l'ancien des brigades internationales, nostalgique de ces années-là, s'était reconverti dans les affaires après avoir vendu son âme et le vague qui allait avec. Ruiné, n'ayant pu sauver que sa conscience pour soi et une promesse de cirrhose, il avait enfin trouvé son importance dans les bas-fonds de la ville et le marketing de l'entôlage.

Comme avec Léo, j'avais réussi mon opération de séduction, M. Ange s'était pris d'une grande affection pour moi et m'aurait bien vu reprendre la succession de son immeuble de rapports. Avec l'esprit de finesse qui constituait l'apanage de son milieu (on me pardonnera ce terme polysémique), il me délivrait ses conseils : elle t'a dans la peau Léo, mais fais gaffe, bousculée comme elle est, faut la mener à la braguette... t'as intérêt à être doué du surin... cette semaine, elle a encore battu le record des ventres... elle mène un sacré train de vits… pas un seul tricard entre ses cuisses. Et n'oublie jamais qu'avec elle, c'est à la queue du client... d'ailleurs quand elle entend le mot queue, elle sort son porte-jarretelles !

Non, mes dix-sept ans ne furent pas ceux des autres.

Lorsque M. Ange s'emparait du pouvoir, c'est-à-dire en ce temps-là de la parole, l'assistance devait se taire. Il promenait sur le monde un regard permanent de dérision et d'ironie, philosophant sur le verbe être qui se fait toujours avoir. Il avait vu tant de choses... Après avoir été élevé chez les frères marxistes et trahi par Léon Blum – tous les mêmes les socialos, petit, n'oublie jamais... le sénateur c'est autre chose... ami de jeunesse... t'inquiètes pas, avec la Marcelle il émotionne... je m'en sers, je manipule... –, il s'était rangé de la révolution permanente grâce à des maîtres à penser beaucoup plus civilisés : Rabelais, Cervantès, Henry Miller qu'il me fit découvrir, Céline et... Pierre Dac. Il y a des choix plus contestables. Les calembours, les contrepèteries, les à Beaumont le Vicomte ou la femme folle à la messe, constituaient sa passion. Tous les jours, m'avait raconté Sardine qui ne consultait qu'en matinée, il garait son Oldsmobile noire devant l'hôtel et lançait à la cantonade : Je vous salue ma rue pleine de garces... Il tutoyait un prix Goncourt qui adorait concourir avec Neige ou Betty ou les deux en même temps, plaisantait avec un acteur très camé et très beau, marié aux yeux les plus célèbres du cinéma de l'époque mais qui préférait les mains de Michou et les coups qu'elles lui administraient, saluait d'un Votre Éminence ostentatoire un cardinal qui deviendrait célèbre dans le quartier. Et puis c'est grâce à ce patron de bordel, ancien anarchiste ayant combattu du côté de Teruel et satrape sur les bords, que j'avais découvert côté porte Saint-Denis, un inédit pornographique de Radiguet, intitulé *Ébauches* qu'il déclamait à la manière d'un vieux cabot :

En jupe culotte un soir à Joinville
Vénus la salope m'a sucé la bite
Son joli chignon en papier doré
me faisait bander comme un cuirassier
Puis nous nous branlâmes le con et la trique
attendant un tram pour la République.

J'avais eu droit à un clin d'œil du genre tu la connaissais pas celle-là.

Parfois, il se laissait aller à parler de *sa* guerre, j'ai croisé El Campesino, Lister et Modesto, tout le gratin de l'armée républicaine… Que cet homme ait connu les plus grands héros de la révolution espagnole me rendait jaloux et mélancolique. Je m'identifiais à lui comme je l'avais fait avec Don Quichotte. N'était-ce pas au fond la même personne en chair et en os que j'avais sous les yeux, l'un de ces hommes qui passent leur vie à combattre des moulins ? Ensuite, ses souvenirs partaient vers Barcelone, l'anarchie petit, la vraie, quelques semaines au pouvoir, ça tu sais on ne s'en remet pas, et les plus belles putains du monde, le feu au cul, des bombes même sous les bombes... tu peux pas imaginer... toi je te connais, défroqué de mes fesses... t'aurais adoré... Mais après m'avoir fait ses confidences, ce barbeau qui ne brillait qu'aux échecs de sa vie, se reversait un verre de fine qu'il arrosait de ses regrets.

Tout cela bien sûr se passait plusieurs siècles avant la civilisation Vivendi.

Maintenant, nous dansons sous le regard attendri des putes regroupées dans la salle capitulaire du Palestro. J'ai grandi depuis deux ans mais je n'arrive toujours pas à la dépasser à cause des talons aiguilles. Je me revois observer un cochon de payant, profil baconien plutôt que botticellien, le visage persillé par la petite vérole, caressant la porcine pensée de savoir combien lui en coûterait d'aller frotter son groin entre ses seins, et je me sens aussi fier que le roi Caudaule exposant la croupe de Lucrèce, son épouse, à la vue de Gygès, son Premier ministre. Mais Léo m'a appris à me tenir et malgré ses manières de mettre ses actifs en valeur, je peux me mesurer à elle pendant des heures, lui témoigner autant d'admiration qu'au premier jour, je ne me laisse plus aller comme cela s'était produit au Rêve.

La fête prend ensuite un tour plus galant. Des conversations sont lancées, un essaim de sujets grivois survole la salle aussitôt rattrapé en vol par des oiseaux de proie perchés sur des tabourets. Des cols se déboutonnent, des cravates se dénouent, des escarpins s'affranchissent. Les robes se font plus courtes, les sous-vêtements, routiniers, sous-entendent. Des mains partent en promenade puis s'entretiennent en aparté avec des seins, des yeux vous font du pied, des épaules se dénudent qui accueillent des sentiments qui s'épanchent, les fauteuils défraîchis s'affaissent un peu plus sous le poids des arrière-pensées, bulles de bandes dessinées pornographiques incrustées au-dessus des visages. Dora remonte des toilettes où elle s'est refait une beauté – rustines de poudre là où perçait la rouille – et une ligne. Aude Marie vient de mettre la main sur Gary, très cher, n'auriez-vous point un camârâde à qui j'administrerais une fellâation pendant que vous flanqueriez une correction bien méritée à la vilaine fille que je suis.

L'ordre règne au Palestro, les verres à cognac ont des rondeurs callipyges et le champagne un goût de débauché.

On se trouve justement avec deux filles allogènes sur les genoux – bonnes d'enfants en uniforme qui ne demanderaient pas mieux que de vous prendre en nourrice –, flattées de toucher un produit frais des écoles chrétiennes et qui questionnent sur les mystères de l'alphabet grec. Celle que sa consœur appelle la Baronne et tète un fume-cigarette entre ses grosses lèvres mais qui vous a serré la main en vous murmurant à l'oreille je suis le passage du Caire, passe me voir un de ces quatre, tu verras je suis très cochonne, tout en frottant son annulaire – mulot vivant agité d'un tic nerveux – dans la paume de votre main droite, s'amuse, tandis qu'elle écoute vos explications, avec votre foulard, y enroule un doigt, chahute le nœud, le flatte, l'extrait du col, finit par le défaire, laissant s'épancher l'étoffe telle une tache grise sur le blanc immaculé de la chemise. On conclut l'exposé, on s'ébroue, on se rajuste, on renoue le foulard. Il faut en garder sous le coude, on ne sait jamais, si Aude Marie de... Non c'est Betty. Qui invite à danser – tu permets que je te l'enlève, a-t-elle demandé à Léo tout en mâchonnant sournoisement sa gomme. On constate que les mouvements circulaires du bas-ventre de la rousse vous ramènent au stade du cervidé, on cherche à s'extraire d'une réflexion flamboyante sur le mystère des cons roux, on ressent quelque chose qui s'élève du plus profond de soi, sorte d'oraison dithyrambe, manifestation qui enfle et qui grossit, on frise la confrontation quand l'abondance de Betty s'épand et qu'une bulle rose sort de sa bouche puis explose, *è pericoloso sporgersi*, on disperse la manifestation pour ne pas enfreindre le règlement édicté par Léo au risque d'engendrer son courroux. Quelques semaines auparavant, par inattention et mégarde, j'avais eu une pensée touchante pour Sonia et la sentence était tombée aussi vite que ma main se retirait de l'endroit qu'elle n'avait fait qu'effleurer : te gênes pas mets-lui la main au panier pendant que t'y es je te préviens avec moi c'est tous les œufs dans le même panier.

Puis on se met au piano, on improvise un slow sur le *Panis Angélicus* de Caplet tout en observant le spectacle des invités qui commencent à traîner des pieds sur le sol de comblanchien improvisé en piste ; d'une catin cuitée qui titube au bras d'un étonnant vieillard vêtu de blanc surnommé l'Amiral, le visage poupin, le regard lorgnonneux, coiffé d'une casquette immatriculée Ricard, les mains d'une incontestable verdeur mimant comme un gamin à l'aide d'une badine, le geste du jockey au passage de la rivière des tribunes ; de Yolande ébauchant un strip-tease devant les yeux du flic homoncule, espérant ainsi le retour sur investissement ; de la grande Rolande, qui au bord du krach a déposé sa tête et son bilan sur l'épaule du Chiche kebbab. Mais le plus déconcertant de tout, lorsque l'on a encore l'âge d'être déconcerté, c'est la vision de Léo qui a trop bu et qui danse avec Neige, lui parle à l'oreille comme si elle négociait quelque chose en secret, puis bécote sa collègue avec un regard d'enfant voyou se préparant à faire une bêtise.

Ce qui va suivre est à déconseiller aux bons apôtres des plaisirs minuscules. Monsieur Ange, toujours très en forme vers 1 heure du matin, vient de me dire : Œdipe, y a ta mère qui te demande à la 8 ! Les ordres de Léo sont des désirs : je fonce au deuxième étage. Quelques adjurations – Bourrez-moi tas d'ordures ! – provenant de la chambre 10 confirment qu'Aude Marie de… a fini par trouver une autre paire à son pied. Grâces lui soient rendues !

Et Léo ? Veut-elle innover en ce jour particulier, est-elle impatiente de fêter mon bac à sa manière dans sa livrée d'apparat ? Ce que je découvre va enrichir mon iconographie païenne et me permettre de comprendre à quoi se livraient les héroïnes saphiques de Proust, Albertine et Andrée, dans le dos du narrateur. J'ai beau idolâtrer Proust, je n'allais quand même pas aller me plaindre au directeur simplement pour faire comme les officiers présents au Grand Hôtel de Balbec. Le plaisir n'est jamais avare de nouvelles fréquentations, même si face à cette audience de flagrants délices, je tiens plutôt le rôle du cardinal de Bernis à Murano, témoin de deux fées étranges : des carmélites se livrant à un dialogue d'un genre particulier.

Gomorrhe sur Scène ! La chambre est sombre, le noir de la chair de la négresse aux bas noirs s'imprime sur le fond noir d'un décor funèbre autant que religieux ; Neige se trouve en position de mère supérieure, Léo, en seconde, célèbre ses fesses. Toutes deux troussées jusqu'à la taille, elles ne forment plus qu'un seul corps, se livrent à des buccalises, se lapent de conserve, s'emboîtent, suent une même sueur, exhalent une même odeur, bref, se contentent, cependant que trop occupées à approfondir leur relation bilatérale et sa langue vernaculaire, elles font semblant d'ignorer ma présence, me donnant même l'impression de s'en contrefoutre tant elles offrent le spectacle d'un organisme cohérent comme un bloc-moteur à quatre bielles, double corps horizontal inversé.

Tout indique que je ne suis pas invité à un bal de débutantes ni à une séance de décrassage et si j'en crois les yeux de Neige, Léo sait faire jouir ses relations. Du tout bon pour un expert en propositions alternatives. Ému aux larmes par la façon dont ces ouvrières du sexe accélèrent leurs cadences infernales dans un univers livré à la seule logique de l'industrie érotique, incapable de résister à cette double contrainte par corps et sentant monter en moi la bosse du commerce trilatéral, on comprendra facilement que je m'étais retrouvé dans la position de l'homme de paille qui, s'enflammant au contact de deux étincelles, n'a d'autre ressource pour éteindre le feu que de se jeter à l'eau.

C'est alors qu'interrompant provisoirement leur congrès pour se déshabiller entièrement et daignant enfin considérer le quartier de la chambre où je m'étais consigné, elles me font signe de les rejoindre pour interpréter Arlequin serviteur de deux maîtresses. C'est pas parce qu'on est bachelier qu'on connaît la règle de trois, déclare Neige qui manie volontiers l'apophtegme. Elles retirent mes vêtements comme on le fait avec une poupée ou un petit garçon que l'on va mettre au bain. Et voici que ces immorales institutrices me meulent, me lustrent et me lessivent, me taillent à leur démesure, m'haranguent et me harcèlent d'abrasions harassantes, m'enseignent l'art de passer sans effort d'une langue à l'autre et de songeur à devenir rongeur, m'apprennent à dévorer le sein noir après avoir mangé le sein blanc, et comment s'arrimer au harem et comment renverser des alliances et comment se défaire et se reconstituer comme une ligue dissoute et comment faire cohabiter un serpent, une chatte et une chienne et comment s'emboîter comme des poupées russes et faire surgir un brelan d'as avec un valet de cœur et une paire de dames. Déesses divines m'accueillant dans leur empyrée, jamais dieu sans trois c'est l'évidence, d'autant que si l'on ajoute les glaces, on est au moins trois douzaines dans la chambre.

Oui, quelle fresque de frasques – destructuration des corps, synalèphe des membres, synéchie des peaux, influence nettement cubiste – nous formions dans les miroirs de la chambre 8, Rachel la Juive, Mercedes la négresse espagnole et moi le petit blanc catho par ces chiennes écrasé.

Léo donne le *la*, Neige est en sujétion, l'une et l'autre étant parfaitement bilingues. Une blanche, une Noire, une principale, une relative, un joli domino, une rivalité de clichés, deux grandes artistes de variétés, à tu et à trois, ô trois que j'eusse aimés... *Ladies and gentleman !* Deux fées au feu, deux reines dans mon jeu. Un pour toutes et toutes pour un. Trilogie au Palestro ! L'amour en trois dimensions ! *Three for* tout ! À trois que la guerre des sexes est jolie... Légèreté... Fluidité... Sainte Trinité... Sonates à six mains, soupirs, silences, demi-soupirs, trois-huit, enchaînements harmoniques, placages d'accords parfaits, variations de tempo, diminuendo, allegro, staccato, con brio. On s'allonge, on s'associe, Neige est très à cheval sur les bonnes manières qu'elle érige en principe de fer dès qu'elle s'amuse à être mon surmoi, Léo en voisine du dessous entretient des relations étroites avec sa collègue, on roule dans l'herbe, en plein dans l'enfance, on a dix ans, quel beau pique-nique, figues juteuses et sucrées, youkaïdi youkaïda, sautez, dansez, embrassez qui vous vous voulez, la vie coule à flots, on joue double-jeu, triple-jeu, on est complètement hors-jeu, nom de Dieu quelle partie, je taquine mes muses, j'offre mon corps à leur médecine, il court il court le furet, le furet du bois des dames, il passera par ici, il repassera par là, c'est une partie mémorable, arbitrée par leurs élégances verbales, retransmise aux murs et au plafond. Visiblement satisfaites de mes services, elles me confèrent le grade de maître de cérémonie – mon rôle consistant à placer le dispositif en trio opérationnel pour le tableau final. Entremetteur pris entre deux feux après avoir joué les pique-assiettes et les lemmings lubriques dans la moussaka musquée des moniales endiablées, je m'incline vers Neige de nouveau en conductrice du bal affectée au bon plaisir de Léo et que j'ai décidé d'appeler Laure – celle qui servit de modèle à Manet pour le rôle de la servante de *L'Olympia.* Le corps effilé comme une levrette de race, cambrée comme un accent circonflexe, les cuisses puissantes, le sexe crépu et saturé d'épices, un goût de noir amer et d'ibérique moiteur, elle jouit déjà de l'estime de sa consœur tout en lui manifestant la sienne cependant que Léo m'adresse une supplique d'une voix presque inaudible, une voix d'étranglée, c'est une surprise elle est à toi mon amour, reprise derechef et en canon mais dans la version du codex, moins lyrique, plus scandée, negro-spiritual plutôt que valse viennoise, oui enfile-moi salaud, par la sombre hétaïre en faction entre ses jambes. Légitimé par le pouvoir en place après avoir enregistré ses dépôts de plaintes, cravaché par un noir désir et un dessein qui ne l'est pas moins, je monte les gamahuchées l'une contre l'autre, on s'enfourche les langues, ça pompe et ça pistonne, on s'empile, on s'agglomère, elles se mettent à gueuler, écoulent leur débit amoureux, cantilène interminable, m'injurient d'amour, me crachent leur démence au visage, vident dans mes tympans fous leurs ordures putassières jusqu'au moment où poulain palpé sur ce champ de foire d'empoigne, je prends la place du Maure en m'immisçant dans le musée de la mousmé qui n'est plus dans Léo mais est toute où je suis. Et de même que sur l'un des trois panneaux de *la Bataille de San Romano* peinte par Paolo Uccello, on voit Micheletto da Cotignola brandir son épée sur un cheval sombre et cabré, on peut admirer sur les murs de la chambre un gamin tellement excité qu'il en délaisse sa première femme pour jouer gagnant dans la deuxième, enfourche son dada, l'éperonne et l'étrille, imprime le coda, s'indexe sur les ruades de la négresse qui se met à danser la conga, règle sa course sur la sienne, éventre le corpus Neige par le revers de sa médaille comme un barbare pénétrant dans Carthage, s'ingère dans le continent noir, se livre à la curée de la croupe espagnole du Palestro au rythme de son *black bottom* syncopé, fanatisé par les diphtongues dénuées de sens, les *caramba* démesurés, les *hombre* sauvages, le tout sous le regard édifié de Léo, s'apprête à déposer pour la première fois et dans le consentement mutuel, ses œufs dans un autre panier, s'enivre de vitesse, va de l'avant, fait machine arrière, ralentit au bord du gouffre, repique de plus belle, enfonce le clou, exécute sa semence avec férocité, injecte sa colère blanche à sa subrogée tutrice – prends-en de ma mauvaise graine, chienne andalouse, avait-on in pettisé –, pulvérise tous les records de félicité, s'écroule en franc-tireur, se love entre les tribades comme on s'insère entre parenthèse, en paix avec lui-même et en accord parfait avec le mauvais genre du féminin pluriel. On est à l'écart du monde, protégé par la chaleur des femmes, sanctuarisé. On se prend pour Icare au sommet de sa course, on est un oiseau de proie, un Milan royal. La vie n'est pas ailleurs, putain quelle beauté.

Maintenant Léo me serre dans ses bras. Elle a oublié les commentaires de ma nourrice auxiliaire, dis donc y fournit ton gigolo, et tout ce qui n'est pas nous. Elle me murmure à l'oreille : je te jure croix de bois croix de fer si je mens je vais en enfer c'est la première fois je suis toute chamboulée tu sais je suis pas une gousse comme Dora j'aime pas faire le ménage à trois avec les clients fais gaffe l'espingouine et moi c'est pas du kif tu piges va jamais la sauter sans moi Milou because tu verras le barouf tu me garderas toujours Milan t'as une peau douce comme les filles. (Léo m'appelait par mon prénom à chaque fois qu'elle sentait battre le cœur du temps.) Dans ses yeux écarquillés, excités par une curiosité de toute petite fille, je me souviens qu'il y eut à cet instant un je ne sais quoi de mélancolie et d'évanescence, quelque chose de Watteau dans cette sacrée putain qui venait de m'offrir la plus extraordinaire des fêtes galantes.

Décidément, rien ne ressemble à la vertu comme un beau vice. Mais c'était au Palestro, près du faubourg Saint-Denis, dans les jardins de l'enfance.

De l'île, je peux les voir rentrer à pied. Il est au moins trois heures du matin. La Porte est tout illuminée. Ils s'engouffrent dans le faubourg, remontent vers le nord en direction des gares ferroviaires. S'installe alors une pénombre dramatique que la lumière des cafés éclaire juste assez pour donner aux passants des silhouettes de fantômes, et au passage du Prado une allure inquiétante de grotte secrète. Ils se tiennent par le cou, s'embrassent, un peu ivres encore. Il lui relève sa robe, insatiable, lui dit qu'il voudrait la mettre à genoux, là, dans la cour du Central, et pourquoi pas sur le ring. L'artiste commence à n'aimer l'amour que lorsqu'il est peint sur une toile de fond. L'imagine nue sous un peignoir de boxeur, lui demande de retirer sa culotte. Elle rit, obéit, s'échappe en agitant le petit bout de chiffon comme un drapeau blanc tout en continuant d'improviser Bac mon petit mac a son bac sur l'air de *Vous qui passez sans me voir*. Et lui ne cesse de répéter : comme elle m'aura gâté !

Mais soudain, juste en bas de chez Flo, sans prévenir, quelque chose comme une coupure de courant dans son cerveau, une douleur fulgurante, l'envie d'en finir avec toutes ces épreuves, de dormir chez sa mère, d'aller voir ailleurs… Une immense lassitude, la fuite du présent et Léo avec un visage de futur antérieur. Plus que tout, il voudrait être seul.

Comme s'il était possible que l'on n'aime plus Léo. Mais non, je plaisante. D'ailleurs regardez, cette idée est si rapide – simple sédiment, dépôt sans nom, infection différée – qu'on l'oublie aussi vite qu'elle est apparue.

IV

DÉGRADÉ D'OMBRE

Sur l'île, depuis des mois, la sécheresse a repris position. À observer la vitalité des pins, l'insolence des agaves, la floraison ininterrompue des bougainvilliers, elle aurait tort de se gêner. Le ciel est désespérément bleu, l'air immobile, la mer sans une ride. Tout semble encalminé.

J'ai de plus en plus la certitude d'avoir endossé deux vies dont l'une qui ne serait pas la mienne – le temps vécu par un autre, une insulte à la règle de concordance – et d'où l'on a un point de vue différent sur le monde. Pas un instant de cette vie dont je me sente encore propriétaire. Simple usufruitier d'une existence qui ne m'appartient plus, je ne dispose d'aucun droit de jouissance, ce qui est en contradiction formelle avec tous les grands principes juridiques, comme si, en matière de bonheur, la mémoire ne valait pas titre. Je ne suis plus que la victime des actes qui marquèrent ces années, le jouet des événements qui s'y produisirent. Et en même temps, l'auteur des écarts qui les firent basculer.

Il faut savoir terminer un rêve. J'en ai assez. Je n'en peux plus de Milou. Il a pris trop d'ascendant sur moi. Il m'épuise avec ses certitudes, ses inestimables trésors cachés en lui-même, sa longue vue et son microscope pour ne regarder que lui. Qu'y puis-je s'il a passé sa vie à accumuler des moments perdus et que tout est parti en fumée ? De toute façon, Léo c'est pas moi, c'est lui.

J'ai envie de retourner là-bas, quelques jours au moins, d'aller cuver mon encre ailleurs. Il n'y sera pas, j'aurai la paix. Je veux en finir avec lui, avec elle aussi. Ils détournent ma vie, ils sont tout ce que je ne suis pas, tout ce que je ne suis plus. Leur tableau m'ennuie, Egon Schiele me soûle, je ne peux plus les voir en peinture. *Non voglio più servir.*

Pour tout arranger, je viens de perdre la guerre du Péloponnèse. Pire qu'une défaite, une catastrophe, de celles qui ne font pas la une des journaux télévisés mais qui moi, me laissent désemparé. Le tome 3 de mon vieux Thucydide publié sous le patronage de L'Association Guillaume Budé aux éditions *Les Belles Lettres,* les seules à proposer en face de la traduction de monsieur Raymond Weil, le texte dans sa langue d'origine, envolé, disparu !

Je quitte donc mon île, assez inquiet, et je me retrouve un jeudi après-midi de l'automne 1999 sur le pavé du boulevard Poissonnière en face de la librairie Gibert Jeune, ce qui n'était pas prévu. Mais toutes les vraies librairies que je fréquentais avant ont été remplacées par des nourritures bien plus terrestres. Armani à la place de Dante, Dior à celle de Pascal, Spielberg à celle de Lichtenberg. De quoi se plaint-on ? Seuls de mauvais esprits affirmeront qu'ils n'ont jamais connu d'époque manifestant une telle haine de la littérature. Je te salue donc Gibert, jeune et vieux, haut lieu de résistance. Dans le fatras des piles, dans la poussière des rayonnages, au milieu de vendeurs en blouse qui ressemblaient tous à Jules Ferry, j'ai trouvé ce que j'étais venu chercher.

C'est au moment où je ressors avec mon hellène en poche que je fais ce que je m'étais toujours interdit : je me dirige vers la rue Saint-Denis. Je ne devrais pas y retourner, plus loin, il y a la rue de Palestro. Depuis près de quarante ans, ce nom est tabou entre moi, ce quartier je l'ai rayé de ma mémoire. Sur l'île, c'était autre chose, je parlais sous la contrainte d'une idée fixe. Et puis les moments perdus, ça va sur le papier ; en vrai, ça tient du pèlerinage morbide. Heureusement, cela n'a aucune importance, le théâtre a fermé ses portes. L'agitation dans le quartier est toujours la même mais le prêt-à-porter et la connerie humaine ont tout balayé, les forts des Halles, les mandataires, le peuple. Et il manque quelque chose : les actrices, chassées par la spéculation immobilière, ont presque toutes disparu. Disparues les baroudeuses en tenue de combat, les sentinelles en faction, les employées municipales à la lubricité publique. À leur place, des corps dégriffés, rosses et haridelles, d'anciennes plantes pourries sur pieds. Où sont-elles donc les belles racoleuses, les tendres branleuses, les jolies fouteuses ? Évanouies les fées. Les fiancés ont vieilli, les machinistes sont partis ailleurs. Prospéro peut triompher, la grande récré est terminée.

C'est la lumière particulière de cette journée qui guide ma mémoire. Elle éclabousse tout de son éclat sinistre. Le temps est incertain, des nuages noirs règlent leurs comptes, le ciel hésite entre présomption d'innocence et culpabilité. Finalement, c'est un non-lieu. Naturellement, il n'y a plus d'hôtel de Palestro. Il a été transformé en immeuble de bureaux. D'ailleurs, il n'y a plus d'hôtel nulle part. Rien ne reste de ce quartier glorieux de bars louches, de théâtres, de temples et de palais dédiés à l'amour. Personne ne vous dira qu'il y avait là un empire qui autrefois étincelait des yeux de ses femmes. De tous les côtés, on démolit. Des bulldozers défoncent la chaussée, des grues jaunes surveillées par des hommes casqués font le trottoir. Le plus vieux métier du monde résiste à tout sauf aux promoteurs. Un spectacle aux décors surannés défile devant mes yeux, le troisième étage, la chambre 13, le dessus de lit, les glaces, les cantonnières aux fenêtres, M. Ange à son guichet livrant ses aphorismes, le va-et-vient des filles, le ressac des hommes, la démarche de Léo, l'amabilité de ce temps-là, mais je n'arrive pas à en reconstituer le son.

J'ai décidé de ne plus aller dîner chez Flo ni de remettre les pieds rue Martel, place du Guatemala ou dans la cour des Petites-Écuries. J'ai trop de respect pour ma mémoire.

La circulation dans la rue Saint-Denis a changé de sens, elle remonte vers le nord. Tout un symbole, aurait affirmé Milou. Le Quasimodo n'existe plus, les dépouilles de *France-Soir* sont enterrées Dieu sait où, *Paris-Presse* flotte dans le temps, *l'Huma* a perdu en finale contre Macdo, le vendeur du *Monde* à la criée, ce personnage qui ressemblait à Voltaire et circulait entre les voitures et les insultes des fascistes – *Le Monde Le Monde*... bonjour Monsieur... et bonne journée... –, se trouve, je l'espère, au paradis des vendeurs de journaux, le Chiche kebbab de la rue de Tracy a été remplacé par un cybercafé, le Familistère par un sex-shop – en vérité, il y a des centaines de sex-shops et de peep-shows là où il y avait les plus belles filles du monde et où s'édictaient les canons de la chair. Des humanoïdes viagrent à leurs occupations ou rampent à l'entrée des cinémas avant d'aller y somnambuler, des bécassines liposuccées vont se faire enculturer sur le plateau Beaubourg. La douceur de vivre est à jamais en saison creuse, l'hystérie en rupture de stock, la crétinisation remporte un succès mondial.

Bienvenue à Pavlopolis, faubourg du néant, dans les jardins du vide !

Je retourne vers la Porte. Brusquement, je *le* vois. Devant le Petit Pot qui est devenu le Petit Pot Saint-Denis. Je cours pour le rejoindre. Il va plus vite que moi, normal, il est plus jeune. Il entre, s'installe à la terrasse, commande un Paris beurre et un demi pression, se plonge dans *La Guerre du Péloponnèse*, souligne un passage dont il ignore qu'il est prémonitoire : « Ceux qui étaient les moins capables de pensée n'en avaient que plus de force. Sachant leur nullité et l'intelligence de leurs adversaires, ils avaient peur d'être vaincus par leurs discours ou par les artifices de leur esprit, et se portaient hardiment à l'action, tandis que les autres, persuadés qu'ils sauraient toujours prévoir à temps, et qu'il n'était pas besoin d'agir là où il suffirait de penser, demeuraient découverts et succombaient. »

Il a dix-huit ans, on est en 1957, la guerre d'Algérie monte en puissance. Je regarde son visage, cette innocence, cette perversité, ce sourire insolent en permanence accroché aux lèvres qui semble dire je ne suis pas avec vous. (Je note tout.) Je voudrais lui parler mais nous sommes comme deux sabliers réglés différemment, deux fioles en verre mal assemblées. Notre mesure du temps n'est plus la même. D'ailleurs il m'observe comme si je venais du futur. Il ne me reconnaît pas. Pourtant, c'est émouvant d'être là, assis à ses côtés. Il y a si longtemps que je n'ai pas été aussi proche de lui. Il pourrait être mon fils ce jeune homme qui est encore mon maître.

Je connais sa vie par cœur. Elle n'est faite que de moments somnolents dans le parfum du désœuvrement des jours, d'éloges de la paresse aux terrasses des cafés, d'études de physique à l'académie de billard du boulevard de Strasbourg en face du Scala, d'exils prolongés dans les librairies du quartier latin et de parties de poker et de 421 – nénette, deux as trois secs, rempot – avec quelques cadors calamistrés dans le bureau de M. Ange où il est « Milou le milanais », comme le présente sans rire le taulier. Il y perd tout ce qu'il veut mais il peut observer Léo vaquer à ses occupations, monter l'escalier en lui faisant un clin d'œil à travers la vitre du guichet des encaissements pour la prestation hôtelière. Certains jours, à l'heure du coup de feu, il se surprend à surveiller ses comptées, calculant combien d'ébats elle devra effectuer pour couvrir ses débours, l'imaginant en train de manœuvrer dans ses encombrements.

Léo entre dans le café. Non, soyons précis. Elle n'entre pas, elle fait son entrée. Si une musique devait l'accompagner, ce serait l'ouverture de *La pie voleuse* interprétée par l'orphéon du Xe arrondissement. Au cinéma, elle serait Silvana Pampanini dans *La traite des blanches*. Impériale, bonsoir m'sieurs dames, joyeuse, totalitaire, caressée de lumière, merveilleusement vulgaire dans sa loutre, Vénus à la fourrure, un chapeau à aigrette mauve sur la chevelure impétueuse, une gitane aux lèvres et une orgie dans l'œil, sublime et grotesque, les narines vibrantes, les seins pigeonnés par un bustier turgide – la jupe noire largement échancrée sur la peau sépia propose, sous le manteau, un porte-jarretelles furtif mais écarlate –, un cadeau à la main comme presque chaque jour pour ma petite gueule. Il se lève vers elle, elle s'avance vers lui. Il pose ses bras sur ses épaules, elle se plaque contre lui. Ils sont noués ensemble, leurs ombres semblent flotter dans le café, momies éclairées par une lumière d'aquarium, deux coupes garçon. Elle transporte avec elle la pureté du sacrilège, la gravité du blasphème, elle corrompt tout sur son passage. Elle allume une cigarette, c'est une fellation, elle ne mord pas l'olive, elle lui roule un patin. Elle est solaire, c'est-à-dire qu'elle ensoleille le sol, elle pourrait faire reluire la sciure qui le recouvre. (Voilà la chatte, cachez les oiseaux, disait la grand-mère de Milou lorsqu'il était petit.) L'assistance est figée. Admirative et choquée par le spectacle toujours aussi dégradant qu'est celui du bonheur. Celle-là, elle est de la fesse, et l'autre il a un poil dans la main, murmure une voix de femme à une table voisine. Ils sont microscopiques dans l'Histoire et cependant mal vus de leurs contemporains. Le monde en vérité n'a pas changé ; le désordre amoureux sera toujours mal jugé.

Cette passion pour Milou, cet amour fou. L'empire qu'il avait sur elle ! J'ai assisté à sa naissance, j'en ai connu l'apogée, j'ai vécu son déclin, j'en ai précipité la chute. Et maintenant, j'ai l'impression de vieillir dans ses prisons. Je voudrais la prévenir, Léo méfie-toi, c'est un menteur. Mais rien ne résiste à leur présence, et l'inévitable se produit. Ils me manipulent, ils sont beaucoup trop forts pour moi. Envolées mes résolutions ! Je viens de me faire avoir. Pire qu'un chasseur d'autographes, je suis leur midinette, leur unique fan-club. Je ne crois pas qu'ils aient encore besoin de moi, moi j'ai encore besoin d'eux. Je les regarde, je les aime, je me retrouve en eux. C'est comme si j'étais détaché d'eux tout en leur étant attaché à jamais. Je n'arriverai jamais à les quitter.

Il est inutile de tendre l'oreille. Je connais le moindre blanc de leurs conversations. Elle vient de lui dire tiens mon minet c'est pour toi, le coffret d'un tout nouveau *Don Giovanni*, Philharmonique de Vienne dirigé par Josef Krips avec Cesare Siepi, Lisa della Casa et Suzanne Danco, une pure merveille, oh merci Léo. Il l'embrasse, s'inquiète de sa journée comme le ferait un bon fils – il y a eu des manifestations en faveur de la paix en Algérie sur les grands boulevards, la police a chargé. Tu sais Milou même en ce moment je fais des Arabes y'a plein de filles même celles qui sont arabes elles veulent pas monter avec eux elles disent qu'ils ont des couteaux ou des bombes ou qu'ils sont sales c'est des conneries tout ça moi je fais pas de politique mais je vois pas pourquoi je ferais pas des Arabes ils ont le droit de baiser comme les autres les Arabes à condition qu'ils soyent polis c'est dur la vie quand t'es pas dans ton pays moi je connais et y'a même un Algérien tout à l'heure que je te dis pas sa bite un vrai étouffe-chrétien et pis de toute façon mon cul M. Ange y dit qu'il est républicain tu m'en veux pas Milou tu sais bien que je fais pas l'amour sauf avec toi je fais des types y me suffit de fermer les yeux je te fais pas un dessin j'ai des faiblesses tu m'en veux pas mon bébé sans char ? Elle dit ça en riant aux éclats, c'est un rire limpide, irrésistible, on y sent l'intelligence, une immense fierté.

Je ne peux détacher mes yeux du visage de Léo. C'est le spectacle le plus stimulant pour l'esprit que je connaisse. Merveilleux ordonnancement des terrains labourés comparés à ceux qu'on laisse en jachère. Elle est beaucoup plus désirable que sur le dessin de Schiele, plus dangereuse aussi. Elle a trente-quatre ans, peut-être en fait-elle un peu plus mais elle a une fortune entre les cuisses et de la suite dans les idées. Depuis qu'étudiant à la Sorbonne Milou dispose d'une plus grande liberté, elle est fermée à la clientèle le samedi et le dimanche, grâce à la compréhension de M. Ange, ouverte les autres jours, seulement l'après-midi, de 13 à 20 heures. Ce n'est pas une spécialiste comme Marcelle ou Michou, plutôt une généraliste qui se produit elle-même, se contentant de cotiser à M. Ange. Elle a une belle clientèle sous le coude, de grosses rentrées, d'ailleurs le taulier ne peut s'empêcher de dire qu'elle a un sacré curriculum vitæ. Un intendant du palais Brongniart, un taxidermiste guebwillerois, une moustache réginaburgienne, une culotte de peau de la coloniale, un russe blanc, un avocat marron, un mammifère africain qui adore boire au marigot, un facteur de flûtes, le propriétaire d'une 4CV désireux de monter en gamme, un méhariste onychophage, un éditeur analphabète, des membres influents du Parti, un taureau primé dans les comices de l'amour populaire, les urgences de Saint-Louis, un numismate bisexuel, un cruciverbiste, un courtier en métaux non-ferreux, un conservateur des hypothèques, un notaire obsédé par les cravates, une gueule cassée et sa maîtresse, poinçonneuse à la station Campo-Formio – je résume – et surtout un homme politique très connu sur lequel elle pratique deux interventions par mois dans sa garçonnière de l'avenue de Breteuil, je livre à domicile y me reçoit en robe de chambre y me garde tout l'après-midi il a du mal à bander sauf s'il me regarde faire pipi c'est cinglé et compagnie ces gonzes tu piges je bois deux litres de flotte avant d'aller chez lui tu m'en veux pas Milou moi tu sais du moment qu'y fait pas sur moi bonsoir m'sieurs dames et bonjour chez vous elle est pas toubib Léo note qu'il est drôlement distingué je suis un peu ondine je sais pas quoi ma chère qu'y me fait j'entrave que dalle y me déroule un max de blé il est gentil quand il a déchargé y me raconte sa vie c'est une grosse légume radical machin chose y m'adore je me fatigue pas ça vaut de la monnaie les vieux si t'as besoin de quoi que ce soit j'ai des relations Milou. C'est une bonne gagneuse qui épargne à défaut de s'épargner, elle dit qu'elle compte bien se retirer dans le midi, à trente-huit piges Milou je raccroche les gants toi et moi on ira vivre sur la Côte au grand air… (Molly à Ferdinand : « On placera nos économies... On sera comme tout le monde... »)

Je le regarde. Je le sens mal à l'aise. Il fait celui qui n'a pas entendu la dernière phrase de Léo. Par moment, ça m'amuse d'accumuler des preuves à partir de tous les négatifs de sa vie.

On dit qu'il traîne derrière lui une réputation de scandale et d'immoralité. À la Sorbonne, il se murmure qu'il aurait une maîtresse – quel mot magique à cet âge et en ce temps-là –, une prostituée de la rue Saint-Denis. Il ne dément pas. Il est riche de l'imagination des autres, il croule sous l'or de leurs rêves, leur ouvre les portes d'une cité interdite, il est leur trouée de ciel. Eux ne sont là que pour apprendre à servir la vie, lui, il en est le maître. Cependant, à considérer ses manières, sa tenue, sa discrétion – c'est la discrétion qui même à cette époque pourrait le rendre suspect –, on ne penserait jamais qu'il a déjà exercé autant de petits métiers : loustic, zigoto, artiste, pistolet, zouave, aristocrate, lascar et même ficelle dont je me demande encore en quoi ça consiste. Mais on ne fait pas carrière dans des métiers pareils. Gigolo en revanche, là il a réussi. Qui soupçonnerait le gigolo derrière ce visage angélique, ce blazer élégant, cette chemise blanche, cette pochette mauve ? Il n'y a que moi pour le savoir. Bien sûr je triche, je vois les cartes avant tout le monde. Il n'empêche, gigolo, il l'est sans conteste le jeune sorbonnard. Mac, comme le lui reprochent certains, ou barbeau, comme dit la grande Rolande, on peut en discuter. Certes, Léo lui donne son cœur et l'usage de son corps mais cela ferait plutôt de lui le jeune fils au pair d'une mère apocryphe, le mac à sa maman, Télémaque d'un drôle de Mentor, Machiavel devenant mac, victime de ses ruses pour la séduire, fils prodigue des deniers d'un culte répréhensible, casseur de tirelire, maquereau comme sur cette encre de Picasso où un poisson fusiforme vient se nourrir à la vulve d'une femme, mac insidieux, progressif, d'abord rémunéré en coupes de champagne, en chocolats glacés, en tours d'auto-tamponneuses, du proxénétisme de proximité en somme, puis en restaurants, en balades à la mer dans la 203 décapotable de Léo (l'amour dans les dunes sous la pluie, l'odeur de ses cheveux mouillés, un champ d'églantines sauvages en plein soleil face à l'océan), en Olympia, en dancings, en cinémas où elle ne cesse de le tripoter pendant les Actualités de la Fox. Il y a aussi les dimanches à la piscine Deligny où l'on imagine les énervements que provoque dans la chaleur estivale le spectacle de Léo en bikini, la peau graissée comme un canon de fusil pour redorer son blason.

Ce qui aggrave le cas de Milou aux yeux de la loi,

c'est l'argent de poche qui désormais coule à flots. Elle lui a ouvert un crédit illimité avec autant de facilité qu'elle en a pour ouvrir les jambes. Ne parlons pas des livres et des disques, tous ces biens mal acquis dont il profite plus que jamais. Parlons des costumes et des chemises sur mesure de chez Charvet, de la B. S. A. 250, une anglaise à deux temps, noire et chromée, qu'elle lui a offerte et qu'il chevauche en solitaire du côté de la Croix de Berny. Il prétend que le corps de Léo sert de mécène à sa propre liberté. Aussi, puisqu'il faut bien appeler les choses par leur nom, plus le temps passe, plus il s'habitue à vivre au dessus de ses moyens grâce aux royalties qu'il touche de l'exploitation de sa force de travail par d'autres flattée. Sur la question de la valeur d'usage, de la circulation du capital, de la théorie de la rente ou du principe d'accumulation, il en connaît un rayon le jeune Milou. Pour éviter d'être suspecté d'enrichissement sans cause, il piontifie dans des institutions catholiques, donne des cours particuliers de latin et de grec « aux derniers dinosaures, mon cher », joue de l'harmonium le dimanche matin dans des églises en parpaings recouverts de crépi pour des messes en français expédiées par des prêtres ouvriers à l'intention de dévots illettrés. Il s'agit d'apprendre à être introuvable, irrepérable, inclassable. Moi un mac ? Vous plaisantez, je suis un organiste catholique, répétiteur de langues mortes, inoffensif vous voyez bien. Clandestin. Toujours.

Au Petit Pot, elle règle les coupes de champagne, les billets de dix mille s'étalent sur la table, il en prend deux ou trois qu'il glisse dans sa poche. Pour le personnel, il fait, le poulain de luxe. Elle rit, elle est heureuse, elle n'a pas compris la provocation, il pourrait lui faire avaler n'importe quoi. Ils sortent. Je reste à ma table. Je n'ai pas besoin de les suivre, je sais tout de leur vie bien avant qu'ils ne la connaissent eux-mêmes.

Désormais, ils vivent comme un couple d'amants, c'est-à-dire comme des étrangers dans un pays merveilleux qui les ignore, habitant sur une crête, isolés, contraints de se surprendre sans cesse. Il lui fait partager les enthousiasmes de ses dix-huit ans, lui parle d'un objet littéraire non identifié, une flambée dans la nuit, les *Poésies* de Lautréamont, ou des disques que lui a fait écouter Gary, *My favorite things* avec Mc Coy Tyner au piano et John Coltrane au saxo soprano, *Some of these days* chanté par Sophie Tucker, elle a une voix aussi sensuelle que la tienne Léo, *on* devrait l'acheter, il n'y a rien de plus vrai que la musique et les musiciens, impossible de tricher Léo, mets un type au piano, tu entendras. Et sans doute ne seront-ils jamais aussi heureux que durant ces jours-là. Ce sont des jours formés d'intervalles entre deux rêves, des jours faits de flâneries sans but, ces fameux jours, ces jours si rares où tout semble avoir été inventé pour vous, le soleil, la pluie, les nuages, le bleu blanc du ciel, les phrases banales, les crieurs de journaux, demandez *Paris-Presse l'Intran*... révélations sensationnelles... ballets roses au Sénat... les pyramides de fruits, les pêches joufflues et roses, les bêtes suspendues à des crochets de fer, les châteaux de boîtes de conserves, les poêlées de châtaignes qui grillent sur des fourneaux aux allures de crassiers, les tourbillons d'épices, l'odeur poivrée des giroflées qui envahit le magasin du fleuriste, le parfum des rôtisseries, les fritures des gargotes, les vapeurs de pastis, les pots de cinéraires à l'entrée de chez Julien, l'œil trivial du tripier quand il débite du mou, les bruits du commerce et de la combine, les cris des écoliers sur les pavés de la rue de Metz quand ils shootent des balles de tennis crevées au milieu des pigeons, les chats, les charbonniers, la voiture du rémouleur, les viiii-trier, viiii-trier, les filets de musique, les flots de lumière, les Bois et Charbons, les Noces et Banquets, les Casse-croûte à toute heure, le chant choral des harengères montant de poissonneries qui sentent la marée, les grandes eaux projetées sur les carrelages et forment des flaques dans lesquelles, lorsque le soleil décline, on peut voir naviguer son visage, les *Ridgway la peste*, les *Libérez Henri Martin*, les *US Go Home* placardés à la craie au coin du passage du Prado, inscriptions politiques voisinant avec des sentimentales aux cursives appliquées vous informant qu'en ce qui concerne Poulou, c'est pour la vie, et que Simone est une salope, voir de plus artistiques comme ce gland coiffé de la tiare pontificale au-dessus de laquelle l'Anonyme, visiblement émule de Magritte, a noté : ceci n'est pas un pape, les vendeurs à la sauvette qui étalent des cravates et des lames de rasoir dans des parapluies grands ouverts sur le trottoir, les Arabes qui portent des peaux de lapin sur les épaules pour le compte des fourreurs juifs, le satyricon des nègres attendant aux portes des bains douches les travestis descendant des beaux quartiers, et les matrones junoniennes des maisons d'abattage, et les vieux rafiots ayant roulé leur bosse, et les rabatteurs et les vendeurs de chnouf que considèrent de placides proxénètes appuyés contre les murs culottés par la fumée des échappements. Le Faubourg est leur île. Ils se livrent à l'occupation la plus merveilleuse qui soit : ils y perdent leur temps.

Un jour ils font l'amour sur le boulevard Magenta, comme les chiens. Ils sont debout, au milieu de la foule des salariés qui s'ébroue et ignore la vision de ce couple d'amoureux, lui roulant contre un mur, elle tanguant sous le manteau. C'est ce qu'on appelle la position insulaire, lui annonce-t-il très sérieusement quand tout est consommé, la 33°, la clandestine, tu ne la connaissais pas celle-là, l'amour comme système d'isolement intégral, le sexe pour « décourager le monde de s'occuper de vous ». C'est inéluctable Léo, un jour il faudra se mettre à l'écart du siècle et de ses larbins, leurs basses œuvres et leurs pompes funèbres. On recommencera Milou ?

Parfois, ils vont jusqu'au marché Saint-Quentin. Leur bout du monde. Au-delà, il y a les boulevards de ceinture, les portes de Paris, les souterrains, les voitures dont les phares, la nuit dans les renfoncements, redonnent un instant d'ardeur aux visages éteints des filles. Léo dit qu'elle n'aime pas, elles me font de la peine c'est triste tu trouves pas Milou.

L'un de ses plaisirs favoris est de l'accompagner rue de la Fidélité chez Sigmund & fils, lingerie fine. (Ça ne s'invente pas. On doit pouvoir le vérifier sur le registre des métiers de l'époque.) C'est là, explique-t-il, qu'elle offre des images pieuses à son corps. Naturellement il en raffole. Et puis Sigmund, c'est la passion de Léo. Normal, le sexe abonde en elle, elle s'aime, tout lui est ego. Mais elle ne se ruine pas pour ruiner les hommes, elle dispose de la prospérité de son vice. C'est exactement comme si elle ne reconnaissait qu'un seul arbitre de ses indécences : le désir qu'elles inspirent. C'est donc chez Sigmund qu'elle achète ses panoplies de poupée et les pièces du harnais au grand complet pour devenir, l'espace d'un porte-jarretelles et dans l'imagination de Milou, *la Femme piquée par un serpent*, par exemple. Il est ébloui, fasciné, enthousiasmé par sa vision des choses, sa perversion des faits, ses us et ses costumes. Il y a ces bas de coton tête-de-nègre, achète-les Léo, qu'est-ce que tu es bandante avec, et les fumés aussi, et cette guêpière mauve qui le plonge dans d'anciennes rêveries épiscopales car elle lui rappelle le respect que l'on doit à la pourpre, et ce lapsus de culotte au milieu de laquelle l'artisan a découpé un triangle qui permet ainsi d'accéder directement à la proposition principale, oh s'il te plaît Léo, et ce slip luciférien – à moins que ce soit Lucifer en slip, lui-même et en personne –, bombé de bonheur, de la taille d'une hostie, de la concision d'un haïku et d'une étoffe dont sont faits les rêves, qui recèle le fond de sa pensée, tous ses morceaux choisis. Il applaudit à ce déferlement d'extravagances baroques, à cette armada de fantasmes avec leurs comploteurs tapis dans l'ombre uniquement occupés à fabriquer des images subliminales. Et le plaisir qu'elle prend à se montrer accentue le désir de Milou comme celui d'un enfant contemplant une vitrine de jouets sur le boulevard du crime. Il affirme que la cabine d'essayage ressemble au salon de 1847 où Clésinger exposait la scandaleuse madame Sabatier, ci-devant maîtresse de Baudelaire et pour laquelle la jeunesse étudiante en oubliait ses cours. Ce que j'aime chez Sigmund, dit-il à Léo qui l'écoute mais qui s'en fout – elle est à poil et trémoussée dans la cabine, un vrai Carpeaux, les seins, les fesses et les jambes en essayage, les glaces la multipliant par elle-même, l'élevant au carré, Milou tu m'aimes en nu ? –, c'est qu'il déshabille la femme comme *Tom habille l'homme.* Et il se met à pontifier sur l'allongement du temps parce que Léo vient d'allonger la jambe pour ajuster un bas à son porte-jarretelles tout en se caressant la peau et en vérifiant sa cambrure de Carmen devant le miroir à la manière d'une lutteuse de foire à la parade. Nous sommes comme Bonnie et Clyde, on braque le temps Léo... Il dit n'importe quoi.

Dans le café, sa voix me parvient postsynchronisée mais ses pensées me tournent autour comme des chiens affamés.

Quand on aime l'une de ses femmes, Paris contient la terre entière. Comme elle, il connaît chaque passage secret, chaque porche d'immeuble dont la cour, anodine, est capable de vous faire retrouver le boulevard de Strasbourg à partir du faubourg Saint-Denis et le faubourg, à partir du boulevard Magenta. Ils ont grandi, à quelques années d'intervalle au centre de la ville. Il dit que le cœur de Paris bat dans le cœur de Léo, que c'est pour cela qu'il l'aime, et aussi parce que son ventre appartient au ventre de Paris. L'été, quand la ville ressemble à un désert, l'amour est nonchalant et les pensées frugales. L'oisiveté est leur mère, leur vie toute orientale. Ils se couchent très tard, s'adonnent à de gracieuses matinées, célèbrent la mollesse et l'engourdissement, ne sortent que pour attraper un peu de la fraîcheur des passages aux manières de souks. Passage du Ponceau, passage du Caire, passage du Marché, passage Brady, passage de l'Industrie, passage du Prado, passage du Désir, c'est riant hein Milou. Réseaux de canaux à sec, avec leurs placettes intérieures, leurs escaliers, leurs cours pavées, leurs soupiraux. Passages des moments perdus.

Je ne me lasse pas de les regarder. J'ai beau savoir qu'il faudrait en rester là, je suis bien avec eux, alors j'essaie de ralentir leur vie, je tente de racheter des heures, des journées, même si c'est un temps pour lequel il n'existe pas de rachat. C'est elle surtout que je voudrais protéger. Mais à cet instant, elle vit comme lui en dehors de la vie. Et puis Milan ne cesse de lui expliquer que c'est à cause de cela qu'ils sont vivants. Alors.

C'est un vendredi soir. Le ciel est irrité mais comme il a un bon fond il ne peut réprimer de longs moments de tendresse. Demain et dimanche, elle ne travaille pas. Il dormira chez elle. Ils vont s'engager dans le faubourg Saint-Denis. Elle lui racontera qu'un flic l'a traitée de sale youpine, qu'elle a voulu se jeter sur lui pour l'étrangler mais qu'elle s'est dit laisse tomber Léo dans la vie y'aura toujours des connards de blancs pour te rappeler que t'es noire et des flics ou des bourges que t'es juive simplement faut toujours les avoir à l'œil. Comme par hasard, on vient de lui proposer une bonne place à la Madeleine, rue Daunou, le pont des premières de la prostitution parisienne. Il est évident qu'elle est largement au niveau question bagage érotique et qu'elle n'aurait aucune peine à fournir un excellent certificat de travail et de nombreux témoignages de mauvaises mœurs. Milou va s'inquiéter mais elle s'empressera de lui dire qu'elle a refusé. Elle a trop d'amour pour son quartier, pour l'hôtel de Palestro, pour M. Ange, pour sa cour mandarine qui ne s'en remettrait pas, et surtout pour lui.

Au coin de la rue de Mazagran, elle lui offrira une cravate club, ça fait bon genre Milou, lui murmurera quelques mots à l'oreille, il aura le visage d'un enfant de dix ans qui regarde une femme nue dans un magazine. Il lui dira qu'il l'aime et comme d'habitude lui promettra d'écrire un roman qui parlera d'elle. Demain Léo, juré, craché.

Ils arriveront en bas de chez Flo. Elle saluera les garçons qui prennent l'air avant leur service. Ils échangeront quelques plaisanteries, elle éclatera de rire. Il y aura les cinq étages à monter, la station rituelle au troisième étage, la jupe relevée sous le manteau de fourrure. Ils entreront dans l'appartement, certains de leur impunité, protégés par l'immunité que procure la passion, la porte se refermera sur eux avec un bruit de vie tranquille. (En vérité un bruit de trappe.) Il aura préparé son scénario. Tout cela n'est qu'un jeu, n'est-ce pas mon petit vieux, l'éternel jeu du docteur, quelques variations sur chéri fais-moi peur. Ne soyons pas sérieux mais faisons sérieusement semblant, on est là pour arrêter le temps quelques instants, exécuter un contrat, tester des réflexes, vérifier des mécaniques. Ni plus ni moins. Il délivrera ses instructions qu'elle devra suivre à la lettre et sans discuter. Il commencera par mettre sur le phono un des disques qu'il a achetés avec l'argent de Léo, *La Plus que lente* de Debussy ou le *Cantique de Jean Racine* de Gabriel Fauré, un Duke Ellington ou un Johnny Hodges. S'il est vraiment d'excellente humeur, ce sera du chant grégorien, par exemple un *Tantum ergo* interprété par le chœur des moines de l'abbaye de Solesmes. Nue sous la loutre, elle devra s'asseoir à la table de la salle à manger sous laquelle il fera semblant d'être caché, elle aura naturellement retiré sa culotte et gardé son chapeau, plus quelques accessoires réglementaires, des parures adventices. De sa voix cassée, elle commencera à lire ce qu'il lui aura indiqué. Un article de *L'Équipe,* du *Monde* ou de *L'Humanité*. N'importe quoi du moment qu'elle lit un journal et que ce qu'elle lit n'a strictement rien à voir avec la scène qui se déroule. Il regardera longtemps son con sur les lèvres duquel elle aura, à sa demande, passé du rouge vif – éclosion improbable d'une fleur d'hibiscus au cœur de la forêt noire, noté-je. La voix de Léo ne devra subir aucune modification d'intonation lorsqu'il placera son visage entre les cuisses. À la moindre variation, à la moindre hésitation, elle sait qu'il sera furieux et qu'il fera la tête toute la soirée. Elle obéira, son regard dira Seigneur je suis votre humble servante – elle est entièrement soumise à son jeune dieu ithyphallique même si elle le prend de plus en plus pour un compliqué –, elle s'appliquera, se concentrera pour ne pas dégainer quelques-unes de ses insanités sur le dernier discours de Poujade, ne pourra cependant retenir un ouiavalmamouille accompagné d'un bruit de journal qu'on froisse et qu'on déchire avec les ongles quand elle jouira dans sa bouche tout en essayant de lui lire la composition de l'équipe de France de football qui rencontrera l'Angleterre à Colombes.

Il se relèvera, Léo lisant toujours, devinant ses pensées comme on devine le fouet. Elle et sa belle fourrure, les deux brûlantes au demeurant, il les prendra debout et de dos contre la table en se disant que rien n'est plus excitant que d'écouter les cours de la Bourse plongé dans un bain bouillonnant, surtout lorsque ceux-ci, annoncés à chaud dès l'ouverture par une voix rauque et accompagnés par un chœur de moines, ne cessent de grimper comme portés par une sorte d'euphorie, *Tantum ergo sacramentum*, se consolident à leur plus haut niveau, aaaaaahfousmoidesgrandscoupsdbite, *Veneremur cernui/Et antiquum documentum*, donnent des signes d'essoufflement puis s'effondrent brusquement à la clôture, salaudtuvasmfairejouir, *Novo cedat ritui*, victimes du volume des échanges, des taux d'intérêt trop élevés, des prises de bénéfices, *Praestet fides supplementum*, de la surchauffe sur le marché des fourrures, *Sensuum defectui*, putain Milou ça fait du bien par où ça passe.

Les yeux de Léo seront mouillés. Ses doigts se poseront sur le front de Milan. Sentimentale, elle priera le chœur d'aller faire son grégorien plus loin et le remplacera par une nuisance poétique à la mode et forte teneur en eau sucrée avec des enfants qui s'aiment et qui ne sont là pour personne et qui sont bien plus hauts que le jour et bien plus loin que la nuit à moins que ce ne soit l'inverse.

Il aura envie de partir chez lui, là où se trouve son piano, travailler l'impossible première étude opus 10 de Chopin, mais elle lui dira : ce soir c'est Léo qui régale j'ai bien rempli mon bas je t'emmène au cinéma. En amoureux, elle ajoutera. Il traînera les pieds, le cinéma, cet art de la foule, l'ennuie. Dans la salle, il profitera du noir pour partir ailleurs, sans bouger de son fauteuil, dans des lieux qu'il ne partage avec personne, le roman de ses silences, tellement plus intéressant que n'importe quel film. Hélas, le film, le vrai, étant forcément d'amour, il déclenchera les sanglots de la lectrice de *Cinémonde* et des *Amours Célèbres*. Elle retrouvera le fugitif, prends-moi dans tes bras Milou j'aime pas quand ça finit mal. Il obéira, souteneur de cinéma payé en amour fou. Et dans la salle du California où elle aura donné de somptuaires pourboires à l'ouvreuse, Léo sera persuadée que ma beauté est Georges Marchal ou Stewart Granger quand le film se terminera bien et que l'acteur déposera le baiser final sur les lèvres, forcément humides, de sa femme pour la vie, enfin. Violons. Premiers malaises. Qu'est-ce que je fous là ?

Samedi soir, ce sera le Rêve, on va faire la bombe Milou. Elle portera sa robe couleur chair, incendiera les planches de la piste, passera son temps à danser, lui à la contempler, elle insultera un ou deux malfaisants. Plus tard, cour des Petites-Écuries, elle prendra un bain, régénérant sa plus-value dans les falbalas formés par la mousse, elle se fardera, puis, entièrement nue, une Gitane au coin de la bouche, reflétée par la nuit qui donne du tain aux vitres, elle se dirigera vers la penderie de la chambre qu'elle a élevée au rang d'un bazar de la mode putassière et en abrite tous les trésors et ses économies, moi tu sais les banques. Elle commencera à fureter partout, cherchant quelle paire de souliers pourrait le mieux mettre en valeur son corps du lendemain. Milou assistera alors à un défilé d'escarpins, de sandales à talons aiguilles, de mules, de bottes, de bottines et de cuissardes, comme si, en se plaçant d'elle-même sur un piédestal, elle s'assurait d'être toujours à la hauteur de sa réputation.

Ensuite elle essaiera des chapeaux. Un feutre de caïd qui l'encanaille un peu plus, un béret surprenant car il lui donne un air de jeune fille sage, ou un foulard qui, lorsque passe une imperceptible tristesse dans son regard – souvenir pénible des jours d'abattage ? – la fait ressembler à une madone du Caravage, des cloches qui l'embourgeoisent et des chapeaux à voilette, les préférés de Milou. Ils lui rappellent sa petite enfance les jours de sortie avec sa mère, d'ailleurs ce sont les plus troublants puisque lorsque vous en frôlez les mailles, vous avez – chacun l'a observé – l'impression d'écouter une litanie de péchés à travers les croisillons d'un confessionnal. La voilette ? Une façon satanique de prendre le voile, de se dissimuler derrière un moucharabieh, de marquer ses distances, la voilette comme un vouvoiement, une toile d'araignée, un feuillage, une jalousie à travers laquelle on épie vos regards, un ultime obstacle. Du moins c'est ce qu'il prétend.

Le dimanche, après leurs vêpres matutinales, ils iront au Parc des Princes avec M. Ange et Sardine voir jouer le Racing. Il s'enflammera comme d'habitude pour les ailiers et les inters, ces magiciens qui jouent perso. Il expliquera à M. Ange, sous les yeux admiratifs de Léo, que le nouveau, Joseph Ujlaki – monsieur Jo dans *l'Équipe* – est une forte tête au pied gauche royal, un solitaire des surfaces, un dieu du stade janséniste, qu'il pratique l'art du contre-pied comme d'autres l'art de la litote, et dessine des trajectoires de balle à la pureté racinienne. M. Ange posera sur Milou le regard du père sur le fils qu'il n'a pas, se reprendra, question de pudeur, tu la connais celle du mac qui arrive devant Saint-Pierre.

Ça devait finir par arriver. On est en 1958 et il a dix-neuf ans. Une vieille baderne vient de ramasser le pouvoir qui traînait par terre, la guerre d'Algérie a trouvé sa vitesse de croisière. De médiocres conspirateurs tentent de l'enrôler dans leurs utopies, de vulgaires caudillos dans leur camarilla, des connétables de cinéma dans leur armée de traîne-savates. La Révolution lui dépêche ses ambassadeurs, les lendemains qui chantent ses interprètes, non mais qu'est-ce qu'ils me veulent tous ces cons. Ils s'additionnent, se multiplient puis se divisent. Lui préfère se soustraire de leurs opérations et protéger son splendide isolement. Choisit la solitude comme on bat la retraite. Dans militant, c'est bien connu, il y a militaire. Ça lui suffit, il a compris : quitte à porter des valises, les portera en franc-tireur.

L'ensorcellement généralisé commence. Conversions, apostasies, déviations, abjurations, idolâtries, faux témoignages. Il se sent étranger, ayant des goûts plus policés que leurs manières policières. Là où ils n'ont aventuré ni leur conduite ni leurs pensées, il a déjà vécu une vie entière. Ils ont débuté leur carrière dans les délices du péché et les vertiges de la confession, ils vont la poursuivre dans les transes de la conscience de classe, l'exaltation de l'autocritique, l'ivresse de l'inconscient. Le parti clérical les a confiés au clergé stalinien qui ne manquera pas de les transférer dans la cléricature freudienne trop heureuse de les allonger pour son compte. La grande coalition du bonheur des peuples en veut à leur identité – Prenez la pose tragique ! Effacez-vous et priez ! Groupez-vous et luttez ! Allongez-vous et associez ! C'est pour le bien de la Cause... Le cléricalisme voilà la vie ! Adoubés par la Sainte Alliance du goupillon, de la faucille et du divan, éclairés par tous les obscurantistes des luttes finales et des lendemains qui chantent trois fois, ils sont condamnés à être ordonnés dans la traîtrise.

Avec Milou, ils ont au moins un point commun : ils sont attirés par le *perdu ;* eux, par les causes, lui, par les moments. Mais engagé dans le corps de Léo, il n'a aucune raison de s'engager ailleurs. Les puritains qui n'admettent pas que l'on puisse préférer le plaisir au pouvoir, la lenteur de vivre aux agitations inutiles et les bulles de bonheur aux blockhaus de l'ennui, le montrent du doigt. C'est un viveur, disent les moribonds, croyant l'insulter. Ils ne le comprennent pas, ce qui n'est pas de leur faute puisqu'ils n'ont jamais vécu avec des fées. Son engagement leur déplaît. Vivant avec une fille en carte à laquelle il adhère corps et âme, qui lui paye régulièrement ses cotisations, il est fiché. Sa solitude, tendance lourde chez lui, vent dominant, est suspecte, non identifiée car contrairement à ses contemporains, il ne s'ennuie pas avec lui. Nous, nous savons que grâce à un taux de duplicité exceptionnel, il a toujours vécu ensemble, à deux, avec lui-même. C'est quasiment hormonal chez lui, lorsqu'il se regarde, il déteste ne voir qu'une seule tête ; dès que son égal le quitte, il prétend que son ego s'altère, ce qui, explique-il, tend à démontrer que si tous les hommes ont un ego, certains ont sans doute plus d'ego que d'autres. Pour tout arranger, il fréquente assez peu le genre humain, n'est pas un homme à hommes, ne parle à personne sans sérieuses références exigées. Douteux ce type. Communiste ? Vous plaisantez. Un éditorial d'Aragon dans *les Lettres Françaises* déclenche chez lui une crise inextinguible de fou rire. De gauche quand même ? Hum... pas officiellement, trop libre, trop imprévisible. Athée ? En proie au doute. Ne me dites pas qu'il est gaulliste ! Ce serait quand même étonnant, le képi, vous m'avez compris... Enfin quoi, il est bien quelque part ? C'est forcément un meneur. Il répond oui, qu'il est meneur de jeux, d'amours et de hasards, qu'il a la tête ailleurs, qu'il en est le secrétaire général, le trésorier et le membre unique, qu'il vit au sommet d'une colonne comme Simon le stylite, que son royaume n'est pas de ce monde, qu'il est la voie, la vérité et la vie, que son programme prévoit le droit des cons à disposer d'eux-mêmes – Quoi, féministe avant l'heure ? Vraiment on n'y comprend plus rien –, il ajoute qu'il est souteneur rue Saint-Denis pour le compte du Vatican, qu'il connaît très bien le cardinal Daniélou et que de toute façon, il est couvert par *L'Osservatore*

Romano ! Mais vous ne voyez pas qu'il se fout de nous ! C'est un libertin, un anarcho-nombriliste, un gauchiste infantile ! Excluez-le !

Décidément ce jeune homme désespère Billancourt autant que le Ve arrondissement. Déteste le coude à coude, les tablées d'hommes, les nazillons de la fac de Droit, les chansons de corps de garde, les veaux au cinéma qui regardent les films passer, les réunions politiques, les processions et les dévotions organisées, la cellulite, les rêves à plusieurs, les camarades qui ont leurs règles et lui procurent des allergies.

Cette horreur de la foule, ça vient de loin. Il doit avoir cinq ans, l'été 1944 si j'ai bonne mémoire, il va pour la première fois à Rocroy Saint-Léon, l'école maternelle en face du Lycée Lamartine, sa mère lui donne la main. Il y a un attroupement dans la rue de Paradis. C'est alors qu'il les découvre les grands, les méchants. Les autres. Ils ne vont quand même pas la tondre, cette jolie fille de vingt ans. (Les mêmes qui avaient dénoncé, il y a deux ans, les Juifs du quartier.) Mais si. Ils le font. Ils crient, l'insultent, s'acharnent sur elle, les femmes surtout, il ne comprend pas. Il comprendra plus tard. En conséquence, déclare désormais préférer les associations d'idées aux associations de bienfaiteurs de l'humanité, le bruit des talons au bruit de bottes, le mauvais genre au genre ennuyeux, et comme le prince de Ligne, le genre catin au genre Caton. Il n'est sans doute qu'un personnage secondaire qui s'étant plu au lit a décidé d'y faire carrière et qui à chaque fois qu'on veut l'enrôler, déserte le siècle pour rejoindre sa base régulière, en résumé : « … un garçon sans importance collective… tout juste un individu ». On voit le genre.

Je suis fatigué. Je pense à Egon Schiele emprisonné, acteur et voyeur, voyeur de lui-même, metteur en scène et dandy, trouvant sa vérité dans la conscience de son double visage. Je me demande, Rembrandt mis à part, si autant de peintres ont été fascinés par leur auto-réflexion.

Je vais marcher dans le quartier des Halles. Ou plutôt dans ce qu'ils en ont fait ! Pavlov règne désormais en maître absolu. On ne l'attendait pas le Russe à ce stade de la compétition. Même pas remplaçant dans l'équipe des maîtres à penser, il a réussi à imposer son réflexe au milieu des années 80. Balayés Jésus, Socrate, Marx, Freud, Sartre et les autres. Les clones au pouvoir ! Bouseux du village planétaire, cadres du parti général, figurants de la tragédie émolliente et libérale, connarisés resplendissants, moliérisés pathétiques, lobotomisés descendant de leur 4x4 de manège, mutants manipulant leurs prothèses portables et leurs pensées de garagiste, caricatures de rêve, pantins publicitaires, cortex blafards à force de s'enduire d'écran total, emballés sous vide, lubrifiés à l'huile cathodique, (signe particulier : néant, équipement standard, sans option.) Ubu, factotum de Pavlov, règle la circulation car ça se bouscule aux portillons de la sortie du siècle.

Superproduction planétaire. Déglingue-parade, pompe à phynances, féerie pour une autre fois, vitrification des cerveaux, temps d'extermination. Le grégarisme est interactif, la connivence plurielle, le cash-flow sans frontière, la novlangue de rigueur. On blanchit, on recycle ou on liquide. Il n'y a plus rien à vivre, tout est festivalisable en machine, tout doit disparaître ! Personnellement je m'en fous mais c'est pour Milou que ça me fait mal.

L'idée me traverse brusquement l'esprit. Je sais que je suis capable d'aller dans toute la ville rien que pour *ça.* C'est au sous-sol de la morgue qui a remplacé les pavillons Baltard que je trouve enfin l'introuvable : *Eso es el amor* chanté par Dario Moreno. Thucydide et Dario, je ne serai pas venu pour rien. Épuisé, je m'arrête dans le premier café branché. Les tubes de néon accentuent un peu plus la blancheur livide du monde. Il est encore là, il m'a suivi. Nous sommes seuls malgré la foule qui nous entoure. Je nous regarde. Deux anges gardiens qui se sont mutuellement protégés, chacun étant le témoin irrécusable de la vie de l'autre. Il fait très vieux *je* par les temps qui cavalent. Visiblement pas compatible, ni snob ni trash, de plus en plus à contretemps.

Je dois être en train de parler tout seul ou de sourire au vide car les clients du café me regardent comme si j'étais des leurs. Vexé, je paie le demi pression et je rentre à pied à mon hôtel. J'allume la télé, je change de chaînes, c'est-à-dire que je passe du moins que rien au pire que tout. Je télécommande des cris du cœur, des salariés de l'indignation, des humanitaires de variétés – ça fait du monde – rien que des grandes consciences taraudées par la sonate de vingt heures qui sont venues tapiner en direct, faits de société qui causent avec des moments d'émotion sponsorisés par des marques de quatrième nécessité pendant que Virginie Pouf vomit un extrait de son album qui vient d'obtenir un Jarre dans la catégorie musique d'ascenseur, rebellâtres conventionnés, écrivains d'élevage industriel faisant la manche pour des pavés qu'ils balanceront ensuite dans les vitrines des librairies. La connerie a ses lieux de prédilection, c'est là qu'elle s'épanouit : I pavlove you. Comme si le bruit des espaces finis n'effrayait plus personne. Rien. Il ne se passe rien. Juste le faire-part de décès d'un monde sur écran glacé.

L'Europe des Lumières a pété les plombs, l'Occident Crétin peut triompher.

Je m'endors en pensant à une photographie d'Egon Schiele debout dans son atelier face à l'immense glace que lui avait donnée sa mère. Ensuite, je rêve que je suis moi aussi devant une glace mais j'arrive à peine à me distinguer. Je ne vois qu'une immense tache sombre qui très lentement recouvre la totalité du miroir. Je cherche à détruire cette ombre, je tente de laver la glace en crachant sur elle, mais l'ombre est la plus forte, elle s'épaissit et finit par m'absorber tout entier.

Pourquoi faut-il que ça s'arrête ? Où est-ce écrit ? Qui l'a dit ? Comment l'apprend-on ? Ce qui s'était passé lorsqu'ils étaient rentrés du Palestro après la soirée avec Neige d'érotique mémoire, cette impression douloureuse et fulgurante qu'il pourrait ne plus aimer Léo, constituait un premier avertissement. Il y allait en avoir d'autres, comme si, à la manière de Cassandre, le temps multipliait ses avertissements. Milou n'avait rien vu venir. Il croyait que c'était de sa faute à Léo. Non c'était de la faute au temps. Il était là le fumier, passager clandestin qu'ils avaient embarqué sans s'en apercevoir. Pompait leurs cerveaux et leurs songes.

De toute façon, les bulles sont faites pour être crevées : l'ennui entre toujours par une porte dérobée, le désamour procède par incubation lente. Les spécialistes ont constaté qu'il s'agit de deux maladies voisines, avec leurs crises, leurs douleurs foudroyantes, leurs rémissions. J'expose des faits, je remets en ordre une vie qu'il a mise en désordre. Je n'ai plus rien à cacher, n'ayant plus rien à craindre ; on sait bien qu'il n'y a pas d'ombre en enfer. J'essaie aussi de retrouver des sensations, des détails auxquels je n'avais pas prêtés attention à l'époque et qui sans doute annonçaient le final. Par exemple à ce jour où elle lui dit : Milou avec toi c'est bath j'ai l'impression de vivre en bras de chemise. C'est charmant, un joli mot, on y sent l'amour, la confiance, pire la certitude, mais c'est là qu'elle commet une erreur. Léo en bras de chemise, franchement, quel sacrilège et pourquoi pas Blaise Pascal en bas résille ?

Il y a aussi ce mercredi soir au stade de Lagny. J'ignore pourquoi tout à coup je repense à ça. Peut-être à cause des cadeaux qu'elle lui faisait ou du Parc des Princes. Quand il a quitté le petit séminaire, Léo lui a offert, à sa demande, une inscription au Stade Français pour qu'il puisse continuer à jouer au football. La première fois où elle vient le voir, elle commence à insulter l'équipe adverse, prête à appeler Police Secours dès qu'on le touche, et naturellement elle veut téléphoner à *l'Équipe* parce qu'il vient de marquer un but. Il est le meilleur, n'est-ce pas, même si le Stade, son équipe, a perdu. C'est partout pareil, elle ne peut s'empêcher d'être Léo toute entière, devenant son soigneur, son entraîneur, sa bande de supporters. À partir de ce jour-là, elle va préparer son sac, cirer les chaussures, prescrire des vitamines. Mais il s'absente de plus en plus souvent des entraînements et la vie réelle confirme son verdict : pris en flagrant délit de hors-jeu, il passera son temps à rester sur la réserve. Les grands matchs, il ne les disputera plus qu'avec Léo. Au début il imagine qu'il n'y a rien de mieux. Le Palestro n'est-il pas devenu son stade fétiche ? D'ailleurs il a horreur des déplacements. Et voilà comment, footeux amateur condamné au banc de touche, il n'est plus sur la couche d'un hôtel de passe que le fouteur appointé d'une professionnelle. Elle l'épuise, il se lasse, il se demande seulement comment tout cela peut finir.

Ainsi que la tempérance, la luxure est monotone. Les jeux de l'amour, ceux qu'il invente, se multiplient. Il prétend que trop de sucreries ramollit, que seule la volupté endurcit, sinon le sexe se taylorise et le cœur s'ankylose et qu'après tout il n'est jamais inutile de réviser ses classiques. Passons donc aux liaisons cérébrales, indiquons quelques nouvelles didascalies. Par exemple la récitation de textes. Dans la même position et la même tenue de rigueur que celle exigée pour la revue de presse, il demande à Léo de lui lire les grands auteurs, mais Milou j'y bite rien. Reconnaissons que son sexe semble fermé aux propos de Calderon (« Qu'est-ce que la vie ? Un délire./ Qu'est donc la vie ? Une illusion,/ Une ombre, une fiction »), mais il frissonne de reconnaissance dans la bouche de Matthieu (« On n'allume pas une lampe pour la mettre sous le boisseau mais bien sur le lampadaire. Ainsi votre lumière doit-elle briller aux yeux des hommes. »), pour finir époustouflé sous la langue de Céline (« Elle en saccade tout le plumard ! Elle se débat la forcenée... Je m'acharne... J'ai les mains qui enflent tellement je lui cramponne les fesses ! Je veux l'amarrer !... Putain de Dieu ! J'enfonce ! Je rentre dedans comme un souffle ! Je me pétrifie d'amour !... ») Ça l'excite Léo de se mettre dans la peau de Nora, dis donc c'est drôlement osé tu crois que ça finit bien baise-moi comme elle Milou oh salaud baise-moi... Lui est aux anges, il prétend que l'amour doit imiter l'art. Ah le petit morveux ! Non mais quelle insolence ! Et puis quoi encore ?

Il exige de plus en plus souvent des cérémonies en trio, vante l'étude des langues comparées, explique que pour des raisons de ponctuation, deux propositions indépendantes juxtaposées ont le plus souvent besoin d'une virgule pour être séparées, réclame Neige, mais aussi Sonia, Betty, et même Dora, forcément Dora... Léo commence par refuser puis finit par céder. Comme ces corps, ne l'oublions jamais, sont à cris tarifés, c'est elle qui casque. Elle est folle de rage le jour où, plongé dans les œuvres complètes de Betty, il en oublie les siennes, eh ben celle-là tu me la copieras.

Un jour, il emmène sa Marie Madeleine en tenue de travail dans l'église du quartier jouer au jeu de la confession. Il aime les églises. Dieu s'y terre et s'y tait. Il prétend que l'odeur de gravité qu'on y respire, ce parfum de solitude est le même que celui du bordel.

Il prend place dans le confessionnal, elle doit attendre quelques minutes avant d'entrer. Comme elle est sublime Rachel la Juive, comme elle semble effrayée dans la chapelle désertée à cette heure par les séculiers, à peine éclairée par les candélabres de l'autel, quand il l'accable de prières insensées, c'est mal de faire ça ici Milou, et qu'elle finit par exaucer en salope régulière : elle le craint, elle dit qu'il est obsédé par les choses de la religion. Parfois, il demande à sa santa putana de l'accompagner le dimanche matin à la grand-messe de 11 heures. Le jeu de la messe, cela fait longtemps qu'il le connaît par cœur.

Enfant, il avait voulu être prêtre pour retrouver l'émotion qu'il l'avait étreint la première fois où sa grand-mère l'avait emmené dans une église. C'était au Sacré-Cœur, un après midi d'automne. Le comportement de la vieille dame lui parut tellement mystérieux qu'il lui fit croire qu'ils entraient dans un repaire de bandits où il faut prononcer un mot de passe pour entrer : c'est les vêpres avait-elle chuchoté tout en faisant un geste lui intimant de se taire, ce qui ne fit qu'ajouter à son exaltation. Ce jour-là, il avait découvert le monde du silence, éprouvant pour la première fois la certitude de la mort toute proche dans ce théâtre insoupçonné où semblait se tenir une cérémonie secrète.

L'immensité du lieu était noyée dans une brume dont le parfum lui procura une sensation étrange : une envie de vomir mêlée à une excitation inconnue. Au loin, dans la pénombre entaillée par des faisceaux de lumière tombés des vitraux, par delà la herse dorée des cierges, il distinguait des acteurs recroquevillés, interprétant le rôle d'esclaves admonestés dans une langue étrangère par un prince chamarré d'or, et qui baissaient la tête comme s'ils tentaient de se dissimuler à on ne sait quel fléau. De chaque côté de l'allée centrale en progressant vers la scène principale, il avait découvert d'autres théâtres, minuscules comme des guérites, avec un guichet qui s'ouvrait de temps en temps pour laisser passer l'ombre d'un visage d'homme. Une femme quittait la longue file d'attente, entrait dans la boîte, s'agenouillait, tirait derrière elle un rideau noir qui se confondait avec son voile. On ne voyait plus que ses jambes, on n'entendait plus que le crissement soyeux des bas quand ils se frottaient l'un contre l'autre, et puis, de temps en temps, on percevait des murmures et des plaintes, provenant de l'intérieur de ce boudoir étrange. Elle en ressortait au bout de quelques minutes, le visage défait, comme si on l'avait punie. La grille de la boîte s'ouvrait de nouveau. Une autre femme se précipitait, bousculant les autres. Il s'y déroulait sans doute un spectacle de lanterne magique, avec des scènes strictement réservées aux femmes, des choses inconnues des enfants qu'elles faisaient dans l'obscurité avec des hommes en noir et qu'elles semblaient regretter à la sortie. Ce qui l'avait émerveillé dans cette mise en scène, c'était la présence de tous les figurants de pierre gisant sur les degrés de mosaïque et que la lueur des candélabres transformait en fantômes. Il était certain qu'une fois le spectacle fini, ces ombres allaient se relever pour saluer l'assistance. Soudain, fracassant ce silence que l'on dit religieux, avaient surgi de nulle part des dizaines de voix d'hommes. Voix de garde montante, puis descendante, d'une force torrentielle, surprenantes comme le chant d'un chœur d'opéra tombant brusquement des cintres au moment du final, plus impressionnantes que tout ce qu'il avait entendu jusque-là. Le *Tantum ergo*, avait murmuré sa grand-mère

L'idée du petit Jésus caché dans l'hostie l'enchantait. Faire partie du ballet des diacres et des sous-diacres en soutane et surplis dansant au son des clochettes et des grandes orgues, le rendait fou de bonheur. Quant à donner la communion aux femmes... Il s'était mis à jouer à la messe.

C'est le grand pouvoir de l'enfant, jouissant déjà d'un plaisir qu'il anticipe, que d'abolir le temps et l'espace par un simple décret de l'imagination. Un jour, dans la maison de ses grands-mères, il s'était ordonné prêtre car il n'avait naturellement pas le temps d'attendre une ordination dans les règles.

Tout entier à sa création, il se livrait d'abord à un devoir d'anéantissement du monde. Ensuite, ses gesticulations, les mots qu'il s'adressait à lui-même, étaient l'amorce d'une renaissance des choses. Les objets qui l'entouraient se détournaient de leur emploi, se réincarnant en d'autres, comme s'il les avait précipités dans une solution annulant leurs formes passées. Durant ces heures merveilleuses qui se déroulaient comme une invention, la réalité était interdite de séjour dans la salle à manger aux volets et aux rideaux fermés. C'était une enceinte où brusquement le temps ne pénétrait plus. Mais l'espace s'emplissait d'un parfum d'encens et devenait nef de basilique, mais le parquet se transformait en dalles de mosaïque, mais la porte transparente de la salamandre brillait comme un vitrail, et les tuyaux du chauffage central ressemblaient à ceux des grandes orgues. Même la voix canaille de Suzy Delair qui hurlait *Avec son tralala* dans la chambre de sa grand-mère, se métamorphosait en chœur d'anges célestes chantant le *Gloria* dès qu'elle franchissait les portes de son sanctuaire.

Sur cette console en marbre recouverte d'une nappe aux motifs travaillés, il bâtirait son autel. Le crucifix en cuivre travaillé de la chambre de son arrière grand-mère se retrouvait brusquement à terre, tout surpris de servir d'improbable ostensoir avec à ses côtés deux candélabres à cinq branches. Devant, il y avait le tabernacle, c'est-à-dire une boîte à chaussures placée à la verticale, et dans laquelle était enfermé le ciboire – une coupe de fruits remplie de mies de pain aplaties avec un rouleau à pâtisserie, puis découpées à l'aide d'un verre à liqueurs. Il disposait son calice, un vase à fleurs, recouvert de sa patène en carton, son encensoir, une casserole suspendue à des ficelles permettant de le balancer à toutes volées, ses burettes sur la crédence. Une desserte reconstituait la sainte table. Au-delà, dans la pénombre, une rangée de chaises, les prie-Dieu des fidèles. C'est alors qu'après être passé par la sacristie qui jouxtait la salle à manger pour revêtir la chasuble et l'aube de dentelle provenant des penderies de sa grand-mère, une serviette de toilette autour du bras pour tout manipule, il pouvait commencer à dire sa messe. Son Sacré-Cœur était bondé.

Souvent il avait observé, agenouillé à côté de son père de retour de captivité, le déroulement de l'office. C'est l'heure du repas divin à la grand-messe, qui provoquait cet attroupement migratoire où les femmes, par l'odeur de l'encens alléchées, apparaissaient toujours en surnombre, défilant en une interminable procession chaloupée. C'est la promesse d'orgie eucharistique avec le corps du Christ qui inspirait la convoitise de ces tapineuses du ciel et guidait leur piétinement vers le maître-autel. Elles demeuraient longtemps, errantes, dans les travées, avant d'atteindre enfin la zone de la sainte table, embouteillée à cette heure comme un hôtel de passe un samedi soir, et qu'un suisse au visage chafouin, rat d'autel appuyé sur la hampe de sa hallebarde, était chargé de dégager.

Ce dimanche matin, à Saint-Vincent-de-Paul, le corps de Léo est très peu couvert pour la saison, une simple robe corset qui cependant fait monter la température ambiante et apporte une touche baroque à l'église sans style. Le décolleté en particulier, caressé par une croix pectorale et la lueur des cierges, offre à la gourmandise des enfants de chœur la vision tentatrice d'un cornet de glace à deux boules. Sa chevelure est recouverte d'une mantille sombre, ses bras nus ont la pâleur de l'hostie qu'elle s'apprête à déguster, ses jambes voilées de jais sont pleines de grâce.

Elle s'approche lentement du lieu des hostilités. S'agenouille, fiévreuse, les mains jointes, la nuque baissée, les paupières comme des jalousies laissant filtrer à travers leurs fentes une lueur délicieuse de péché mortel. Attend dans une posture défaite l'arrivée du sacrement. Le prêtre vient à elle, marmonne quelques mots comme s'il lui intimait un ordre, saisit le consacré entre ses doigts, élève l'instrument de la Vie. Alors la génuflectrice professionnelle redresse la tête, fige son corps en station cambrée, ferme les yeux pour mieux déshabiller son âme, ouvre sa bouche rosée, puis, par un jeu de langue subtil comme un effleurement – un exemple admirable de ferveur linguale qui rend le catholicisme inégalable, se dit Milou –, happe entre ses lèvres le petit cercle de chair blanche qu'elle garde quelques instants dans son palais avant de déglutir la substance divine. La susdite se relève d'un mouvement des reins scélérat, une sorte d'éclat de rire satanique des hanches donnant à sa robe noire des allures de soutane défroquée. Sa lascivité apaisée, après que son âme fellatrice ait goûté au Créateur, l'étrange paroissienne regagne le prie-Dieu où, derechef, elle s'abandonne à son extase.

À la fin de l'office, l'*Ave Verum corpus* de William Byrd retentit dans l'église. Pendant l'*Esto nobis praegustatum*, Milou relève la robe de Léo pour s'assurer qu'elle ne porte rien dessous. Sans doute trop excitées, quelques rosières les dénoncent au suisse. L'occasion est trop belle pour Milou. Il monte sur le prie-dieu, la main plongée dans les seins de Léo et tel l'aigle de Meaux : tremblez pharisiens ! Jésus a dit : aimez-vous les uns les autres. Cette putain est descendue sur le trottoir pour recevoir tous les péchés du monde, laissez la fille des rues offrir ses grâces au Seigneur ! Le chœur s'emballe, *O Jesu Fili Mariae,* le suisse aussi. Escorté de quelques scouts au canif entre les dents et de jeannettes à barbe, il finit par l'expulser. C'est la seule oraison que l'on ait conservée de lui.

De ce jour de Noël 1958, qui pourrait prétendre que ce n'est pas là où tout a basculé ? La veille, comme chaque année depuis qu'il a quatre ans, il est allé avec sa mère et sa grand-mère à la messe de minuit de Saint-Laurent. Ils ont réveillonné rue Martel. Le matin, sa mère est morte. Foudroyée par une attaque cérébrale la prima donna aux senteurs de réséda. Pourquoi m'as-tu fait ça maman ? Les seuls mots qui sortiront de sa bouche. Après il n'en parlera plus jamais. La complaisance et l'obscénité ne sont pas forcément celles que l'on croit.

Le fils qui a perdu sa mère quitte l'appartement de la rue Martel et s'installe place du Guatemala avec une mère qui a perdu sa fille. Sa grand-mère. Qui est vieille, qui vieillit, qui rajeunit, de plus en plus belle et lumineuse sous le lacis des rides. Le temps est fier d'être sur ce visage ; aucun charcutier, aucun boucher, aucun produit siliconé n'a jamais tenté de l'en chasser. Mais elle se casse le col du fémur. Les autres : mettez-la dans une maison... elle sera beaucoup mieux... elle ne se rendra compte de rien... Non mais ils m'ont bien regardé tous ces cons... Il hurle ! Ma grand-mère, mémé, ma douce, ma tendre, mon amour ! Durant plusieurs années, il vivra avec elle et au milieu de ses livres, ne rentre pas trop tard mon petit. Elle ira jusqu'à cent ans et huit semaines comme elle lui a toujours promis. Avant de mourir, elle lui dira lève la tête, tiens-toi droit. D'une façon certaine, elle est la femme qui l'a le plus aimé. Un amour sans calcul, la malice en permanence de garde dans ses yeux, tu fréquentes ?, le rire toujours à portée de la vie, une dévotion dont on ne se remet pas, une admiration qui, à un tel chiffre de carats, a l'éclat du bonheur, caresses, complicité, enfance parfaite, comme tu es gentil avec moi, une admiration, amuse-toi mon garçon, un passé royal dont il est fait et qui, croit-il, lui en garantit l'éternité.

Il faudrait s'en tenir là. Mais l'amour est une mécanique de précision qui se dérègle au moindre grain de sable. L'Histoire a beau en avoir isolé des centaines, les progrès de la technique n'ont toujours pas réussi à les empêcher de s'incruster. On citera pour mémoire les grains de sable blond, les bruns, les roux, les avec des yeux qui, les avec des jambes et des seins qui, etc. Là, nous allons nous trouver en présence d'un grain de beauté doré sur tranches, un grain marocain, de genre féminin, connu sous le nom de Sultane – elle aussi membre de la communauté des réduites aux aguets qui, à son arrivée à Paris, avait décroché un petit rôle rue de Budapest sous le prénom d'Aïcha pour devenir rapidement tête d'affiche face au théâtre Mogador grâce à un nom évoquant plus directement le sérail. Il l'avait aperçue le soir de la fête en l'honneur de son bac et M. Ange l'avait prévenu à sa façon : au pieu c'est Ben Barek, elle jouit comme il joue, en artiste. Je vais te dire petit, l'art de la passe, le toucher de balles tout en finesse et en première intention, ça s'apprend pas chez les curetons, mais va pas t'amuser à disputer une partouze avec elle, parce que tu verras la gueule de ton entraîneuse…

Ce jour-là, il vient de trouver chez un vieux libraire de la rue de Provence un chef-d'œuvre du surréalisme, *Êtes-vous fous ?* de René Crevel dans l'édition Gallimard de 1929. Il se réjouit déjà de sa solitude volontaire plus tard dans sa chambre, allongé sur le tapis, lisant comme toujours un crayon à la main, protégé par la muraille des livres, sa grand-mère dans la chambre à côté. Il n'a toujours pas compris que ces moments perdus portent un nom : le temps.

Il croise Sultane rue de la Chaussée d'Antin, voilà l'ennemi de la littérature, voilà qui décourage les vocations. Elle rentre chez elle, rue Bleue. Il lui propose de la raccompagner, comme ça, *sans penser à mal.* Elle lui dit tu es cinglé, fiche-moi la paix, t'as pas honte, si Léo nous. Elle a l'accent du midi, là où elle a fait ses classes. Alors il comprend qu'il vient de retrouver son élément. Il va pouvoir enfin détourner la banalité du cours des choses. Rue de Châteaudun, ses pensées se mettent à découcher : trop longtemps que sa fidélité aux femmes n'a rien à se mettre sous la dent. Il éprouve la sensation de revivre un de ces instants magiques du commencement tels qu'il en a connus il y a si longtemps au Quasimodo, mais qu'il a perdus depuis qu'avec Léo l'amour est devenu un voyage organisé. Enfin une intrigue compliquée où il va falloir lire entre les lignes, réduire une résistance, retourner l'adversaire. L'amour c'est la partie d'échecs où le coup suprême se prépare et se médite longtemps à l'avance, c'est comme ces opéras médiocres où l'ouverture, plus émouvante que l'œuvre elle-même, leur survit. Il a envie d'aimer hors-pistes, l'apostat, et plutôt deux fois qu'une. Sultane a raison, il est complètement cinglé.

Tellement cinglé qu'il se prend pour Bugeaud. En son for de plus en plus intérieur et à la hauteur de la Trinité, il fait le serment de coloniser et de convertir l'hérétique con. Se met en rêve rue Lafayette, commence à mentir à Sultane devant Notre-Dame-de-Lorette, je suis tombé amoureux de vous dès que je vous ai vue au Palestro... – dire *vous*, toujours dire *vous* aux femmes même quand elles se croient autorisées à vous tutoyer, rappelait-il chaque fois... Les mots sont légers, innocents et roués, printaniers comme la journée qui s'achève, ils sortent de sa bouche comme des oiseaux qui ont envie de quitter leur cage. Il achète des violettes à une gitane au métro Cadet, s'agenouille rue Bleue, la main sur le cœur et le bouquet tendu. En vérité il fait l'enfant, c'est son meilleur emploi, il y est confondant de naturel et les femmes aiment les grands enfants. (Il est bien payé pour le savoir.) Et puis il sait qu'il lui fait bonne impression, car même s'il n'est plus tout neuf, il est toujours de première main – Neige et les autres, ça ne compte pas petit, tu pilotes en double commande, l'a rassuré M. Ange. Elle rit d'un rire nerveux mais qui dit oui. Il le connaît par cœur ce rire, c'est celui qui écarte les jambes. Et quelques enfantillages plus tard, il se retrouve dans son appartement – enfilade de greniers éclairée par des tabatières créant, à hauteur de la chambre, l'illusion que le soleil se couchait dans son lit –, surtout tu dis pas à ta greluche que tu m'as. Il est choqué par *greluche*, excité par le *tu m'as* prometteur, mais il n'a pas trop le temps d'analyser, car voici qu'elle fait glisser sa robe qui d'ailleurs est très brève. Pour couronner l'affaire, le slip noir – expression atténuée du concept de culotte, il relève de l'euphémisme – ne manifeste aucune indécision quant à la marche à suivre. Jet d'encre sur le tapis. C'est parfait, on est gâté, comme c'est beau. (Frédéric avec la Maréchale : « et il se dit : « Quelle canaille je fais ! » en s'applaudissant de sa perversité. ») Elle doit avoir trente ans et deux heures de maquillage, ne porte plus qu'un regard débraillé, le genre qui sous-entend, le pire pour les faibles et les joueurs qui n'y voient que du bleu, un sourire étudié dans les plus huppés des bas quartiers, des sourcils épilés dessinés au pinceau, des oreilles percées d'indigo, une peau soie huilée couleur sucre d'orge – quelque chose de la Marietta de Corot –, des seins bien pommés, coupoles de mosquée, un dos haut plateau onduleux, des fesses telles des reliefs de dunes, le tout monté sur des jambes qui n'insultent pas l'avenir et servi avec un pubis rasé de frais – même si trois poils contestataires tiennent à commémorer le félidé qui sommeille en tout sexe de femme – mettant en exergue l'incarnat des lèvres qu'elle desserre d'un sourire commercial et qu'elle braque contre lui. Que peut-il faire ? Résister ? Ce n'est pas une chétive et en plus elle est armée jusqu'au ventre. C'est une fée fatale, c'est-à-dire qu'elle commande au destin. Elle s'enroule, elle le serpente, darde la langue, limace luisante, ses yeux le cernent de tous côtés. Aucune victoire au monde n'est comparable au bonheur de cette défaite annoncée. Il est paradisé, il se rend. Enlèvement au sérail ! Bugeaud vaincu sur les rives de la rue Bleue ! Il lève le doigt vers l'imberbe fente, de sa dextre la met à l'index, oui chéri branle-le mon petit clito. (Elle aussi c'était une femme en version intégrale non expurgée de ses passages cochons.) Sors-la, ajoute-t-elle. À ces mots, son érection est immédiate : il *la* sort. Lentement, comme on ralentit à l'entrée d'un virage inconnu, en vérité le temps pour l'Infidèle de constater que les sentiments chez les chrétiens ont la vie dure et l'avenir reluisant. D'un geste brutal, il lui demande sa main, elle dit oui de sa sénestre dont elle fait une alliance, puis, de pronation en supination, brandit la hampe de l'étendard de Bugeaud, dis donc elle s'embête pas la Léo, cependant qu'à la radio qu'elle vient d'allumer, un crétin populaire fait la promotion des bouilleurs de cru, ah le petit vin blanc qu'on boit sous les tonnelles.

Ô gâches, ô pênes : voici que par une habitude contractée depuis la nuit des temps, deux mécaniques bien huilées tendent l'une vers l'autre, se mettent à sympathiser, envisagent sans déplaisir un futur en commun, se jurent fidélité pour les deux heures à venir. Les corps se coordonnent sur le breitschwanz synthétique qui recouvre le lit, lui portant sa grandeur en abscisse, elle, tournant le dos, placée en ordonnée. Échangent quelques généralités, énoncent des propositions principales que Sultane coupe d'incidentes : ces fameuses spécialités marocaines qui favorisent l'éloquence du légionnaire mais dont on parle trop peu dans les manuels d'histoire et de géographie. Elle bâtit, elle bague, elle ourle, elle fronce, elle ajuste. Tendresse, technique et précision. Les putes, c'est rien que des couturières. On a l'amour devant soi. On sentence.

Il se soupçonne de trahir Léo, mais comme cette idée l'attriste et qu'il est à chaque fois recalé à ses examens de conscience, il préfère égarer ses soupçons en mordant à l'hameçon de la supplétive, dégustant la chair ferme, abondante, délicate, que l'on ne rencontre que chez certaines variétés de lamellibranches, en particulier ceux du Louis XIV où Léo l'invite parfois à dîner. Et cependant qu'elle commence à réciter ses versets coraniques, tu vas me la mettre, hein dis-le que tu vas me la mettre, il se rassure en se racontant qu'il est uniquement attiré par une autre vision du jeu, un impromptu géographique, un spectacle de danse du ventre – nous l'avons nous-même constaté, plus on se rapproche de l'Orient, plus le ventre a tendance à faire des siennes. Elle est fière au feu, brûlante, les seins ont capté pour eux seuls le rai de soleil filtrant à travers le store de la tabatière. Alors, à la deuxième personne du pluriel, il la conjugue sous tous les tableaux, la couvre de fleurs de rhétorique et de feuilles de rose, pas muet du sérail pour deux sous, et elle bronchant de bonheur lorsque brutalement et sans avoir pris la peine d'indiquer son changement de direction, il inflige à ce cul arrogant qui roule des mécaniques, quelques *Je vous salue Marie* qui donnent de la voix à sa propriétaire, lui font baisser la tête et hausser le ton, ah oui chéri, hennit-elle, défonce-le bien mon gros cul – enflure stylistique qu'au regard de la quasi-perfection dans sa catégorie (au sens aristotélicien du terme) de l'objet sis introduit, on mettra sur le compte du soulignage emphatique observé assez souvent à l'occasion de ce genre de prise, je dis cela pour les non-pratiquants, les hérétiques, les mécréants.

Le lendemain, il ira se confesser à M. Ange. Mon salaud mais t'es rien qu'un queutard... et à l'œil en plus... tu vas tuer le commerce petit... ah bravo les curés, faut pas vous en promettre... bon fais pas cette tête, tu sais bien que je vais pas causer à la patronne... allez c'est pas grave petit, t'as juste eu un petit coup de queue pour elle... maintenant tu laisses tomber... Facile à dire, cher Ange ! Il ne peut pas lutter contre un sexe contraire. Ni rameur, ni capitaine, son destin est celui d'une voile gonflée par un souffle léger qui a déréglé sa boussole. Avec Sultane, l'éclair d'une jouissance qu'il a cru nouvelle, il a compris ce que serait sa vie : aucun dépit, certes, mais aucun répit, aucun réduit. Des déduits. C'est ainsi, il se déduira des autres. Arpentera la vie aux grandes enjambées des femmes.

Cependant on s'ennuie. On va de moins en moins souvent à la Sorbonne, on se coupe du monde, mais on lit un livre par jour, on travaille les *Gnossiennes* et les *Gymnopédies*, on écoute pendant des heures *Some of these days*, *Don Giovanni*, on visite des églises car Dieu est un artiste, pas un artiste de variétés, on va dans tous les musées. Seul. La peinture est d'abord une pensée, la sensation maîtrisée d'une permanence. Ainsi la vitalité tonitruante chez Courbet, la chair dans tous ses éclats chez Rubens, l'insolence du trait dans les dessins de Poussin, le corps des juments – croupes, flancs, crinières – comme métaphore du désir chez Géricault. On achète les livres d'art, tous les catalogues. La nuit, on *lit* la peinture. Ce qui évitera de dire n'importe quoi le jour où les pollutions décoratives infesteront les cliniques de chirurgie esthétique, les espaces d'expression culturelle, les salons des pavloviens.

La scène se passe dans un hôtel particulier de gauche et de la rive droite, un samedi soir de l'hiver 1958. Léo est avec lui. Malgré les parties hebdomadaires qu'il dispute avec Sultane – il exerce désormais ses dons de double vie entre deux théâtres, le Palestro et le Mogador –, elle reste son compagnon de route, son drapeau rouge et noir. Il est inutile de préciser l'effet que peut produire le spectacle de la Débauche en marche chez les ressortissants du XVIe arrondissement. Employons une litote et disons qu'elle détonne. En réalité il n'est là que pour s'adonner à son passe-temps favori : faire tomber les masques. Avant de venir, elle lui a dit je vais te faire honneur, comme si elle avait envie, oh juste quelques instants, qu'on la prenne pour Rachel, mais quoiqu'elle fasse, elle reste Léo du Palestro. Et Milou est convaincu que c'est bien mieux ainsi, tu mets ta robe rouge fendue, celle qui fait pute, le boa et les talons aiguilles, tu vas voir leur gueule aux révolutionnaires.

Faux nègres en plâtre et à torchères, canapés de cuir blanc, tapis d'Orient, pièces en enfilade, boiseries d'époque astiquées à la cire par l'Espagne républicaine, tableaux christiques de l'enchristé Rouault, gravures anglaises, maître d'hôtel lusitanien, buffet somptueux, champagne et whisky, œufs en gelée au porto, pâtés en croûte, saumon fumé et petits fours, odeurs d'augmentations de capital, relents de participations croisées, parfums de jetons de présence, cocktail de dividendes juteux. Fils de familles aux vies tremblantes, jeunesse chevrotante, jeunes gens en costumes de notaires assortis à leurs pensées acnéiques. Après avoir baissé les bras devant la résistance des filles et le pognon de papa, ils iront se défouler en levant le poing, ce goupillon laïque. Leur éloquence ne s'aventure jamais au-delà des prétoires que constituent les bistrots de la rue Soufflot et dans lesquels ils ne brandissent de glaive que celui de la justice. Dans quelques années, à l'occasion d'extras tarifés destinés à améliorer l'ordinaire, c'est parmi eux que se recrutera le noyau dur des adorateurs de la honte de soi et du coït tragique – méat coupable, *mea culpa* –, gogos potentiels de la secte freudienne qui se repentiront dès qu'ils auront tiré leur petit coup médiocre et, se rhabillant, philosopheront sur la pureté de leur épouse et celle de leurs enfants. Copies conformes. Mais rien de grave, rassurons les familles, les psychanalystes et la corporation des péripatéticiennes. Leur crise de mysticisme au rabais terminée, recyclés dans le médiatique et la subversion formatée, ils se précipiteront de nouveau à la croupe populaire.

Filles bien élevées, blondasses saines, quasi laitières, extrémistes de la normalité, ennuyeuses, pimbêches, aussi vierges que le casier judiciaire d'une dominicaine, lèvres tristes et pincées comme des rosettes de la légion d'honneur, Chimène casse-pipes, culs neurasthéniques sous les robes vertueuses, sexes appertisés par les premiers collants.

Pensées frigides, murmures et cucuteries, troubadourisme et froufroutements, ruminations sentimentales. Complètement endormies, elles se réveilleront d'ici vingt ans pour le grand vaudeville conjugal, jeunes vieillardes défoncées aux magazines féminins et aux romans bromurés, d'une inculture sans faille, confondant cosmogonie et cosmétiques, talons aiguille et gros sabots. Elles et Léo sont à jamais incompatibles. Question de peau ? En partie. Question de con essentiellement car question d'âme. Certaines cependant, il les regarde avec les yeux du marin exténué par une traversée agitée et qui soudain découvre une mer sans récifs grondants.

Justement en voici une plus âgée que les autres qui se déhanche vers lui. Vingt-quatre, vingt-cinq ans. Jument blonde, crinière frisée, haute sur pattes. Curiosité hippique, casaque Chanel. Hautaine et distinguée malgré la permanente, perspective d'une âme salope à cause de l'œil glacé.. Différente donc excitante. Il a un sixième sens qui l'avertit de la chair. Ses pensées se coagulent sous l'effet d'un regard. C'est une sorte de révolution bulbaire, une circulation d'images qui passe par la moelle épinière et provoque des protubérances annulaires. Il voit dans chaque femme qui marche un planeur qui prend son envol en silence, comme un jour, à Toussus, de loin avec son père. Il a un corps que démange en permanence l'envie de se mesurer à celui des femmes, un cœur qui bat rien qu'à l'idée de l'altitude et de l'air qu'on y respire. De toute façon, même si l'on sait que son statut d'oiseau rare lui interdit d'avoir les pieds sur terre, il est quand même très sérieusement atteint. Plus précisément par celle-ci qui vient de le rejoindre. Il l'invite à danser et l'envie lui prend de la brutaliser. Un étudiant qui vit avec une femme pratiquant l'exercice illégal de l'amour, ça les effraie les bourgeoises, ça les excite aussi. Celle-ci sait qu'il est venu avec Léo et c'est pour cela qu'elle le cherche à la manière d'un boxeur en quête d'un sparring-partner expérimenté. Donnez lui un public, il se prête. Une fois de plus, c'est merveilleux, les mots viennent tout seul. Comme tout menteur breveté, je veux dire comme tout amoureux fou de l'amour, il pourrait inventer et jouer n'importe quoi. Il raconte qu'il est un abbé à peine ordonné sitôt défroqué, reconverti souteneur dans la rue Saint-Denis. Trois filles travaillent déjà pour lui. Il l'a remarquée, elle ferait une excellente quatrième, il est prêt à lui faire passer une audition et si elle est retenue, il lui laissera la moitié de ses gains. Il a parlé sans s'arrêter pour éviter le fou rire. Moment incomparable où les jeux sont faits et où rien ne va plus, quand il s'aime tellement qu'il se suivrait au bout du monde. À l'intérieur de son cerveau, il y a une roulette qui tourne, il n'envisage pas un seul instant qu'elle puisse ne pas s'arrêter sur le numéro qu'il a choisi. Le slow – à moins que ce soit la perspective d'une carrière dans le putanat – provoque chez la fille une coquetterie dans le sein gauche, sorte de strabisme mammaire divergent, le bas-ventre se tend vers lui dans un mouvement de vrille, le regard, prière d'insérer, s'empale sur le sien, elle l'embrasse sur la bouche, baiser à prise rapide comme certains ciments colle, puis, dans un souffle, elle lui dit qu'elle n'a pas besoin d'argent, j'en aurai toute ma vie, bien plus que toi, mais j'aime être traitée comme une putain, ça m'excite, il y a une chambre au premier étage à droite, c'est la mienne, ici c'est chez moi, tu me rejoins dans cinq minutes ou tu ne m'auras jamais. Et elle le plaque au beau milieu de *I'm a fool to want you* que mélope Lady Day. Il observe Léo fumant gitane sur gitane et qui le surveille vautrée dans un canapé de riches, dans un lieu où elle n'a pas ses habitudes, je les emmerde ceux de la haute, pas plus que lui d'ailleurs, où personne ne l'invite à danser parce qu'ils ont trop peur d'elle. Il déteste qu'elle ne soit pas la reine. Mais là, elle lui fait son regard temps incertain, couvert sur la moitié nord des paupières. Bancs de brouillard dans les yeux. Orage à prévoir.

Pourquoi ne joues-tu pas avec moi Léo ? Toi la plus grande actrice de Paris, la muse de l'amour libre. Il aurait dit ces mots à sa Cléopâtre que la fin du tableau en eût été changée. Il les pense mais ils ne sortent pas. À la place, une provocation : C'est une cliente, elle me paie, elle a envie de se faire baiser, on se comprend tous les deux, donc tu attends que j'aie fini ma passe et après on s'en ira. Au fait, ta moyenne c'est combien ? Un quart d'heure ?

Il va dans la chambre de celle dont toute sa vie il ignorera le nom. Fausse blonde car triangle noir. Peau laiteuse. Nue sans nuance. Rapide collation entre ses cuisses. Figuration inintelligente. Inappétence spirituelle. Con ténébreux, doit s'en servir assez souvent à des fins personnelles, évalue-t-il à l'estime. Mais voici qu'après une pipe taillée trop court, elle lui passe sur le corps. Ne baise pas. Se psychanalyse. Dans la lourdeur, la culpabilité, le dégoût de soi, on se croirait dans un roman fin de siècle. Elle ne jouit pas la putain d'opérette, elle grimace tout en se faisant larder. Pathos contre Eros ! N'est pas digne comme Léo d'une punition au martinet, le nouveau jeu qu'il a codifié sous le terme de flagellation du cinquième jour car elle n'a lieu que le vendredi, donnant ainsi aux traces laissées sur les fesses par les lanières de cuir le temps de disparaître avant la reprise du travail du lundi. Il faut toujours reconstituer, se référer, décaler, sinon le sexe sans l'esprit, quel ennui. Là, on est dans l'hygiène, il débande. Elle, elle s'en veut, elle se déteste, qu'est-ce qui m'a pris, elle fait. Et d'ajouter – c'est la meilleure – tu n'es qu'un vicieux ! Cette fille en voie de blettissement prématuré est mauvaise comme une conscience qui a décidé de ne pas vous lâcher. La haine pue, au lit son odeur est fétide, la haine ne sait pas jouer, elle n'a aucun talent. Haïr ou aimer ? Lui, il jouera. Éduqué comme ça. Léger, à partir d'aujourd'hui il faudra veiller à être léger comme un kilo de plume qui à ses yeux – on nous a suffisamment menti depuis des siècles, prétend-il – pèse évidemment beaucoup moins lourd qu'un kilo de plomb. Programme pour les mois à venir : visiter la Baronne, lire Casanova dont il vient de commencer l'*Histoire de ma vie.* Annoter, commenter, expliquer. Il sort de la chambre laissant la fille en larmes se masturber à l'aide de son *mea culpa.* Adieu tristesse.

Tout cela a duré une vingtaine de minutes, à peine. Léo est partie. Merde, elle est là qui attend son homme. Derrière les yeux nuageux la menace d'averse se précise. Peine, chagrin, jalousie, psychologie. Tutti quanti ! Pitié ! C'est reparti ! Même Léo est contaminée. *Amor, Amor,* À mort ! Il a envie de rire, de provoquer, décide de faire son Retz à haute voix devant Léo et la foule stupide : ma chère, ce fut classique, français, très XVIIe. Je l'embrassai, je la caressai, je la branlai, je la suçai : enfin je l'enfilai. La salle entend. La salle frémit. Elle se trouve en état de coma dépassé mais elle crie au scandale. Lui : Ici L'Ombre ! Le français ne parle plus aux Français !

Ambiance de fin de règne. Qu'on le mette dehors ! Et elle avec ! Non mais vous avez vu son genre ! Quelle vulgarité... Mon cher, la prostitution est l'opium du peuple... Petits bourgeois fascinés par leur insuffisance. Lecteurs de romans indigents. Staliniens désorientés par le désordre. Traîtres à moyen terme. Dirigeants en puissance. Normal, ils n'ont pas fréquenté les mêmes écuries. Lui est allé en haute école. Sort de Palestro. On l'a enseigné, éduqué, catéchisé, préservé de la misère des coups tordus. Et s'il vous plaît, pas dans le privé, dans le public. Élevé à la force du poignet d'une putain et grâce à ses leçons particulières Milou. Regarde-les Léo, leurs pensées sont en train de téléphoner aux flics. Et elle d'injurier les jolies demoiselles déchaînées à force de ne pas l'être. Cons fermés repliés sur eux-mêmes, jeunes cons centenaires, cons en berne... Et Léo, con sincère, qui regarde son mec comme s'il était le Christ.

À cet instant, on l'aime, d'ailleurs on ne l'a pas trompée, on n'a trompé que le temps, et puis elle est tellement mieux élevée que ces chiens quand elle reprend tous ses droits de pute, ne lâchant rien, affichant sa condition, protégeant son homme, tirant ses mots comme des balles, va te faire enculer pouffiasse non mais des fois.

Ils s'en iront, la rue et la voiture de Léo seront recouvertes de neige, le vent exténuant à force de souffler. Devant eux un ivrogne engoncé sous une couche de vêtements superposés, titubera, chantera ou plutôt exécutera l'*Ave Maria* de Gounod, s'arrêtera, les regardera, elle est drôlement belle votre dame mon jeune monsieur, puis soufflera sur ses doigts. Et en plein milieu d'un tableau parfaitement blanc, il y aura une femme passée au noir donnant quelques billets de banque à un autre artiste du trottoir.

À partir de cette soirée, on va jouer tous les jours mélo au Palestro et dans l'appartement de la cour des Petites-Écuries. Pas un jour de relâche. Léo qui a commencé dans la galanterie, finit dans la dévotion. Après tout elle perpétue la tradition : Marie Madeleine l'a fait avant elle. Et Céleste Mogador, la lionne de Paris. Mais dans la carrière du désir, il n'y a pas d'avancement au mérite. Encore moins à l'ancienneté. Rien à voir avec les prix littéraires : la nouveauté, l'inconnu, l'audace y sont toujours récompensés. Les promotions s'y font au hasard, selon le temps qu'il fait, pour un simple regard ou une paire de jambes. Éternelle querelle des anciennes et des modernes ! C'est peut-être injuste mais c'est comme ça.

Il n'a pas encore vingt ans et il est bien obligé d'admettre que l'amour n'est pas une concession à perpétuité. Il en est surpris et déçu : comme d'habitude le scénario va se charger de gâcher la vie. En régie finale, ils ont toujours détesté le bonheur, cette éternelle idée neuve. Il se dit qu'il va falloir mettre une croix sur elle comme sur une mention inutile, se prend à rêver d'une fin tranquille, en roue libre, sans histoire ni dépôt de préavis, une fin clés en main, putain quand est-ce qu'elle va me lâcher. Mais il existe une convention du malheur, elle la respecte, elle est douée pour les clichés : abus d'amour à l'étouffée, courses éperdues, replis sur soi, pas de côté, regards qui se cherchent et s'esquivent, chorégraphie de la chute, chromos de Chronos à l'œuvre. Lui déteste jouer dans un mauvais roman où les pages sont remplies de sanglots et de cris ou dans l'un de ces films comme les aime tant Léo. Il voudrait jouer ailleurs, dans un Crébillon fils ou un Vivant Denon. Jusque-là sa perversité se réjouissait du nombre des hommages que l'on rendait à sa maîtresse, la possession d'un bien que tant d'hommes désiraient décuplait son désir. Maintenant il ne désire même plus le désir qu'elle inspire aux autres. Et puis il y a ce besoin d'être seul qui le reprend comme une maladie chronique, ce dégoût quasi ontologique de la promiscuité. Il ne l'accompagne plus chez Sigmund. Trop répétitif.

S'accroche désespérément à d'ultimes jeux *on dirait qu'on serait.* Mais il n'y croit pas lui-même. Il n'écoute plus rien Milou, surtout pas le bruit que font les sentiments quand ils se mettent à gueuler. Chez elle les grandes douleurs ne sont pas muettes. Tonitruante elle est, égale à elle-même, dans le chagrin comme dans le coït. Il en a marre des Milou, Milou, Milou... D'ailleurs ce nom lui fait horreur. Il cherche désespérément la sortie comme pendant un incendie car il a trop peur de vivre par asphyxie. Le fils de joie a été mal éduqué. Depuis toujours, son égoïsme se nourrit de l'admiration que lui voue Léo. Mais là, il y a trop-plein. Il dit qu'elle met trop de nous dans son je. M. Ange, avec son élégance coutumière, a beau répéter à Léo : tu lui cherches trop de couilles dans la tête à ton Milou, elle s'entête : mais c'est dans le ciboulot qu'y les a monsieur Ange c'est rien qu'un compliqué en plus je sais qu'y bouffe à tous les râteliers en loucedé si vous voyez ce que je veux dire... Qu'est-ce que tu veux, réplique le taulier, tu le changeras pas ton Milou... faut qu'il passe d'un sujet à l'autre, mais rassure-toi ma grande, il approfondit pas... il a juste le nœud papillon...

L'offense faite à Léo. Dans les miroirs du Palestro complètement piqués d'avoir trop réfléchi, il ne voit plus rien. Et l'on bande rarement par acquit de conscience. Il prétend qu'il l'aime encore mais le corps n'y est pas. D'habitude si fécond en déclarations d'amour, il devient stérile, manque de mots, la torture à coup de silences et de regards vides qu'il manie avec la détermination des inconscients. Arrive le temps des à quoi tu ? À rien, des eh je te cause, des mais Milou dis quelque chose, des tais-toi ou je te tue, des non mais t'as vu l'heure qu'il, des il faudrait qu'on se, des fous-moi la. Tout ce qu'il voulait éviter. Elle dit : c'est toi la putain toi tu me fais payer. Il se confie à M. Ange : il n'y a plus que ses yeux qui mouillent... c'est Notre-Dame-des-Pleurs. Je n'ai pas besoin de mère de rechange… Les mots n'ont plus toute leur tête lorsqu'on les a trop utilisés et il n'a plus rien à dire, il n'est qu'une mécanique, levier de vitesse au point mort, tige de selle de vélo sans selle, engin de tourisme sexuel, véhicule utilitaire à qui il est interdit de couper le contact. Il faut absolument atterrir, l'altitude l'oppresse, l'infini lui donne la migraine, il tente d'amorcer sa descente en douceur.

Mais il est incapable de la quitter. Une larme de Léo et il se replie. Il songe à la première fois où il a découvert que les mots faisaient aussi pleurer : sa mère lisait une lettre de son père prisonnier. Cette vision d'une créature supérieure en larmes l'avait bouleversé : il ne pourra jamais affronter les yeux d'une femme qui pleure. Préfère s'installer dans le trafic de sentiments. Coureur de demi-fond dans les préludes, marathonien dans la fugue, c'est un stakhanoviste de la procrastination. Léo vient de découvrir la terrible nouvelle : il est bi de l'ego. Un simple balancement de hanches d'un problème à résoudre et il a la tête qui tourne. La vision du chaloupé d'une décision à prendre et voilà qu'il s'excite. Adore plonger dans un verre d'eau puis s'y noyer avec délice. Possède en lui une sorte d'énergie désespérée à répondre aux questions que personne ne lui pose. Toujours prêt à s'engager à partir du moment où il a repéré les issues de secours, rien à ses yeux n'est plus beau que la démarche troublante de l'hésitation. Dit toujours oui ou non... mais... Est incontestablement doué dans l'art des mais. Tout cela, n'ayons pas peur des mots, n'est guère encourageant.

Tu vois pas que t'aimes plus haut que ton cul, a beau gracieusement répéter M. Ange à Léo, elle ne voit pas, elle ne veut pas voir. Et surtout que Milou a un double. Trop folle de l'un pour en imaginer un autre. « J'aimais. Seigneur, j'aimais, je voulais être aimée. » Un jour elle finit par lui avouer : je me suis gourée je me suis fait des illuses... Il aurait dû s'en douter. Notre-Dame était vierge. Mon bébé a dépucelé le cœur d'une chatte de gouttière.

Mars 1959. Une fin de journée dans la chambre 13 du Palestro. Elle ignore que sa bouche s'acharne sur lui pour la dernière fois. Il persifle, suce-le ton Judas. Ils font l'amour sur le pouce, se séparent, on ne saurait mieux dire. Il a apporté un appareil photo, on va faire des trucs pornos. Comme sur le dessin de Schiele elle se tient debout et elle est nue. Mais elle porte un chapeau à voilette sur laquelle on aperçoit une mouche brodée, sorte de larme noire au coin de l'œil, un collier de chien qu'elle porte comme une jugulaire, et des talons aiguilles qui pourraient être des éperons. Tout cela ressemble à une mascarade, mais le mysticisme n'étant jamais loin de la mascarade, considérons ce chromo comme un tableau mystique. Dans la chambre, quelque chose va se défaire. Malgré l'appareil qui masque une partie du visage de Milou, on devine le regard désaffecté, le sourire en soins palliatifs, post-scriptum d'une histoire plutôt que préface, l'étonnement de l'enfant quand il a cassé lui-même son jouet préféré. Se dit-il qu'il pourra encore le réparer ? Une fois de plus ? Il lui demande de se tenir devant la glace, avec ton chapeau, ça fera plus érotique. Elle obéit à la manière d'un automate. Le corps se rapproche de la fin de carrière, amassant moins, s'amassant plus, valeur vénale cotée à la baisse. *Mater dolorosa.* Il n'y a que le visage sur lequel on peut relever les empreintes de Milou qui soit amaigri.

Derrière la voilette noire, elle a mis ses yeux tristes qui lui vont si mal au teint. C'est un regard las, un regard *tu quoque fili*, un regard qui rend grâce, rien à voir avec l'insolence de Moa sur le dessin de Schiele, plutôt un Giotto, le genre lamentation des clarisses à la basilique d'Assise, ou bien le regard de la serveuse dans *Un bar aux Folies Bergères* de Manet, un regard qui n'aguiche plus rien, d'une idole déchue, au crépuscule, un ciel de plaine lombarde, quelque chose de la beauté tragique d'une civilisation qui ne va pas tarder à s'écrouler, un regard que quelqu'un a tué, d'une insondable mélancolie, un adieu à l'amour, un sourire déserté.

Elle est immobile devant le lit qui a été son comptoir.

À la fin, ça s'était passé exactement comme ça. Il avait inventé une histoire dont il ignorait tout une seconde auparavant : au fait j'ai oublié de te dire... je dois aller en Angleterre pendant les vacances de Pâques, on m'a accordé une bourse, tu te rends compte Léo, c'est une chance formidable pour moi d'apprendre enfin l'anglais, tu es contente ? Elle n'en avait pas cru un mot, ton disque est rayé c'est rien que des menteries tu reviendras pas Milou on se reverra plus. (Molly : « Non, Ferdinand, vous ne reviendrez plus... ») Elle se défendait la vieille artiste, une tête de mule l'ex-chienne, réclamait son amour avec l'acharnement menaçant du créancier, l'inquiétude du banquier qui vous a trop prêté, le désespoir de l'ouvrier licencié qui exige son solde, mais là où il se trouvait, ça tenait de l'appel longue distance. Elle lui avait donné une gifle, lui n'osant pas riposter, sale bête elle sanglotait, t'es rien qu'un lâche ; sa voix, d'où s'extrayaient péniblement des monosyllabes étranglés, des adjectifs esseulés, des locutions aux abois, ressemblait, en plus pathétique, à celle de Kathleen Ferrier dans les derniers lieders de Strauss. Elle s'était calmée, faisant la chatte et des offres de services, prête à tout pour obtenir le sursis, tu veux qu'on demande à Sonia et à Neige de, lui avait présenté ses seins comme on présente ses excuses. Qu'il avait refusé l'autre imbécile, fronçant la bouche à la manière d'un enfant qui ne veut pas manger. Elle s'était mise à pleurer, elle qui n'avait jamais pleuré qu'au cinéma. C'est comme si elle pleurait devant moi, aujourd'hui encore, elle est si proche, je pourrais la toucher, mais en même temps, je ne sais pas pourquoi, c'est une scène ridicule qui me fait penser aux mélos américains des années cinquante, aux regards éplorés qu'avaient sur les quais de gare les jeunes veuves de guerre. Cette image me poursuit, c'est une image de nuit, proliférante, avec une odeur de danger, et qui se nourrit de ses propres regrets.

Il avait fui la chambre, son théâtre, sa chapelle, son enfance bénie des fées. Sans un mot, les yeux glacés comme les vitres à l'épreuve des balles. Elle tenta de le rattraper mais il avait filé comme un client honteux. À l'angle du passage du Caire, il croisa la Baronne en poste à cette heure, lui dit en l'embrassant : heureux d'être de retour parmi moi, maintenant prouvez-moi que vous êtes très cochonne ! Et il l'avait suivie dans son hôtel.

Aujourd'hui dans ma mémoire, la scène remonte comme un renvoi d'estomac. Je songe à un passage de *la Recherche*, au regard inconciliable que portent sur Rachel le narrateur et Saint-Loup « … nous ne la voyions pas du même côté du mystère. » La vie réelle et la vie reflétée, l'apparent et le caché, Schiele et ses autoportraits, la double Moa, Rachel et Léo, *nec* et *ultra*… J'entends un son métallique, comme un bruit de rideau de fer qu'on abaisse à la fin d'une longue journée.

Mais un soir – deux mois après ! – il était revenu. Léo après tout, c'est quand même ma femme. Imparfaite peut-être mais encore déclinable au présent. Il était allé chez elle. Fringuant, tranquille, innocent. Monté au cinquième. Un couple de retraités avait repris l'appartement. Non, on ne sait pas où elle habite, elle faisait mauvais genre avait dit le vieux. Vieux con ! Léo m'a encore fait une surprise. Un nouvel appartement, un nouveau lit, des jeux de glaces différents. Increvable l'actrice. Comme toujours, il ne croyait qu'à l'instant pur, au présent désiré : le passé n'existe pas, demain n'a aucun sens. Était parti au Palestro en rigolant. Jusqu'au moment où il avait vu le désarroi des filles, le regard haineux de Neige, le visage ossifié de M. Ange qui à force d'avoir pris de la bouteille était en train de mourir. Quand il avait compris qu'il ne la reverrait jamais. Disparue, ils avaient déclaré. Non, on ne sait pas où elle s'est cassée. Et même que si on le savait, t'imagines pas qu'on te le dirait connard. Dernier tome du conte, dernière ligne, point final, Louise de Rénal grièvement blessée, *Albertine disparue* ! Il la jouerait bien artiste encore une fois sa pute, sauf que – alors là pouce c'est pas de jeu ! – explosion de la bulle, fracas épouvantable, étonnement d'Icare au moment de sa chute, épouvante de Narcisse de se retrouver seul, l'enfance est un naufrage, par quoi va-t-on la remplacer ?

Elle a fait ce qu'elle avait dit, comme Molly : « … et puis je ne serai plus ici non plus… », elle a raccroché les gants. Il m'arrive de l'imaginer du côté de Toulon ou de Nice. Elle est peut-être grand-mère, ses petits-enfants l'adorent, le dimanche matin, elle les emmène à la plage avec son époux, un type bien, ancien client, retraité lui aussi de la fonction publique, elle leur achète des friandises, chante à la fin du repas des chansons de l'ancien temps. Le dimanche, on est bien en famille.

Il ne reste rien d'elle : une photo jamais développée, prise dans un théâtre abandonné, déserté par des spectateurs pressés de quitter une dernière représentation qui n'en finissait pas de finir, occupé pour quelques instants encore par deux acteurs à peine démaquillés ayant pris du plaisir à jouer ensemble, mais qui, tributaires de sa fermeture irrévocable, se préparent à se séparer. Oui, le Palestro était devenu leur théâtre, théâtre sans tréteaux, sans autres bateleurs que des désirs entrecroisés et des folies tenaces. Et moi, en cet instant, si près et si loin d'eux, je ne sais pas – car à force de s'incruster, le temps fait de nous quelqu'un d'autre – si je joue le rôle du dernier spectateur, amoureux des acteurs, incapable de les abandonner, connaissant par cœur les coulisses et l'envers du décor, ou bien, celui de Scipion Nasica, ce consul romain qui avait ordonné la destruction des théâtres.

Les années passeront. Elles font ce qu'elles peuvent. Longtemps il se demandera comment il avait pu quitter une femme qui était tout à fait son genre. Il s'étourdira de vin, de livres et de musique, apprendra vingt fables de la Fontaine par cœur, découvrira Bacon et De Kooning, la difficulté du *clavier bien tempéré*, le réseau Jeanson, le regard déchiré d'une Algérienne, les attentes interminables au Old Navy, les Craven A, les restos U, Roger la Frite, une garde à vue prolongée, un passage à tabac dans un commissariat, le crime imprescriptible du 17 octobre 1961, les métisses cubaines à l'éclatante beauté, les corps orientaux dont la chair – chacun le sait – est réputée et le début de la fuite du temps. Alors il sacrifiera la profondeur au nombre, accumulera les divertissements, s'engagera dans d'autres instants du commencement remplis de cattleyas inventés et de rires qui se troublent, d'autres moments perdus, d'autres courbes et autant de tangentes. L'érotisme n'est que la continuation de l'enfance par d'autres moyens.

S'affirmera aussi sa passion pour Flaubert. Il connaîtra la mélancolie des voyages en métro, les réveils glacés dans des chambres de passage, l'étourdissement des espoirs collectifs, l'amertume des trahisons.

Il finira par avoir les cheveux blancs. Dans le syndicat des ambitieux, il aura toujours été un jaune ; dans la nomenklatura du vide, un bon à rien. Tour à tour jouisseur de la traîne, aventurier de l'attente et donc amateur confirmé, il ne verra pas venir le nouveau monde. Il se disputera à son sujet, trouvera un terrain d'entente pour échapper à la machine à broyer :

nécessaire à sa vie comme la négation l'est à la syntaxe, son côté *nec* lui épargnera les mauvaises fréquentations de l'époque.

On lui dira vous n'êtes pas avec nous et comment faites-vous pour vous absenter sans qu'on s'en aperçoive. Rien de plus simple, répondra-t-il. Pour être seul, soyez plusieurs. Ayez des cases étanches, un pied dans les deux camps, deux entrées, deux sorties qui vous permettront de vous éclipser comme les meilleurs espions. Ensuite, fréquentez les huiles du parti général, étudiez leurs comportements, apprenez leur sabir, récitez leurs bréviaires, approchez les plus hautes sphères, faites semblant de vous mettre au caniveau moyen, parlez à côté, faites comme si vous écoutiez leurs délires, hochez la tête comme si vous les approuviez. Faites celui qui. Ayez l'air mine de rien. Soyez en tête dans les nuages. Naturellement, munissez-vous de provisions. Stockez des livres. Prévision de pénurie absolue d'ici une quinzaine d'années. Les mots des morts sont en danger : lisez et relisez les classiques. Communication piège à cons, citations subversion.

Préférez les questions aux réponses, vivez *a cappella*, pensez en autarcie, exilez-vous dans votre for, l'important est de ne pas participer. Prenez votre temps, ne gaspillez pas vos forces, les révolutions par définition reviennent toujours à leur point de départ et elles manquent cruellement de voluptueux. Dites plutôt que vous êtes catholique, apostolique et romain (ça ne vous engage à rien, ils ignorent le sens des mots), que vous êtes baptisé et fier de l'être, que vous regrettez le temps de la messe en latin, que vous ne fréquentez les mariages et les enterrements qu'à la seule condition qu'ils soient célébrés à l'église. Vous les fâcherez. Ils vous assigneront le rôle du provocateur, de l'anachorète ou de l'aigri de service. Pardonnez cependant leurs offenses. N'ayant aucune référence, ils ne savent pas ce qu'ils font. *Oderint dum metuant*, Tacite, qu'ils me haïssent pourvu qu'ils me craignent, vous vous souvenez ? Soyez incompréhensible, impersonnel pour conserver votre personnalité. Sous la dictature de la transparence, choisissez l'opacité. Pratiquez la mauvaise foi, celle du charbonnier, il n'y a qu'elle qui sauve. Soyez contradictoire – très important la contradiction, c'est comme l'identité, changez-en souvent –, dites toujours le contraire de ce que vous avez dit la veille, ils auront de la peine à vous situer donc à vous suivre. Ne lâchez rien sauf votre dédain, soyez suffisant avec l'insuffisance, votre seule règle est de déplaire. Adoptez la discrétion comme morale, le dégagement comme philosophie, les femmes pour unique boussole. En somme pour ne pas perdre votre âme, soyez toujours minoritaire. Restez cependant lucide, économe de vos provocations, n'oubliez pas Chateaubriand : « Il y a des temps où l'on ne doit dépenser le mépris qu'avec économie, à cause du grand nombre de nécessiteux. »

Malgré tant de bonne volonté, les pavloviens le classeront dossier sensible. Trop longtemps qu'il déplaît, trop longtemps qu'il a quinze ans. Il verra les événements disparaître les uns après les autres, les *e*-événements se précipiter, les apparences se liguer contre lui. Et puis un jour, une semaine avant Noël – neige grise, ciel sale, gigantesque panneau publicitaire constellé d'antennes, cosmos en fer blanc d'hôpital qui crache ses poumons : NOUS ALLONS VOUS FAIRE AIMER L'AN 2000 –, il comprendra que son heure est arrivée : l'heure de l'exil, le temps de la désertion. Le monde étant devenu une gigantesque citation à comparaître, il cessera de se présenter à ses audiences et de répondre à ses convocations. Rendra son sablier, ses numéros, l'avenir radieux qui va avec, prendra la porte – en l'occurrence celle d'Orléans qui ouvre sur le sud –, ses reliques, ses livres et ses vieux os. Au moment du décollage de l'avion, il se fera une confidence : mon cher, c'est une époque qui ne supporte pas les amateurs.

Derniers jours d'octobre. Avant de quitter Pavlopolis, je retourne au Petit Pot Saint-Denis. Il est deux heures du matin. Je commande un café. Je sais que je suis là pour la dernière fois de ma vie. Je veux dire que mon enfance a peu de chances d'y remettre les pieds. Mais sait-on jamais ? Bon, on verra bien.

Sur le boulevard Bonne-Nouvelle, une pluie très fine vient de commencer à tomber, frémissement de cascade lointaine, presque inaudible au début, puis s'installant progressivement, en continu. Du fond de la salle s'échappe un air de musique, on dirait *Just one of those things.* Je me surprends à chanter tout seul *it was just one of those nights, just one of those fabulous flights.* D'un seul coup, tout s'en va. Je ne rattrape plus rien. Ils s'éloignent de mon champ de vision, leurs silhouettes se troublent, rapetissent, je ne me vois plus dans le tableau... Il va falloir vivre sans eux... c'est comme un déchirement... Pourtant j'étais tellement heureux de les avoir retrouvés... Toutes ces années passées ensemble où je n'ai rien fait d'autre que de me signer devant des moments perdus ainsi qu'on le faisait jadis devant les corbillards lorsque la mort ne se cachait pas, respectée qu'elle était la mort, embaumée à la manière des filles publiques, se pavanant dans les rues comme si elle se croyait chez elle, joyeuse, vivante en quelque sorte, et même surréaliste sur les bords quand elle exhibait le violet de ses rideaux à glands et ses couronnes de première classe sous l'œil sévère d'un *in memoriam* aux jambages empâtés qui dominait les initiales du cher disparu en capitales blanches, suivie d'un cortège de voilettes à pois, de mouchoirs brodés, de cols empesés, de crêpes fraîchement repassés, de fous rires de gamins endimanchés, et qu'au diapason d'un orphéon mêlé aux sanglots réprimés de la veuve, traînait vers le caveau de famille, un cheval à plumeaux noirs.

Je pense à ce que j'éprouvais lorsque j'étais enfant et que je venais de terminer la lecture d'un livre. Au sentiment d'abandon, à l'envie qu'il continuât, à la cruauté d'un épilogue tombant comme un couperet (— « C'est là ce que nous avons eu de meilleur ! » dit Frédéric. — « Oui, peut-être bien ? C'est là ce que nous avons eu de meilleur ! » dit Deslauriers.), à la certitude qu'il y avait une vie après les mots.

Dans le bistrot, le garçon a terminé son service et me demande de lui payer mon café. Il faut que j'encaisse Monsieur, on va fermer. Il enlève la tasse, vide le cendrier, éteint les lumières. Je range *La Guerre du Péloponnèse* dans la poche de mon imperméable.

Sur la table il n'y a plus rien : un carnet ouvert sur une page blanche.

V

LE POINT DE FUITE

Le port au milieu de l'automne est entièrement désert. Je descends du bateau. Lumière étincelante, ciel bleu de marque déposée (un dégradé de *l'International Klein Blue*), mais dont le droit d'exclusivité en cette saison semble remis en cause par un triumvirat de cirrus turneriens figés à l'est. Je marche sur la jetée, la tête encore pleine des pensées d'un autre. Les cormorans sont à la chasse ; à l'horizon, en regardant vers les salines, l'ombre d'un trois-mâts s'éloigne ou s'avance, ça se passe très près et très loin, on ne sait pas vraiment.

Il est cinq heures du soir. Je vais au village, sur la petite place. Tout est calme, en ordre, immobile. La terrasse de La Fonda Tonio est vide. Je suis seul, jamais été aussi seul, le siècle peut crever dans un râle obscène, je suis inconnectable. Cette fois j'ai tout mon temps.

Réconforté par cette idée, je décide de partir à

pied vers le cap. Je rentre chez moi. Épuisé par sa journée, le soleil se couche dans la mer qui aimerait bien se faire entendre, mais le vent s'accorde le temps de souffler, et puis la paix et des millions d'étoiles envahissent le ciel. Pas une seule ombre au tableau. Il fera beau demain.

J'avais un jour promis à Léo de raconter notre histoire. Et puis je me suis acharné à l'oublier. Pourtant il a suffi d'un dessin. Les autres, seconds rôles et seconds couteaux, sans que je ne leur aie rien demandé, se sont présentés à l'appel de leurs noms. Alignés sur une feuille, tous présents sur le cahier des absents. Sans doute parce qu'il existe entre eux une créance commune.

Elle, elle fut, elle est, elle sera. Ma Rachel quand du Seigneur, ma Rénal sans particule. Ma Molly, ma Moa, mon Albertine, mon Olympia. Ma part de lumière, ma part femelle, ma meilleure part. Le miroir parfait où l'enfant se contemple avant de s'effacer. Oui, un vrai tableau vivant la fleur de pavé aux yeux de brume, la pleine de grâces, la bénie entre toutes les femmes qui ne me fit pas payer le prix de ses entrailles. Connaissait par cœur l'endroit où les hommes aiment déposer leur ennui pour n'avoir plus à y penser, conduisit tout en douceur le peu d'homme que j'étais à ses vingt ans, le temps de les voir venir, les yeux et les oreilles grands ouverts sur ce qu'on appelle l'amour. Son regard noir continue de me hanter, il est intact, indépendant du visage qui le portait, comme détaché de lui, flottant dans ma mémoire. Elle avait trente et un ans, j'en avais quinze. N'importe qui pouvait l'aimer. Elle m'aima. Simplement parce qu'un jour, je m'étais trouvé sur le bon trottoir, le côté ensoleillé de la vie. Elle représentait le cliché éculé de la pute au grand cœur enculée ? Et alors ? Je garde au fond de moi le souvenir du premier enculage caniculaire de la reine des becs de gaz et tant d'autres plaisirs qui me réjouissent absolument. Putain d'enfance !

Enfin Milou. Je sais qu'il est vivant, plus vivant que jamais, Robinson pas mort, Don Quichotte respire encore. Il me parle, il me protège, ma confiance en lui est aveugle, il m'a appris à entrer dans la vie, il saura m'indiquer la sortie. Milou pour les intimes, pensionné du bonheur de vivre à sa naissance, gigolo au berceau, victime du drame de l'enfance heureuse. Le fiancé des actrices, le Milou à Vénus, fils de pute et enfant de salope, artiste intérimaire dans le faubourg Saint-Denis, Milou pour ne pas vous servir, qui vous dit au plaisir et ravi de vous avoir méconnu. Célébrez, communiquez, commémorez, compatissez... Allez en paix, en guerre ou au diable, allez où vous voulez. Il s'en fout Milou non mais des fois. Sa messe est dite, ses dettes éteintes. Croix de bois, croix de fer, il ne reviendra pas... trop tard, trop loin, trop d'avant... Vous tire ses références... Survivra les mots dans l'âme et le Temps reconnaîtra les siens.

Il nous reste les mots. Les mots des femmes, les mots qui n'appartiennent qu'à elles, les mots d'enfants, les mots que l'on croit sans importance, les mots des livres, les mots des putains, les mots d'amour, les mots qui tuent, les mots de la fin recueillis sur les lèvres des mourants. Ils sont usés comme des mains de vieillards, ridés comme l'eau d'une rivière sous le vent, ébréchés comme de la vaisselle ancienne. L'écorce de vérité qu'ils avaient alors a été arrachée, la vie s'est chargée de les dépouiller de leur odeur de certitude. Mais ils sont restés allumés à notre insu comme les servantes au théâtre, inscriptions rétiniennes inoxydables au passage du temps. Et ils ont le bras si long et leur force est telle que même lorsque tout semble éteint, ils nous retrouvent et nous secouent. Nous font des signes. Clignent. Scintillent. Vacillent. Restent debout pour nous maintenir vivants. Nous avons tout perdu, nous avons tout gardé. Il ne reste rien et il nous reste tout.

Les tempêtes sont terribles par ici. Depuis trois jours, l'île est coupée du monde. Aucun bateau n'arrive, aucun bateau ne sort. Sensation de relâchement, de bonheur intense.

Les vents de nord-est ont apporté le froid. Le ciel est ténébreux, veuf, inconstellé. Hier soir, pour la première fois depuis longtemps, j'ai été obligé d'allumer un feu dans la cheminée. J'ai mis *Eso es el amor* sur le lecteur de cassettes. La voix hystérique de Dario Moreno a achevé de réchauffer la pièce.

Commencé à boire du vin. Regardé longtemps le bois d'olivier se consumer. Quand il n'y eut plus que des braises, j'ai placé l'autoportrait de Schiele sur le foyer, du 200 grammes couché mat collé sur du Canson. Ce n'était qu'un jeu, je ne voulais pas m'en séparer, juste l'éclairer une dernière fois. Les flammes m'ont arraché la feuille des doigts. Le feu a pris aux jambes de Moa vue de dos, remontant vivement vers les fesses puis suivant la ligne de la colonne vertébrale dans un crépitement de cris. Je l'ai regardée brûler. Elle a commencé à danser au ralenti, elle s'est cambrée, ensuite elle a été prise de soubresauts et elle s'est effondrée sous l'onde de choc. Le feu s'est attaqué aux yeux de l'autre Moa, celle qui est reflétée. Il a glissé sur elle comme s'il voulait la rhabiller, les seins ont rougi, le ventre s'est embrasé. Elle a basculé dans le vide. Le tableau vivant n'allait pas tarder à virer nature morte. Dario Moreno à force de hurler *Si señor* était en train d'étouffer. Ça foutait le camp de tous les côtés. J'ai senti dans ma gorge un arrière-goût de Gitanes, un goût de rire aux larmes. J'ai vu comme si j'y étais, une rue toute en couleurs, une chambre d'hôtel, un café avec un juke-box, le sourire d'un jeune homme dans les yeux d'une femme. Le visage d'Egon Schiele est devenu blanc, puis gris, puis bleu incandescent, strié d'éclairs. Il n'avait pas l'air bien. Le corps s'est replié sur lui-même, formant une ligne brisée. Dans l'état où j'étais, je n'ai pas pu le sauver. Les flammes sont reparties de plus belle, le Canson s'est gondolé. À la fin, l'artiste, vous auriez dit qu'il se tordait de rire.

Table

RÉALISATION : PAO ÉDITIONS DU SEUIL
IMPRESSION : NORMANDIE ROTO IMPRESSION S.A. À LONRAI
DÉPÔT LÉGAL : SEPTEMBRE 2001. N° 102 (01-1831)